MAIGRET ET LA NUIT

La Danseuse du Gai-Moulin

Maigret et le fantôme

Georges Simenon, écrivain belge de langue française, est né à Liège en 1903. Il est l'un des auteurs les plus traduits au monde. À seize ans, il devient journaliste à *La Gazette de Liège*. Son premier roman, publié sous le pseudonyme de Georges Sim, paraît en 1921 : *Au pont des Arches, petite histoire liégeoise*. En 1922, il s'installe à Paris et écrit des contes et des romans populaires. Près de deux cents romans, un bon millier de contes écrits sous pseudonymes et de très nombreux articles, souvent illustrés de ses propres photos, sont parus entre 1923 et 1933… En 1930, Simenon rédige son premier Maigret : *Pietr le Letton*. Lancé par les éditions Fayard en 1931, le personnage du commissaire Maigret rencontre un immense succès. Simenon écrira en tout soixante-quinze romans mettant en scène les aventures de Maigret (ainsi que vingt-huit nouvelles). Dès 1930, Simenon commence aussi à écrire ce qu'il appellera ses « romans durs » : plus de cent dix titres, du *Passager du Polarlys* (1930) aux *Innocents* (1972). Parallèlement à cette activité littéraire foisonnante, il voyage beaucoup. À partir de 1972, il cesse d'écrire des romans. Il se consacre alors à ses vingt-deux *Dictées*, puis rédige ses *Mémoires intimes* (1981). Simenon s'est éteint à Lausanne en 1989. Il fut le premier romancier contemporain dont l'œuvre fut portée au cinéma dès le début du parlant avec *La Nuit du carrefour* et *Le Chien jaune*, parus en 1931 et adaptés l'année suivante. Plus de quatre-vingts de ses romans ont été portés au grand écran (*Monsieur Hire* avec Michel Blanc, *Feux rouges* de Cédric Kahn, ou encore *L'Homme de Londres* de Béla Tarr), et, à la télévision, les différentes adaptations de Maigret ou, plus récemment, celles de romans durs (*Le Petit Homme d'Arkhangelsk*, devenu *Monsieur Joseph*, avec Daniel Prévost, *La Mort de Belle* avec Bruno Solo) ont conquis des millions de téléspectateurs.

Paru dans Le Livre de Poche :

LES GRANDES ENQUÊTES DE MAIGRET

MAIGRET À PARIS

MAIGRET À PIGALLE

MAIGRET AUX ÉTATS-UNIS

MAIGRET DANS LES ENVIRONS DE PARIS

MAIGRET EN AUVERGNE

MAIGRET EN BRETAGNE

MAIGRET EN MER DU NORD

MAIGRET EN NORMANDIE

MAIGRET EN VENDÉE

MAIGRET ET LES CAÏDS

MAIGRET SUR LA RIVIERA

LES PREMIÈRES ENQUÊTES DE MAIGRET

GEORGES SIMENON

Maigret et la nuit

La Danseuse du Gai-Moulin

Maigret et le fantôme

PRESSES DE LA CITÉ

ISBN : 978-2-253-17767-8 – 1re publication LGF

La Danseuse du Gai-Moulin

1

Adèle et ses amis

— Qui est-ce ?…

— Je ne sais pas ! C'est la première fois qu'il vient, dit Adèle en exhalant la fumée de sa cigarette.

Et elle décroisa paresseusement les jambes, tapota ses cheveux sur les tempes, plongea le regard dans un des miroirs tapissant la salle pour s'assurer que son maquillage n'était pas défait.

Elle était assise sur une banquette de velours grenat, en face d'une table supportant trois verres de porto. Elle avait un jeune homme à sa gauche, un jeune homme à droite.

— Vous permettez, mes petits ?…

Elle leur adressa un sourire gentil, confidentiel, se leva et, balançant les hanches, traversa la salle pour s'approcher de la table du nouvel arrivant.

Les quatre musiciens du jour, sur un signe du patron, ajoutaient leur voix à celle des instruments. Un seul couple dansait : une femme attachée à la maison et le danseur professionnel.

Et c'était, comme presque tous les soirs, une impression de vide. La salle était trop grande. Les miroirs appliqués sur les murs prolongeaient encore des perspectives que ne coupaient que les banquettes rouges et le marbre blafard des tables.

Les deux jeunes gens, qui n'avaient plus Adèle entre eux, se rapprochèrent.

— Elle est charmante ! soupira Jean Chabot, le plus jeune, qui affectait de regarder vaguement la salle entre ses cils mi-clos.

— Et quel tempérament ! renchérit son ami Delfosse, qui s'appuyait sur un jonc à pomme d'or.

Chabot pouvait avoir seize ans et demi. Delfosse, plus maigre, mal portant, les traits irréguliers, n'en avait pas plus de dix-huit. Mais ils auraient protesté avec indignation si on leur eût dit qu'ils n'étaient pas blasés de toutes les joies de la vie.

— Hé ! Victor !...

Chabot interpellait familièrement le garçon qui passait.

— Tu connais le type qui vient d'arriver ?

— Non ! Mais il a commandé du champagne...

Et Victor, s'accompagnant d'une œillade :

— Adèle s'occupe de lui !

Il s'éloigna avec son plateau. La musique se tut un instant, pour reprendre sur un rythme de boston. Le patron, à la table du client sérieux, débouchait lui-même la bouteille de champagne dont il cravatait le col d'une serviette.

— Tu crois qu'on fermera tard ? questionna Chabot dans un souffle.

— Deux heures... deux heures et demie... comme toujours !...

— On reprend quelque chose ?

Ils étaient nerveux. Le plus jeune surtout, qui regardait chacun tour à tour avec des prunelles trop fixes.

— Combien peut-il y avoir ?

Mais Delfosse haussa les épaules, trancha avec impatience :

— Tais-toi donc !

Ils voyaient Adèle, presque en face d'eux, assise à la table du client inconnu qui avait commandé du champagne. C'était un homme d'une quarantaine d'années, aux cheveux noirs, à la peau mate, un Roumain, un Turc ou quelque chose d'approchant. Il portait une chemise de soie rose. Sa cravate était plantée d'un gros brillant.

Il ne s'inquiétait guère de la danseuse qui lui parlait en riant et en se penchant sur son épaule. Quand elle lui demanda une cigarette, il lui tendit un étui en or et continua à regarder devant lui.

Delfosse et Chabot ne parlaient plus. Ils feignaient de considérer l'étranger avec dédain. Et pourtant ils admiraient, intensément ! Ils ne perdaient pas un détail. Ils étudiaient la façon dont la cravate était nouée, la coupe du complet et jusqu'aux gestes du buveur de champagne.

Chabot portait un costume de confection, des chaussures qui avaient été deux fois ressemelées. Les vêtements de son ami, d'un meilleur tissu, n'allaient pas. Il est vrai que Delfosse avait des épaules étroites, une poitrine creuse, une silhouette indécise d'adolescent trop poussé.

— Encore un !

La tenture de velours doublant la porte d'entrée s'était soulevée. Un homme tendait son chapeau melon au chasseur, restait un moment immobile à faire des yeux le tour de la salle. Il était grand, lourd, épais. Son visage était placide et il n'écouta même pas le garçon qui voulait lui conseiller une table. Il s'assit n'importe où.

— De la bière ?

— Nous n'avons que la bière anglaise… Stout, pale-ale, scotch-ale ?…

Et l'autre haussa les épaules pour signifier que cela lui était parfaitement égal.

Il n'y eut pas plus d'animation qu'auparavant, ni que tous les autres soirs. Un couple sur la piste. Le jazz qu'on finissait par ne plus entendre que comme un bruit de fond. Au bar, un client tiré à quatre épingles qui faisait un poker d'as avec le patron.

Adèle et son compagnon, qui ne s'occupait toujours pas d'elle.

L'atmosphère d'une boîte de nuit de petite ville. À certain moment, trois hommes éméchés soulevèrent la tenture. Le patron se précipita. Les musiciens firent l'impossible. Mais ils partirent et on entendit s'éloigner des éclats de rire.

À mesure que le temps passait, Chabot et Delfosse devenaient plus graves. On eût dit que la fatigue burinait leurs traits, donnait à leur peau une vilaine teinte plombée, creusait le cerne de leurs paupières.

— Tu crois, dis ? questionna Chabot, si bas que son compagnon devina plutôt qu'il entendit.

Pas de réponse. Un tambourinement des doigts sur le marbre de la table.

Appuyée à l'épaule de l'étranger, Adèle adressait parfois une œillade à ses deux amis, sans perdre l'air câlin et enjoué qu'elle avait adopté.

— Victor !

— Vous partez déjà ?... Un rendez-vous ?...

Comme Adèle se faisait câline, il se faisait mystérieux, excité.

— On réglera demain avec le reste, Victor ! Nous n'avons pas de monnaie...

— Bien, messieurs !... Bonsoir, messieurs !... Vous sortez par là ?...

Les deux jeunes gens n'étaient pas ivres. Et pourtant ils accomplirent leur sortie comme dans un cauchemar, sans rien voir.

Le *Gai-Moulin* a deux portes. La principale s'ouvre sur la rue du Pot-d'Or. C'est par là que les clients entrent et sortent. Mais, après deux heures du matin, quand, selon les règlements de police, l'établissement devait être fermé, on entrouvre une petite porte de service sur une ruelle mal éclairée et déserte.

Chabot et Delfosse traversaient la salle, passaient devant la table de l'étranger, répondaient au bonsoir du patron, poussaient la porte des lavabos. Là, ils s'arrêtèrent quelques secondes, sans se regarder.

— J'ai peur... balbutia Chabot.

Il se voyait dans une glace ovale. Le jazz étouffé les poursuivait.

— Vite ! fit Delfosse en ouvrant une porte et en découvrant un escalier noir où régnait une fraîcheur humide.

C'était la cave. Les marches étaient en brique. Il venait d'en bas une écœurante odeur de bière et de vin.

— Si quelqu'un arrivait !

Chabot faillit trébucher parce que la porte se refermait et supprimait du coup toute lumière. Ses mains tâtèrent le mur couvert de salpêtre. Quelqu'un le frôla et il tressaillit, mais ce n'était que son ami.

— Ne bouge plus ! commanda celui-ci.

On n'entendait pas la musique à proprement parler. On la devinait. On percevait surtout la vibration des coups de grosse caisse. C'était un rythme épars dans l'air, qui évoquait la salle aux banquettes grenat, les verres entrechoqués, la femme en rose qui dansait avec son compagnon en smoking.

Il faisait froid. Chabot sentait l'humidité le pénétrer et il dut se retenir d'éternuer. Il se passa la main sur sa nuque glacée. Il entendait la respiration de Delfosse. Chaque souffle lui envoyait des relents de tabac.

Quelqu'un vint au lavabo. Le robinet fonctionna. Une pièce de monnaie tomba dans la soucoupe.

Il y avait encore le tic-tac d'une montre dans la poche de Delfosse.

— Tu crois qu'on pourra ouvrir ?…

L'autre lui pinça le bras, pour le faire taire. Ses doigts étaient tout froids.

Là-haut, le patron devait commencer à interroger l'horloge avec impatience. Quand il y avait du monde et de l'entrain, il ne regardait pas trop à dépasser l'heure et à risquer les foudres de la police. Mais, quand la salle était vide, il devenait soudain respectueux des règlements.

— Messieurs, on va fermer !… Il est deux heures !

Les jeunes gens, en bas, n'entendaient pas. Mais ils pouvaient deviner minute par minute tout ce qui se passait. Victor encaissant, venant ensuite au bar faire ses comptes avec le patron, tandis que les musiciens remettaient les instruments dans les gaines et qu'on habillait la grosse caisse d'une lustrine verte.

L'autre garçon, Joseph, entassant les chaises sur les tables et ramassant les cendriers.

— On ferme, messieurs !... Allons, Adèle !... Pressons-nous !...

Le patron était un Italien râblé, qui avait servi dans les bars et les hôtels de Cannes, de Nice, de Biarritz et de Paris.

Des pas, au lavabo. C'est lui qui vient tirer le verrou de la petite porte accédant à la ruelle. Il donne un tour de clef, mais laisse celle-ci dans la serrure.

Ne va-t-il pas, machinalement, fermer la cave, ou bien y jeter un coup d'œil ? Il marque un temps d'arrêt. Il doit être occupé à rectifier devant la glace la raie de ses cheveux. Il tousse. La porte de la salle grince.

Dans cinq minutes, ce sera fini. L'Italien, resté le dernier, aura baissé les volets de la devanture et, de la rue, fermera la dernière issue.

Or, il n'emporte jamais toute la caisse. Il ne glisse dans son portefeuille que les billets de mille francs. Le reste est dans le tiroir du bar, un tiroir dont la serrure est si fragile qu'il suffit d'un bon canif pour la faire sauter.

Toutes les lampes sont éteintes.

— Viens !... murmure la voix de Delfosse.

— Pas encore... Attends...

Ils sont maintenant seuls dans tout le bâtiment et pourtant ils continuent à parler bas. Ils ne se voient pas. Chacun sent qu'il est blême, qu'il a la peau tirée, les lèvres sèches.

— Si quelqu'un était resté ?

— Est-ce que j'ai eu peur quand il s'agissait du coffre de mon père ?

Delfosse est hargneux, quasi menaçant.

— Il n'y a peut-être rien dans le tiroir.

C'est comme un vertige. Chabot se sent plus malade que s'il avait trop bu. Maintenant qu'il a pénétré dans cette cave, il n'a plus le courage d'en sortir. Il serait capable de s'effondrer sur les marches et d'éclater en sanglots.

— Allons-y !...

— Attends ! Il pourrait revenir sur ses pas...

Cinq minutes passent. Puis encore cinq minutes, parce que Chabot essaie par tous les moyens de gagner du temps. Son soulier est délacé. Il le rattache, sans rien voir, parce qu'il a peur de tomber et de déclencher un vacarme.

— Je te croyais moins lâche... Allons ! Passe...

Car Delfosse ne veut pas sortir le premier. Il pousse son compagnon devant lui de ses mains qui tremblent. La porte de la cave est ouverte. Un robinet coule dans le lavabo. Cela sent le savon et le désinfectant.

Chabot sait que l'autre porte, celle qui ouvre sur la salle, va grincer. Il attend ce grincement. Et pourtant il en a le dos glacé.

Dans l'obscurité, c'est vaste comme une cathédrale. On sent un vide immense. Des bouffées de chaleur suintent encore des radiateurs.

— De la lumière !… souffle Chabot.

Delfosse flambe une allumette. Ils s'arrêtent une seconde, pour reprendre haleine, pour mesurer le chemin à parcourir. Et soudain l'allumette tombe, tandis que Delfosse pousse un cri perçant et qu'il s'élance vers la porte des lavabos. Dans le noir il ne la trouve pas. Il revient sur ses pas, heurte Chabot.

— Vite !… Partons !…

Ce sont plutôt des sons rauques.

Chabot, lui aussi, a aperçu quelque chose. Mais il a mal distingué… Comme un corps étendu sur le sol, près du bar… Des cheveux très noirs…

Ils n'osent plus bouger. La boîte d'allumettes est par terre, mais on ne la voit pas.

— Tes allumettes !…

— Je n'en ai plus…

L'un d'eux heurte une chaise. L'autre questionne :

— C'est toi ?…

— Par ici !… Je tiens la porte…

Et le robinet coule toujours. C'est déjà un apaisement. C'est une première étape vers la délivrance.

— Si on faisait de la lumière ?

— Tu es fou ?…

Les mains tâtonnent, cherchent le verrou.

— Il est dur…

Des pas, dans la rue. Ils ne bougent plus. Ils attendent. Des bribes de phrase :

— … moi je prétends que si l'Angleterre n'avait pas…

Les voix s'éloignent. Ce sont peut-être les agents qui discutent politique.

— Tu ouvres ?

Mais Delfosse n'est plus capable d'un geste. Il s'est adossé à la porte et tient sa poitrine haletante à deux mains.

— … il avait la bouche ouverte… bégaie-t-il.

La clef tourne. De l'air. Des reflets d'un réverbère sur les pavés de la ruelle. Ils ont tous les deux envie de courir. Ils ne pensent même pas à refermer la porte.

Mais là-bas, au tournant, c'est la rue du Pont-d'Avroy, où il passe du monde. Ils ne se regardent pas. Il semble à Chabot que son corps est vide, qu'il esquisse des mouvements mous dans un univers de coton. Les bruits eux-mêmes viennent de très loin.

— Tu crois qu'il est mort ?… C'est le Turc ?

— C'est lui !… Je l'ai reconnu… Sa bouche ouverte… Et un œil…

— Que veux-tu dire ?

— Un œil était ouvert, l'autre fermé.

Et, rageur :

— J'ai soif !

Ils sont rue du Pont-d'Avroy. Tous les cafés sont fermés. Il ne reste d'ouvert qu'une friture où l'on sert des bocks, des moules, des harengs au vinaigre et des pommes frites.

— On y va ?

Le cuisinier tout en blanc active ses feux. Une femme qui mange, dans un coin, adresse un sourire engageant aux deux amis.

— De la bière !… Et des frites !… Et des moules !…

Et voilà qu'après cette première portion, ils en recommandent. Ils ont faim. Une faim extraordinaire. Et ils en sont déjà à leur quatrième bock !

Ils ne se regardent toujours pas. Ils mangent farouchement. Dehors, c'est l'obscurité, avec de rares passants qui marchent vite.

— Cela fait combien, garçon ?

Une nouvelle terreur. Auront-ils à eux deux assez d'argent pour payer leur souper ?

— … sept et deux cinquante et trois et soixante et… dix-huit septante-cinq !…

Il reste juste un franc pour le pourboire !

Les rues. Les volets clos des magasins. Les becs de gaz et dans le lointain les pas d'une ronde d'agents. Les deux jeunes gens traversent la Meuse.

Delfosse ne dit rien, regarde fixement devant lui, l'esprit si loin des réalités du moment qu'il ne s'aperçoit pas que son ami lui parle.

Et Chabot, pour ne pas rester seul, pour prolonger le côte à côte rassurant, va jusqu'à la porte d'une maison confortable, dans la plus belle rue du quartier.

— Refais un bout de chemin avec moi… implore-t-il alors.

— Non… Je suis malade…

C'est le mot. Malades, ils le sont tous les deux. Chabot n'a fait qu'apercevoir le corps un instant, mais son imagination travaille.

— C'était bien le Turc ?

Ils l'appellent le Turc faute de savoir. Delfosse ne répond pas. Il a introduit sans bruit sa clef dans la serrure. On aperçoit dans la pénombre un large corridor orné d'un porte-parapluies de cuivre.

— À demain…

— Au *Pélican* ?…

Mais la porte bouge déjà, va se refermer. C'est maintenant un vertige. Être chez soi, dans son lit ! Est-ce qu'alors ce n'en sera pas fini de cette histoire ?

Et voilà Chabot tout seul dans le quartier désert, à marcher vite, à courir, à hésiter aux angles des rues et à s'élancer comme un fou. Place du Congrès, il fuit les arbres. Il ralentit le pas parce qu'il devine un passant au loin. Mais l'inconnu prend une autre direction.

Rue de la Loi. Des maisons à un étage. Un seuil.

Jean Chabot cherche sa clef, ouvre, tourne le commutateur électrique, marche vers la cuisine à porte vitrée où le feu n'est pas tout à fait éteint.

Il doit retourner sur ses pas parce qu'il a oublié de refermer la porte d'entrée. Il fait chaud. Il y a un papier sur la toile cirée blanche de la table et quelques mots au crayon :

Tu trouveras une côtelette dans le buffet et un morceau de tarte dans l'armoire. Bonne nuit.

Père.

Jean regarde tout ça avec abrutissement, ouvre le buffet, aperçoit la côtelette dont la seule vue lui soulève le cœur. Sur le meuble, un petit pot avec une plante verte qui ressemble à du mouron.

C'est que la tante Maria est venue ! Quand elle vient, elle apporte toujours une plante quelconque. Sa maison du quai Saint-Léonard en est pleine. Et elle donne, par surcroît, de minutieux conseils sur la façon de les soigner.

Jean a éteint. Il monte l'escalier, après avoir retiré ses chaussures. Il passe, au premier, devant les chambres des locataires.

Au second, ce sont des pièces mansardées. De la fraîcheur filtre du toit.

Au moment où il atteint le palier, un sommier grince. Quelqu'un est éveillé, son père ou sa mère. Il ouvre sa porte.

Mais une voix vient de loin, étouffée :

— C'est toi, Jean ?...

Allons ! Il faut qu'il aille dire bonsoir à ses parents. Il entre chez eux. L'atmosphère est moite. Il y a déjà des heures qu'ils dorment.

— Il est tard, non ?...

— Pas trop...

— Tu devrais...

Non ! Son père n'a pas le courage de le gronder. Ou bien il devine que cela ne servirait de rien.

— Bonsoir, fils...

Jean se penche, embrasse un front humide.

— Tu es glacé... Tu...

— Il fait frais dehors...

— As-tu trouvé la côtelette ?... C'est tante Maria qui a apporté la tarte...

— J'avais mangé, avec mes amis...

Sa mère se retourne, dans son sommeil, et son chignon croule sur l'oreiller.

— Bonne nuit...

Il n'en peut plus. Dans sa chambre, il ne fait même pas de lumière. Il jette son veston au hasard et il s'étend sur son lit, enfonce la tête dans l'oreiller.

Il ne pleure pas. Il ne pourrait pas. Il cherche son souffle. Et tous ses membres tremblent, tout son corps est agité de grands frissons comme s'il couvait une grave maladie.

Il voudrait seulement ne pas faire grincer le sommier. Il voudrait éviter le hoquet qu'il sent monter dans sa gorge, parce qu'il devine son père, qui ne dort presque pas, couché dans la chambre voisine, l'oreille tendue.

Une image grandit dans sa tête, un mot résonne, se gonfle, prend des proportions monstrueuses au point que tout cela va l'écraser : le Turc !...

Et cela grouille, cela pèse, cela l'étouffe, le serre de partout jusqu'à ce que la fenêtre à tabatière déverse du soleil tandis que le père de Jean, debout au pied du lit, murmure avec la crainte d'être trop sévère :

— Tu ne devrais pas faire ça, fils !... Car tu as encore bu, n'est-ce pas ?... Tu ne t'es même pas déshabillé !...

Et l'odeur du café, des œufs au lard monte du rez-de-chaussée. Des camions passent dans la rue. Des portes claquent. Un coq chante.

2

La petite caisse

Jean Chabot, les coudes sur la table, repoussa son assiette et garda le regard rivé à la petite cour qu'on apercevait à travers le tulle des rideaux et dont le badigeon blanc ruisselait de soleil.

Son père l'observait à la dérobée, tout en mangeant, essayait de créer un semblant de conversation.

— Tu ne sais pas si c'est vrai que le gros immeuble de la rue Féronstrée doit être mis en vente ? Quelqu'un me l'a demandé hier, au bureau. Tu devrais peut-être te renseigner…

Mais Mme Chabot qui, elle aussi, épiait son fils, sans cesser de préparer les légumes pour la soupe, intervint.

— Alors, tu ne manges pas ?

— Je n'ai pas faim, mère.

— Parce que tu as encore été soûl cette nuit, je parie ! Avoue-le !

— Non.

— Si tu crois que cela ne se voit pas ! Tu as les yeux tout rouges ! Et un teint de papier mâché ! C'est bien la peine de faire l'impossible pour te donner des forces ! Allons ! mange au moins les œufs...

Pour une fortune, Jean en aurait été incapable. Il avait la poitrine serrée. Et l'atmosphère quiète de la maison, son odeur de lard et de café, le mur blanc, la soupe qui commençait à cuire, tout cela mettait en lui comme une nausée.

Il avait hâte d'être dehors, hâte surtout de savoir. Il tressaillait au moindre bruit de la rue.

— Il faut que je m'en aille.

— Il n'est pas l'heure. Tu étais avec Delfosse, hier au soir, n'est-ce pas ?... Mais qu'il vienne encore ici pour te chercher !... Un gamin qui ne fait rien, parce que ses parents sont riches !... Un vicieux !... Et il n'a pas besoin de se lever le matin pour aller à son bureau, lui !

M. Chabot ne disait rien, mangeait en regardant son assiette pour ne pas avoir à prendre parti. Un locataire du premier descendit, un étudiant polonais, qui gagna directement la rue et se rendit à l'Université. On en entendait un autre qui s'habillait juste au-dessus de la cuisine.

— Tu verras, Jean, que cela finira mal ! Demande à ton père s'il faisait la bombe, à ton âge !

Et Jean Chabot avait vraiment les yeux striés de rouge, les traits tirés. On voyait un petit bouton pourpre sur son front.

— Je m'en vais ! répéta-t-il en regardant l'heure.

Juste à ce moment quelqu'un donnait des petits coups à la boîte aux lettres encastrée dans la porte d'entrée. C'était la façon d'appeler des intimes, la sonnette servant aux étrangers. Jean se hâta d'aller ouvrir, se trouva en face de Delfosse qui questionna :

— Tu viens ?

— Oui... Je prends mon chapeau...

— Entrez, Delfosse ! cria Mme Chabot de la cuisine. Justement je disais à Jean qu'il est temps que cela finisse ! Il est en train de se ruiner la santé ! Que vous fassiez la noce, cela regarde vos parents. Mais Jean...

Delfosse, long et maigre, le teint encore plus pâle que Chabot, baissait la tête en esquissant un sourire gêné.

— Jean doit gagner sa vie ! Nous n'avons pas de fortune, nous ! Vous êtes assez intelligent pour le comprendre et je vous demande de le laisser tranquille.

— Tu viens ?... souffla Jean qui était au supplice.

— Je vous jure, madame, que nous... balbutia Delfosse.

— À quelle heure êtes-vous rentrés cette nuit ?

— Je ne sais pas... Peut-être à une heure...

— Et Jean a avoué qu'il était plus de deux heures du matin !

— Il est temps que j'aille au bureau, mère...

Il avait son chapeau sur la tête. Il poussa Delfosse dans le corridor. M. Chabot se levait à son tour et endossait son manteau.

Dehors, comme dans toutes les rues de Liège à ce moment, on voyait des ménagères qui lavaient le trottoir à grande eau, des charrettes de légumes et de charbon arrêtées devant les portes, et les cris des marchands s'entendaient de loin, se répondaient d'un bout du quartier à l'autre.

— Eh bien ?...

Les deux jeunes gens avaient tourné le coin de la rue. Ils pouvaient laisser percer leur inquiétude.

— Rien !… Le journal de ce matin ne parle de rien !… On n'a peut-être pas encore trouvé le…

Delfosse portait une casquette d'étudiant à grande visière. C'était l'heure où tous les étudiants se dirigeaient vers l'Université. Sur le pont enjambant la Meuse, ils formaient presque un cortège.

— Ma mère est furieuse… C'est surtout à toi qu'elle en veut…

Ils traversaient le marché, se faufilaient entre les paniers de légumes et de fruits, foulaient aux pieds des feuilles de chou et de salade. Jean avait le regard fixe.

— Dis !… Pour l'argent ?… Nous sommes le 15…

Ils changèrent de trottoir, parce qu'ils passaient en face d'un marchand de tabac à qui ils devaient une cinquantaine de francs.

— Je sais bien… Ce matin, j'ai regardé dans le portefeuille de mon père… Il n'y avait que des gros billets…

Et Delfosse ajouta plus bas :

— Ne t'en fais pas… Tout à l'heure, j'irai chez mon oncle, rue Léopold… C'est bien rare qu'on ne me laisse pas seul un instant dans le magasin…

Jean connaissait la maison, la principale chocolaterie de Liège. Il imaginait son ami glissant la main dans le tiroir-caisse.

— Quand est-ce que je te vois ?

— Je t'attendrai à midi.

Ils atteignaient l'étude du notaire Lhoest, où Chabot travaillait. Ils se serrèrent la main, sans se regarder, et Jean eut une impression de malaise, comme si la poignée de main de son ami n'était pas la même que d'habitude.

Il est vrai que maintenant ils étaient complices !

Jean avait une table dans l'antichambre. Dernier venu, sa tâche consistait surtout à coller des timbres sur les enveloppes, à trier le courrier et à faire les courses en ville.

Ce matin-là, il travaillait sans rien dire, sans regarder personne, avec l'air de vouloir passer inaperçu. Il guettait surtout le premier clerc, un homme d'une cinquantaine d'années, d'aspect sévère, de qui il dépendait.

À onze heures, il ne s'était encore rien passé, mais un peu avant midi le premier clerc s'approcha de lui.

— Vous avez les comptes de la petite caisse, Chabot ?

Depuis le matin, Jean préparait une réponse qu'il récita en regardant ailleurs.

— Excusez-moi, monsieur Hosay, aujourd'hui, j'ai mis un autre costume et j'ai laissé, chez moi, le carnet et l'argent. Je vous donnerai les comptes après midi…

Il était blême. Le premier clerc s'en étonna.

— Vous êtes malade ?

— Non… Je ne sais pas… Peut-être un peu…

La petite caisse, c'était un compte à part dans l'étude, l'argent nécessaire aux timbres, à l'expédition des recommandés et en général à toutes les petites dépenses courantes. Deux fois par mois, le 15 et le 30, on remettait à Jean une certaine somme et il inscrivait les dépenses dans un carnet.

Les employés s'en allaient. Le jeune homme, dehors, chercha Delfosse des yeux, l'aperçut non loin de la vitrine du marchand de tabac, fumant une cigarette à bout doré.

— Alors ?

— Ici, c'est payé !

Ils marchèrent. Ils avaient besoin de sentir la foule couler autour d'eux.

— Viens au *Pélican*. Je suis allé chez mon oncle. Je n'ai eu que quelques secondes. Alors, j'ai plongé la main… Sans le vouloir, j'ai pris trop…

— Combien ?

— Presque deux mille…

Le chiffre effraya Chabot.

— Voilà trois cents francs pour la petite caisse. Nous allons partager le reste.

— Mais non !

Ils étaient aussi fiévreux l'un que l'autre, avec la différence que l'insistance de Delfosse était presque menaçante.

— C'est naturel ! Est-ce que nous ne faisons pas toujours part à deux ?

— Je n'ai pas besoin de cet argent.

— Moi non plus.

Au premier étage d'une maison, ils regardèrent machinalement un balcon de pierre : c'était la chambre meublée qu'habitait Adèle, la danseuse du *Gai-Moulin*.

— Tu n'es pas passé là-bas ?

— J'ai pris la rue du Pot-d'Or… Les portes étaient ouvertes, comme tous les matins… Victor et Joseph balayaient…

Jean serrait les doigts les uns dans les autres à les faire craquer.

— Pourtant tu as bien vu, cette nuit, n'est-ce pas ?…

— Je suis sûr que c'était le Turc ! martela Delfosse en frissonnant.

— Et il n'y avait pas de police dans la rue ?

— Rien ! Tout était normal… Victor, qui m'a aperçu, m'a crié bonjour…

Ils entraient au *Pélican*, s'asseyaient à une table près de la devanture, commandaient de la bière anglaise. Et aussitôt Jean remarquait un consommateur, presque en face de lui.

— Ne te retourne pas… Regarde dans la glace… Il était cette nuit au… Tu sais ce que je veux dire…

— Le gros !… Oui, je le reconnais…

C'était le client entré le dernier au *Gai-Moulin*, le personnage large et puissant qui avait bu de la bière.

— Il ne doit pas être de Liège.

— Il fume du tabac français. Attention ! il nous observe.

— Garçon ! appela Delfosse. Cela nous fait combien ? On vous devait quarante-deux francs, je crois ?

Il tendit un billet de cent, en laissa voir quelques autres.

— Payez-vous !

Ils n'étaient bien nulle part. À peine assis, ils se remirent en marche et l'inquiétude poussa Chabot à se retourner.

— L'homme nous suit ! En tout cas, il est derrière nous…

— Tais-toi ! Tu finiras par me fiche la frousse. Pourquoi nous suivrait-il ?

— On a pourtant dû trouver le… le Turc… Ou alors, il n'était pas mort…

— Mais tais-toi donc ! gronda Delfosse avec une dureté accrue.

Ils parcoururent trois cents mètres en silence.

— Tu crois que nous devons aller là-bas ce soir ?

— Bien sûr ! Cela n'aurait pas l'air naturel si…

— Dis donc ! Peut-être qu'Adèle sait quelque chose ?

Jean avait mal aux nerfs. Il ne savait où regarder, ni que dire. Il n'osait pas se retourner et il sentait derrière lui la présence de l'homme aux larges épaules.

— S'il traverse la Meuse sur nos talons, c'est qu'il nous suit !

— Tu rentres chez toi ?

— Il faut bien… Ma mère est furieuse…

Il aurait été capable d'éclater soudain en sanglots, là, au milieu de la rue.

— Il passe le pont… Tu vois qu'il nous suit !…

— Tais-toi !… À ce soir… Je suis arrivé…

— René !

— Quoi ?…

— Je ne veux pas garder tout cet argent… Écoute !…

Mais Delfosse rentra chez lui avec un haussement d'épaules. Jean marcha plus vite, en regardant dans les vitrines pour s'assurer qu'on le suivait toujours.

Dans les rues calmes du quartier d'outre-Meuse, il n'y eut plus de doute possible. Et alors ses jambes mollirent. Il faillit s'arrêter, pris de vertige. Mais, au contraire, il marcha plus vite, il fut comme tiré en avant par la peur.

Quand il arriva chez lui, sa mère questionna :

— Qu'est-ce que tu as ?

— Rien…

— Tu es tout pâle… On dirait que tu es vert…

Et, rageuse :

— C'est joli, pas vrai ?… À ton âge, te mettre dans des états pareils !… Où as-tu encore traîné, cette nuit ?… Et en quelle compagnie ?… Je ne comprends pas ton père, qui n'est pas plus sévère… Allons ! mange…

— Je n'ai pas faim.

— Encore ?

— Laisse-moi, mère, veux-tu ?… Je ne suis pas bien… Je ne sais pas ce que j'ai…

Mais le regard aigu de Mme Chabot ne se laissait pas attendrir. C'était une petite personne sèche, nerveuse, qui trottait du matin au soir.

— Si tu es malade, je vais faire venir le médecin.

— Non ! de grâce…

Des pas, dans l'escalier. On aperçut la tête d'un étudiant à travers la porte vitrée de la cuisine. Il frappa, montra un visage inquiet, méfiant.

— Vous connaissez l'homme qui se promène dans la rue, madame Chabot ?

Il avait un fort accent slave. Ses yeux étaient ardents. Il s'emportait à la moindre occasion.

Il avait dépassé l'âge habituel des étudiants. Mais il était inscrit régulièrement à l'Université, dont il ne suivait jamais les cours.

On savait qu'il était géorgien, qu'il s'était occupé de politique dans son pays. Il se prétendait noble.

— Quel homme, monsieur Bogdanowski ?

— Venez…

Il l'entraînait vers la salle à manger dont la fenêtre donnait sur la rue. Jean hésitait à les suivre. Il finit pourtant par y aller, lui aussi.

— Il y a un quart d'heure qu'il est là, à faire les cent pas… Je m'y connais !… C'est sûrement quelqu'un de la police…

— Mais non ! riposta Mme Chabot, optimiste. Vous voyez de la police partout ! C'est tout simplement quelqu'un qui a un rendez-vous…

Le Géorgien lui jeta néanmoins un regard soupçonneux, grommela quelque chose dans sa langue et remonta chez lui. Jean avait reconnu l'homme aux larges épaules.

— Viens manger, toi ! Et ne fais pas de manières, hein ! Sinon, au lit, et le médecin tout de suite…

M. Chabot ne rentrait pas de son bureau à midi. On déjeunait dans la cuisine, où Mme Chabot n'était jamais assise, allant et venant de la table à son fourneau.

Tandis que Jean, tête basse, essayait d'avaler quelques bouchées, elle l'observait et soudain elle remarqua un détail de toilette.

— D'où vient encore cette cravate ?

— Je… c'est René qui me l'a donnée…

— René ! Toujours René ! Et tu n'as pas plus d'amour-propre que cela ? J'en ai honte pour toi ! Des gens qui ont peut-être de l'argent, mais qui ne sont pas recommandables pour la cause ! Les parents ne sont même pas mariés…

— Maman !

D'habitude, il disait mère. Mais il voulait être suppliant. Il était à bout. Il ne demandait rien, sinon la paix pendant les quelques heures qu'il était obligé de passer chez lui. Il imaginait l'inconnu faisant les cent pas en face, juste devant le mur de l'école où il avait passé ses premières années.

— Non, mon fils ! Tu files un mauvais coton, c'est moi qui te le dis ! Il est temps que cela change, si tu ne veux pas tourner mal comme ton oncle Henry…

C'était le cauchemar, cette évocation de l'oncle qu'on rencontrait parfois, ivre mort, ou bien qu'on apercevait sur une échelle en train de repeindre la façade d'une maison.

— Et pourtant il avait fait des études, lui ! Il pouvait prétendre à n'importe quelle situation…

Jean se leva, la bouche pleine, arracha littéralement son chapeau du portemanteau et s'enfuit.

À Liège, certains journaux ont une édition du matin, mais l'édition importante paraît à deux heures de l'après-midi. Chabot marcha vers le centre de la ville dans une sorte de nuage ensoleillé qui brouillait sa vue et il se réveilla, la Meuse franchie, en entendant crier :

— Demandez la *Gazette de Liège* !… La *Gazette de Liège* qui vient de paraître… Le cadavre de la malle d'osier !… Horribles détails… Demandez la *Gazette de Liège* !…

À côté de lui, à moins de deux mètres, l'homme aux larges épaules achetait le journal, attendait sa monnaie. Jean fouilla dans sa poche, y trouva les billets qu'il avait enfouis pêle-mêle, chercha en vain des petites pièces. Alors il reprit sa route, poussa un peu plus tard la porte de l'étude où les employés étaient déjà arrivés.

— Cinq minutes de retard, monsieur Chabot ! remarqua le premier clerc. Ce n'est pas beaucoup, mais cela se répète trop souvent…

— Excusez-moi… Un tramway qui… Je vous apporte la petite caisse…

Il sentait bien qu'il n'avait pas son visage habituel. La peau brûlait à ses pommettes. Et il y avait des élancements dans ses prunelles.

M. Hosay feuilletait le carnet, vérifiait les additions au bas des pages.

— Cent dix-huit cinquante… C'est bien ce qui vous reste ?…

Jean regretta de n'avoir pas pensé à changer ses billets. Il entendit le second clerc et la dactylo qui discutaient de la malle d'osier.

— Graphopoulos. C'est un nom turc, ça ?

— Il paraît que c'est un Grec…

Les oreilles de Jean bourdonnaient. Il tira deux billets de cent francs de sa poche. M. Hosay lui désigna froidement quelque chose qui était tombé par terre : un troisième billet.

— Il me semble que vous traitez l'argent avec beaucoup de légèreté. Vous n'avez pas de portefeuille ?

— Je vous demande pardon…

— Si le patron vous voyait mettre ainsi les billets de banque à même vos poches… Bon ! Je n'ai pas de monnaie… Vous reporterez à nouveau ces cent dix-huit francs cinquante… Quand la somme sera épuisée, vous me demanderez de l'argent… Cet après-midi, vous ferez le tour des journaux, pour déposer les annonces légales… C'est pressé ! Il faut qu'elles paraissent demain…

Le Turc ! Le Turc ! Le Turc !…

Dehors, Jean acheta un journal et resta un bon moment au centre d'un cercle de badauds parce que le vendeur lui cherchait de la monnaie. Il lut en marchant, en bousculant les passants :

Le mystère de la malle d'osier

Ce matin, vers neuf heures, alors qu'il venait d'ouvrir les portes du Jardin d'Acclimatation, le gardien remarqua une malle en osier de grandes dimensions posée sur une pelouse. Il essaya en vain de l'ouvrir. La malle était fermée à l'aide d'une tringle fixée par un fort cadenas.

Il appela donc l'agent Leroy, qui avisa à son tour le commissaire de police de la 4e division.

Ce n'est qu'à dix heures que la malle fut enfin ouverte par un serrurier. Or, qu'on imagine le spectacle qui s'offrit aux enquêteurs !

Un cadavre était replié sur lui-même et, pour le tasser davantage, on n'avait pas hésité à casser les vertèbres du cou.

Un homme d'une quarantaine d'années, au type étranger très prononcé, dont on chercha en vain le portefeuille. Par contre, dans une des poches du gilet, on trouva des cartes de visite au nom d'Éphraïm Graphopoulos.

Celui-ci n'a dû arriver à Liège que très récemment, car il n'est pas inscrit au registre des étrangers et il ne figure pas non plus sur les fiches des hôteliers de la ville.

Le médecin légiste ne procédera à l'autopsie que cet après-midi, mais dès à présent, on croit que la mort remonte au cours de la nuit et qu'elle a été provoquée à l'aide d'un instrument très lourd, comme une matraque en caoutchouc, une barre de fer, un sac de sable ou une canne plombée.

On lira tous les détails sur cette affaire, qui promet d'être sensationnelle, dans notre prochaine édition.

Le quotidien à la main, Jean arrivait au guichet du journal *La Meuse*, y remettait les annonces légales et attendait son reçu.

La ville grouillait, dans le soleil. C'étaient les derniers beaux jours de l'automne et sur les boulevards on commençait à dresser les baraques foraines pour la grande kermesse d'octobre.

C'est en vain qu'il cherchait derrière lui son suiveur du matin. En passant devant le *Pélican*, il s'assura que Delfosse, qui n'avait pas de cours l'après-midi, n'y était pas.

Il fit un détour par la rue du Pot-d'Or. Les portes du *Gai-Moulin* étaient ouvertes. La salle était dans l'ombre et c'est à peine si on distinguait le grenat des banquettes. Victor lavait les vitres à grande eau et Chabot hâta le pas pour ne pas être aperçu.

Il alla encore à *L'Express*, au *Journal de Liège*…

Le balcon d'Adèle le fascina. Il hésita. Une fois déjà il lui avait rendu visite, il y avait un mois de cela. Delfosse lui avait juré qu'il avait été l'amant de la danseuse. Alors il avait frappé à sa porte, vers midi, sous un prétexte stupide. Elle l'avait reçu, en peignoir douteux, avait continué sa toilette devant lui, tout en bavardant comme une bonne camarade.

Il n'avait rien tenté. Il n'en avait pas moins été heureux de cette intimité.

Il poussa la porte du rez-de-chaussée, à côté de l'épicerie, gravit l'escalier sombre, frappa.

On ne répondit pas. Mais bientôt, il y eut des pas traînants sur le plancher. L'huis s'entrouvrit, laissant passer une forte odeur d'alcool à brûler.

— C'est toi ! Je croyais que c'était ton ami !

— Pourquoi ?

Adèle retournait déjà vers le petit réchaud de nickel sur lequel était posé un fer à friser.

— Une idée ! Je ne sais pas ! Ferme vite ! Il y a un courant d'air…

À cet instant, Chabot se sentait pris de l'envie de se confier à elle, de tout lui dire, de lui demander conseil, de se faire consoler en tout cas par cette femme aux yeux fatigués, à la chair un peu lasse mais si savoureuse sous le peignoir, aux pantoufles de satin rouge qu'elle traînait à travers la chambre en désordre.

Sur le lit défait, il vit un numéro de la *Gazette de Liège*.

3

L'homme aux larges épaules

Elle venait de se lever et près du réchaud bavait une boîte de lait condensé.

— Ton ami n'est pas avec toi ? insista-t-elle.

Du coup, Chabot se rembrunit et c'est sur un ton grognon qu'il répliqua :

— Pourquoi serait-il avec moi ?

Elle ne s'aperçut de rien, ouvrit une armoire où elle chercha une chemise de soie crevette.

— C'est vrai que son père est un gros industriel ?

Jean ne s'était pas assis, n'avait même pas déposé son chapeau. Il la regardait aller et venir, en proie à un sentiment trouble où il entrait de la mélancolie, du désir, un respect instinctif de la femme et du désespoir.

Elle n'était pas belle, surtout en savates et en peignoir fripé. Mais peut-être, pour lui, dans l'abandon de cette intimité, n'en avait-elle que plus de charme.

Avait-elle vingt-cinq ou trente ans ? Elle avait beaucoup vécu, en tout cas. Elle parlait souvent de

Paris, de Berlin, d'Ostende. Elle citait des noms de boîtes de nuit célèbres.

Mais sans fièvre, sans orgueil, sans pose. Au contraire ! Le trait dominant de son caractère était une lassitude qui perçait dans son regard vert, dans la façon désinvolte dont ses lèvres retenaient la cigarette, dans les gestes et dans les sourires.

Une lassitude souriante.

— Fabricant de quoi ?

— De vélos…

— C'est rigolo ! J'ai connu, à Saint-Étienne, un autre constructeur de bicyclettes. Quel âge a-t-il ?…

— Le père ?

— Non, René…

Il se renfrogna davantage à cause de ce prénom sur ces lèvres.

— Dix-huit ans…

— Il est vicieux, je parie ?

La familiarité était complète. Elle traitait Jean Chabot d'égal à égal. Par contre, quand elle parlait de René Delfosse, il y avait une nuance de considération dans sa voix.

Est-ce qu'elle avait deviné que Chabot n'était pas riche, qu'il appartenait à une famille à peu près pareille à la sienne ?

— Assieds-toi !… Cela ne te gêne pas que je m'habille ?… Passe-moi donc les cigarettes…

Il les chercha autour de lui.

— Sur la table de nuit !… C'est cela…

Et Jean, tout pâle, osa à peine toucher l'étui qu'il avait vu la veille entre les mains de l'étranger. Il regarda sa compagne qui, peignoir ouvert sur son corps nu, mettait ses bas.

Ce fut plus trouble encore que les premiers moments. Il devint pourpre, peut-être à cause de l'étui, peut-être à cause de cette nudité, plus probablement à cause des deux.

Adèle n'était pas seulement une femme. C'était une femme qui se trouvait mêlée à un drame, une femme qui, sans doute, avait un secret.

— Eh bien ?

Il tendit l'étui.

— Tu as du feu ?…

Sa main tremblait en présentant l'allumette enflammée. Alors elle éclata de rire.

— Dis donc ! tu n'as pas dû voir beaucoup de femmes dans ta vie, toi !…

— J'ai eu des maîtresses…

Le rire s'accentua. Elle le regardait en face, en fermant à demi les paupières.

— Tu es rigolo !… Un drôle de type… Passe-moi ma ceinture…

— Vous êtes rentrée tard, cette nuit ?

Elle l'observa avec une pointe de sérieux.

— Est-ce que tu serais amoureux ?… Et jaloux par-dessus le marché !… Je comprends maintenant pourquoi tu as fait une tête quand je t'ai parlé de René… Allons ! Tourne-toi vers le mur…

— Vous n'avez pas lu les journaux ?

— J'ai seulement parcouru le feuilleton.

— Le type d'hier soir a été tué.

— Sans blague ?

Elle n'était pas très émue. Tout juste de la curiosité.

— Par qui ?

— On ne sait pas. On a retrouvé son cadavre dans une malle d'osier.

Le peignoir fut jeté sur le lit. Jean se retourna au moment où elle rabattait sa chemise et cherchait une robe dans le placard.

— Encore une histoire pour m'attirer des ennuis !...

— Vous êtes sortie du *Gai-Moulin* avec lui ?

— Non ! Je suis partie seule...

— Ah !

— On dirait que tu ne me crois pas... Est-ce que, par hasard, tu te figurerais que je ramène ici tous les clients de la boîte ?... Je suis danseuse, mon petit... Comme telle, je dois pousser à la consommation... Mais, les portes fermées, fini !...

— N'empêche qu'avec René...

Il se rendit compte que c'était une idiotie.

— Eh bien, quoi ?

— Rien... Il m'a dit...

— Quel imbécile ! Je te dis, moi, que c'est tout juste s'il m'a embrassée... Donne-moi encore une cigarette...

Et, posant un chapeau sur sa tête :

— Ouste ! Il faut que j'aille faire des achats... Viens !... Ferme la porte...

Ils descendirent l'un derrière l'autre l'escalier sombre.

— De quel côté vas-tu ?

— Je rentre au bureau.

— Tu viens ce soir ?

La foule déferlait sur le trottoir. Ils se séparèrent et, quelques instants plus tard, Jean Chabot s'asseyait à son bureau, devant une pile d'enveloppes à timbrer.

Sans qu'il sût au juste pourquoi, c'était la tristesse, maintenant, plutôt que la peur qui dominait. Il regardait le bureau tapissé d'affiches notariales avec dégoût.

— Vous avez les reçus ? lui demanda le premier clerc.

Il les tendit.

— Et celui de la *Gazette de Liège* ? Vous avez oublié la *Gazette de Liège* ?

Un drame ! Une catastrophe ! Le ton du premier clerc était tragique.

— Écoutez, Chabot, il faut que je vous dise que cela ne peut pas continuer ainsi ! Le travail est le travail. Le devoir est le devoir. Je vais être forcé d'en parler au patron. En outre, il m'est revenu qu'on vous rencontre la nuit dans des endroits peu recommandables où, personnellement, je n'ai jamais mis les pieds. À parler franc, vous filez un mauvais coton. Regardez-moi quand je vous parle ! Et ne prenez pas cet air ironique ! Vous entendez ? Cela ne se passera pas comme cela…

La porte claqua. Le jeune homme resta seul à coller des enveloppes.

C'était le moment où Delfosse devait être assis à la terrasse du *Pélican*, ou installé dans quelque cinéma. L'horloge marquait cinq heures. Jean Chabot regarda l'aiguille avancer soixante fois d'une minute, se leva, prit son chapeau et ferma son tiroir à clef.

L'homme aux larges épaules n'était pas dehors. Il faisait frais. Le crépuscule mettait, dans les rues, de grandes nappes de brouillard bleuté que perçaient les lampes des étalages et les vitres des tramways.

— Demandez la *Gazette de Liège*…

Delfosse n'était pas au *Pélican*. Chabot le chercha dans les autres cafés du centre où ils avaient l'habitude de se retrouver. Il avait les jambes lourdes, la tête si vide qu'il pensa à aller se coucher.

Quand il rentra chez lui, il eut tout de suite l'intuition d'un événement anormal. La porte de la cuisine était ouverte. Mlle Pauline, une étudiante polonaise qui occupait une chambre meublée dans la maison, était penchée sur quelqu'un que le jeune homme ne vit pas immédiatement.

Il s'avança dans le silence. Un sanglot éclata soudain. Mlle Pauline tourna vers lui son visage sans grâce qui prit une expression sévère.

— Regardez votre mère, Jean !

Et Mme Chabot, en tablier, les coudes sur la table, pleurait à chaudes larmes.

— Qu'est-ce qu'il y a ?

Et la Polonaise de continuer :

— C'est vous qui devez le savoir…

Mme Chabot essuyait ses yeux rouges, regardait son fils, éclatait de plus belle.

— Il me fera mourir !… C'est affreux !…

— Qu'est-ce que j'ai fait, mère ?

Jean parlait d'une voix blanche, trop nette. Sa peur était telle qu'elle le figeait des pieds à la tête.

— Laissez-nous, mademoiselle Pauline… Vous êtes bien gentille… Nous qui avons toujours préféré être pauvres, mais honnêtes !…

— Je ne comprends pas…

L'étudiante s'esquivait. On l'entendait monter l'escalier. Mais elle avait soin de laisser ouverte la porte de sa chambre.

— Qu'est-ce que tu as fait ?… Dis-le franchement… Ton père va rentrer… Quand je pense que tout le quartier saura…

— Je te jure que je ne comprends pas !…

— Tu mens !… Tu sais bien que tu mens, depuis que tu es toujours avec ce Delfosse et toutes ces sales femmes !… Il y a une demi-heure, Mme Velden, la légumière, est arrivée tout essoufflée… Mlle Pauline était ici… Et c'est devant elle que Mme Velden m'a dit qu'un homme était venu la voir pour lui demander des renseignements sur toi et sur nous… Un homme qui est sûrement de la police !… Et il faut qu'il s'adresse justement à Mme Velden, qui est la plus mauvaise langue de tout le quartier !… À cette heure, tout le monde doit être au courant…

Elle s'était levée. Machinalement elle versait de l'eau bouillante sur le filtre de la cafetière. Puis elle sortait une nappe d'une armoire.

— Voilà à quoi cela sert d'avoir fait des sacrifices pour t'élever !… La police qui s'occupe de nous, qui va peut-être venir dans la maison !… Je ne sais pas comment ton père prendra la chose… Mais je sais bien que le mien t'aurait chassé… Quand je pense que tu n'as même pas dix-sept ans !… C'est sa faute, à ton père !… C'est lui qui te laisse sortir jusqu'à des trois heures du matin… Quand je me fâche, il prend ton parti…

Sans savoir pourquoi, Jean avait la certitude que le soi-disant policier était l'homme aux larges épaules. Il fixait le sol, farouchement.

— Ainsi, tu ne dis rien ? Tu ne veux pas avouer ce que tu as fait ?

— Je n'ai rien fait, mère…

— Et la police s'occuperait de toi si tu n'avais rien fait ?

— Ce n'est pas sûr que ce soit la police !

— Qu'est-ce que ce serait, alors ?

Il eut soudain le courage de mentir, pour en finir avec cette scène pénible.

— Peut-être des gens qui voudraient me prendre comme employé et qui cherchent à avoir des renseignements… Je suis mal payé où je travaille… Je me suis adressé de divers côtés pour trouver une nouvelle place…

Elle le regarda d'une façon aiguë.

— Tu mens !

— Je te jure…

— Tu es sûr que Delfosse et toi n'avez pas fait une bêtise ?

— Je te jure, mère…

— Eh bien, dans ce cas-là, tu ferais bien d'aller voir Mme Velden… Ce n'est pas la peine qu'elle raconte à tout le monde que la police te cherche !

La clef tourna dans la serrure de la porte d'entrée. M. Chabot retirait son pardessus qu'il accrochait au portemanteau, pénétrait dans la cuisine et s'installait dans son fauteuil d'osier.

— Déjà rentré, Jean ?

Il s'étonna des yeux rouges de sa femme, de la mine renfrognée du jeune homme.

— Qu'est-ce qu'il y a ?

— Rien !… Je grondais Jean… Je voudrais ne plus le voir rentrer à des heures indues… Comme s'il n'était pas assez bien ici, en famille…

Et elle posait les couverts sur la table, remplissait les tasses. Tout en mangeant, M. Chabot lisait le journal, le commentait.

— Encore une affaire qui fera du bruit !... Un cadavre dans une malle d'osier... Un étranger, naturellement !... Et sans doute un espion...

Changeant d'idée :

— M. Bogdanowski a payé ?

— Pas encore. Il m'a dit qu'il attendait l'argent mercredi !

— Comme il l'attend depuis trois semaines ! Tant pis ! Mercredi, tu lui annonceras que cela ne peut pas continuer...

L'atmosphère était lourde, pleine d'odeurs familières, avec des reflets sur les casseroles de cuivre, les taches vives d'un calendrier réclame fixé au mur depuis trois ans et servant de porte-journaux.

Jean mangeait machinalement et peu à peu il s'engourdissait. Dans ce décor de tous les jours, il se prenait à douter de la réalité des événements du dehors. C'est ainsi qu'il eut peine à imaginer que deux heures plus tôt il était dans la chambre d'une danseuse qui mettait ses bas devant lui, le peignoir ouvert sur un corps pâle, charnu, un peu fatigué.

— Tu as demandé le renseignement au sujet de la maison ?

— Quelle maison ?

— La maison de la rue Féronstrée.

— Je... C'est-à-dire que j'ai oublié...

— Comme toujours !

— J'espère que ce soir tu vas te reposer ! Tu as une sale tête.

— Oui... Je ne sors pas...

— Ce sera la première fois cette semaine ! intervint Mme Chabot, qui n'était pas encore tout à fait rassurée et qui guettait les expressions de physionomie de son fils.

La boîte aux lettres claqua. Jean eut la certitude que c'était pour lui et il se précipita dans le corridor pour aller ouvrir. M. et Mme Chabot regardaient par la porte vitrée.

— Encore ce Delfosse ! fit Mme Chabot. Il ne peut pas laisser Jean tranquille. Si cela continue, j'irai trouver ses parents…

On les voyait tous les deux parler bas sur le seuil. Plusieurs fois Chabot se retourna pour s'assurer qu'on ne les écoutait pas. Il semblait résister à une sollicitation pressante.

Et soudain il cria, sans revenir à la cuisine :

— Je rentre tout de suite !

Mme Chabot se leva pour l'empêcher de partir. Mais déjà, avec des gestes que la hâte rendait fébriles, il prenait son chapeau au portemanteau, gagnait la rue, refermait la porte avec fracas.

— Et tu le laisses agir ainsi ? lança-t-elle à son mari. C'est cela, le respect que tu lui inspires ? Si tu avais un peu plus d'autorité…

Elle continua à parler de la sorte, sous la lampe, tout en mangeant, tandis que M. Chabot louchait vers son journal qu'il n'osait pas reprendre avant la fin de cette diatribe.

— Tu es sûr ?

— Certain… Je l'ai bien reconnu… Il était autrefois inspecteur dans notre quartier…

Delfosse avait plus que jamais la tête en lame de couteau et tandis qu'il passait sous un bec de gaz son compagnon constata qu'il était livide. Il fumait, à petites bouffées fiévreuses.

— Je n'en peux plus… Voilà déjà quatre heures que cela dure… Tiens ! Retourne-toi vite… Je l'entends à moins de cent mètres de nous…

On ne distinguait que la silhouette banale d'un homme qui marchait le long des maisons de la rue de la Loi.

— Cela a commencé tout de suite après le déjeuner… Peut-être avant… Mais je ne m'en suis aperçu qu'en m'installant à la terrasse du *Pélican*… Il s'est assis à une table voisine… Je l'ai reconnu… Il y a deux ans qu'il est de la police secrète… Mon père a eu besoin de lui à la suite d'un vol de métaux dans les chantiers… Il s'appelle Gérard ou Girard… Je ne sais pas pourquoi je me suis levé… Cela m'énervait… J'ai suivi la rue de la Cathédrale et il s'est mis à marcher derrière moi… Je suis entré dans un autre café… Il m'attendait à cent mètres… Je suis allé au cinéma *Mondain* et je l'ai retrouvé trois rangées plus loin… Je ne sais pas tout ce que j'ai fait d'autre… J'ai marché… J'ai pris des tramways… À cause des billets que j'ai dans ma poche !… Je voudrais bien m'en débarrasser, car s'il me fouille, je ne pourrai expliquer d'où ils viennent… Tu ne veux pas dire que c'est à toi ?… Par exemple que ton patron te les a remis pour une commission…

— Non !

Delfosse avait le front en sueur, le regard à la fois dur et inquiet.

— Il faut pourtant que nous fassions quelque chose… Il finira par nous interpeller… Je suis allé chez toi parce que, quand même, c'est ensemble que…

— Tu n'as pas dîné ?

— Je n'ai pas faim… Si, en passant sur le pont, je jetais les billets dans la Meuse ?…

— Il s'en apercevra !

— Je pourrais toujours aller au lavabo, dans un café… Ou plutôt… Écoute ! Nous allons nous installer quelque part et c'est toi qui iras au lavabo pendant qu'il continuera à me surveiller…

— Et s'il me rejoint ?

— Il ne te rejoindra pas… Sans compter que c'est ton droit de fermer la porte à clef…

Ils étaient toujours dans le quartier d'outre-Meuse, aux rues spacieuses, mais désertes et mal éclairées.

Ils entendaient derrière eux les pas réguliers du policier qui n'avait pas l'air de vouloir se cacher.

— Si on entrait plutôt au *Gai-Moulin* ?… Cela paraîtra plus naturel… Nous y allons presque tous les soirs… Et si nous avions tué le Turc, nous n'y mettrions plus les pieds…

— Il est trop tôt !

— Nous attendrons…

Ils ne parlèrent plus. Ils franchirent la Meuse, errèrent dans les rues du centre en s'assurant de temps en temps que Girard était toujours sur leurs talons.

Rue du Pot-d'Or, ils virent l'enseigne lumineuse de la boîte de nuit qu'on venait d'ouvrir.

— On entre ?

Ils se rappelaient leur fuite de la nuit précédente et il leur fallait un gros effort pour avancer. Victor était à la porte, sa serviette sur le bras, ce qui signifiait qu'il n'y avait guère de clients.

— Allons !

— Bonsoir, messieurs !… Vous n'avez pas rencontré Adèle ?…

— Non ! Elle n'est pas arrivée ?

— Pas encore ! C'est curieux, car elle est toujours à l'heure ! Entrez… Porto ?…

— Porto, oui !

La salle était vide. Les musiciens ne se donnaient pas la peine de jouer. Ils bavardaient en observant la porte d'entrée. Le patron, en veste blanche, arrangeait des petits drapeaux américains et anglais derrière son bar.

— Bonsoir, messieurs ! cria-t-il de loin. Ça va ?…

— Ça va !

Le policier entrait à son tour. C'était un homme encore jeune, qui ressemblait un peu au second clerc de l'étude. Il refusa de remettre son chapeau au chasseur, s'assit près de la porte.

Un signe du patron aux musiciens et ceux-ci déclenchèrent le jazz, cependant que le danseur professionnel, assis tout au fond de la salle où il était occupé à écrire une lettre, s'approcha de l'unique danseuse arrivée.

— Va !…

Delfosse poussait quelque chose dans la main de son compagnon et Jean hésitait à s'en saisir. Le policier les regardait. Mais l'action était sous la table.

— C'est le moment…

Chabot se décida à saisir les billets poisseux. Il les garda dans sa main, pour ne pas esquisser de gestes inutiles, se leva.

— Je reviens !… dit-il à voix haute.

Delfosse avait peine à cacher son soulagement et malgré lui il lança à son suiveur un regard triomphant.

Le patron arrêtait Jean.

— Attendez que je vous donne la clef ! La préposée n'est pas arrivée... Je ne sais pas ce qu'elles ont toutes aujourd'hui à être en retard !...

La porte de la cave était entrouverte et il en sortait des bouffées d'air humide qui firent frissonner le jeune homme.

Delfosse but son porto d'un trait. Il eut l'impression que cela lui faisait du bien et il avala ensuite celui de son ami. L'inspecteur ne bougeait pas ! Donc, la manœuvre avait réussi ! Dans quelques instants, la chasse d'eau emporterait les billets de banque compromettants.

À ce moment, Adèle entra, vêtue d'un manteau de satin noir bordé de fourrure blanche. Elle adressa un bonjour aux musiciens, serra la main de Victor.

— Tiens ! dit-elle à Delfosse. Ton ami n'est pas ici ? Je l'ai vu cet après-midi. Il est venu chez moi. Quel drôle de type ! Tu permets que je me déshabille ?...

Elle laissa son manteau derrière le comptoir où elle échangea quelques mots avec le patron, revint vers le jeune homme à côté de qui elle s'assit.

— Deux verres... Tu es avec quelqu'un ?

— Avec Jean.

— Où est-il ?

— Là-bas...

Il désignait la porte du regard.

— Ah ! bon. Qu'est-ce qu'il fait, son père ?

— Il est comptable dans une compagnie d'assurances, je crois...

Elle ne dit rien. Cela lui suffisait. C'était bien ce qu'elle avait pensé.

— Pourquoi ne viens-tu plus avec ton auto ?

— C'est l'auto de mon père. Je n'ai pas de permis de conduire. Alors, je ne la prends que quand il est en voyage. La semaine prochaine, il partira dans les Vosges. Si vous… si tu veux qu'on fasse une balade tous les deux… Jusqu'à Spa, par exemple ?…

— Qui est-ce, ce type-là ?… Il n'est pas de la police ?…

— Je ne sais pas… balbutia-t-il en rougissant.

— Il a une tête qui ne me revient pas… Dis donc ! tu es sûr que ton ami n'est pas évanoui ?… Victor !… Un sherry… Tu ne danses pas ?… C'est pas que j'y tienne, mais le patron aime qu'il y ait de l'animation…

Il y avait vingt minutes que Chabot avait disparu. Delfosse dansa si mal qu'au milieu de la danse ce fut Adèle qui se mit d'autorité à conduire.

— Tu permets ?… Je vais voir ce qu'il devient…

Il poussa la porte des lavabos. Jean n'y était pas. Par contre, la préposée rangeait sur une serviette les objets de toilette.

— Vous n'avez pas vu mon ami ?

— Non… Je viens d'arriver…

— Par la petite porte ?

— Comme toujours !

Il l'ouvrit. La ruelle était déserte, pluvieuse et froide, piquée du feu clignotant d'un seul bec de gaz.

4

Les fumeurs de pipe

Ils étaient quatre, dans l'immense local où des tables couvertes de papier buvard servaient de bureau. Les lampes avaient des abat-jour en carton vert. Les portes étaient ouvertes sur des pièces vides.

C'était le soir. Il n'y avait que ceux de la Sûreté à attendre, en fumant des pipes. Un grand roux, le commissaire Delvigne, était assis au bord d'une table et tortillait de temps en temps ses moustaches. Un jeune inspecteur faisait des dessins sur le buvard. Celui qui parlait était un petit homme râblé, qui venait évidemment de la campagne et qui était resté paysan des pieds à la tête.

— Sept francs pièce en les prenant par douze ! Des pipes qu'on payerait vingt francs dans n'importe quel magasin… Pas un défaut, hein !… C'est mon beau-frère qui est à la fabrique, à Arlon.

— On pourrait en commander deux douzaines, pour toute la brigade.

— C'est ce que j'ai écrit à mon beau-frère. À propos, lui qui est du métier m'a donné un tuyau épatant pour culotter les pipes…

Le commissaire balançait une jambe dans le vide. Tout le monde suivait attentivement la conversation. Tout le monde fumait. Dans la lumière crue des lampes, on voyait s'étirer des nuages bleuâtres.

— Au lieu de la bourrer n'importe comment, vous saisissez le fourneau comme ceci…

La porte s'ouvrit. Un homme entra, qui en poussait un autre devant lui. Le commissaire jeta un coup d'œil vers les nouveaux arrivants, questionna de loin :

— C'est toi, Perronet ?

— C'est moi, chef !

Et, au spécialiste en pipes :

— Dépêche-toi…

On laissait le jeune homme debout près de la porte et il dut écouter tout le discours sur la façon de culotter les pipes.

— Tu en veux une aussi ? demanda-t-on à Perronet. Des pipes en racine de bruyère véritable pour sept francs, grâce à mon beau-frère qui est contremaître à Arlon…

Et le commissaire, sans changer de place, lança :

— Avancez un peu, mon garçon !

C'était Jean Chabot, exsangue, les yeux si fixes qu'on pouvait craindre une crise de nerfs. Les autres le regardaient, tout en fumant, tout en échangeant encore quelques phrases entre eux. Et, même, une plaisanterie les fit rire.

— Où l'as-tu pincé, Perronet ?

— Au *Gai-Moulin*… Et au bon moment !… Juste comme il allait jeter des billets de cent dans les cabinets…

Cela n'étonna personne. Le commissaire chercha autour de lui.

— Qui veut remplir les feuilles ?

Le plus jeune se mit à une table, prit du papier avec des formules imprimées.

— Nom, prénoms, âge, profession, adresse, condamnations antérieures… Allons ! répondez…

— Chabot, Jean-Joseph-Émile, employé, 53, rue de la Loi…

— Pas de condamnations ?

— Non !

Les mots sortaient difficilement de la gorge trop serrée.

— Le père ?

— Chabot, Émile, comptable…

— Jamais condamné non plus ?

— Jamais !

— La mère ?

— Élisabeth Doyen, quarante-deux ans…

Personne n'écoutait. C'était la partie administrative de l'interrogatoire. Le commissaire à moustaches rousses allumait lentement une pipe d'écume, se levait, faisait quelques pas de long en large, demandait à quelqu'un :

— On s'est occupé du suicide du quai de Coronmeuse ?

— Gerbert y est !

— Bon ! À vous, jeune homme… Et, si vous voulez un bon conseil, n'essayez pas de faire le malin !… Vous étiez hier soir au *Gai-Moulin* en compagnie d'un certain Delfosse dont nous nous occuperons plus tard... À vous deux, vous n'aviez pas de quoi payer vos consommations et vous en deviez des jours précédents... Est-ce exact ?

Jean Chabot ouvrit la bouche, la referma sans avoir rien dit.

— Vos parents ne sont pas riches. Vous ne gagnez pas grand-chose. N'empêche que vous menez une vie de bâton de chaise... Vous devez de l'argent un peu partout... Est-ce vrai ?

Le jeune homme baissa la tête et continua à sentir les regards des cinq hommes braqués sur lui. Le ton du commissaire était condescendant, avec une pointe de mépris.

— Même au marchand de tabac ! Car, hier, vous lui deviez encore de l'argent... On connaît ça ! Des petits jeunes gens qui veulent jouer au noceur et qui n'en ont pas les moyens... Combien de fois avez-vous chipé de l'argent dans le portefeuille de votre père ?...

Jean devint cramoisi. Cette phrase, c'était pis qu'une gifle ! Et, le plus terrible, c'est qu'elle était à la fois juste et injuste.

Dans le fond, tout ce que disait le commissaire était vrai. Mais la vérité, présentée ainsi, sous un jour aussi cru, sans la moindre nuance, n'était presque plus la vérité.

Chabot avait commencé par boire des demis avec des amis, au *Pélican*. Il s'était habitué à en boire tous les soirs, parce que c'était là qu'on se rencontrait et qu'on créait une chaude atmosphère de camaraderie.

L'un payait sa tournée, l'autre la sienne. Des tournées qui revenaient de six à dix francs.

L'heure était si agréable ! Après le bureau, après les semonces du premier clerc, être là, dans le café le plus luxueux de la ville, à regarder passer les gens rue du Pont-d'Avroy, à serrer des mains, à voir de jolies femmes qui parfois venaient s'asseoir à la même table.

Tout Liège ne leur appartenait-il pas ?

Delfosse payait plus de tournées que les autres, parce qu'il avait le plus d'argent en poche.

— On va au *Gai-Moulin*, ce soir ?... Il y a une danseuse épatante...

C'était encore plus grisant. Les banquettes grenat. L'atmosphère lourde et chaude, parfumée, avec la musique, la familiarité de Victor et surtout la familiarité des femmes aux épaules nues qui relevaient leur robe pour tendre leurs bas.

Alors, peu à peu, cela devenait un besoin. Une fois, une seule, parce qu'il ne voulait pas toujours laisser payer les autres, Jean avait pris de l'argent, non pas chez lui, mais dans la petite caisse. Il avait compté plus cher une série d'envois recommandés... Vingt francs à peine !

— Je n'ai jamais volé mon père.

— Il est vrai qu'il ne doit pas avoir beaucoup à voler !... J'en reviens à la soirée d'hier... Vous êtes tous les deux au *Gai-Moulin*... Vous n'avez pas le sou... Et vous offrez encore à boire à une danseuse !... Donnez-moi vos cigarettes...

Le jeune homme tendit son paquet sans comprendre.

— Des Luxor à bout de liège... C'est bien ça, Dubois ?

— C'est cela même !

— Bon ! Il y a dans l'établissement un homme qui paraît riche, qui boit du champagne, qui doit avoir un portefeuille bien garni… Contre votre habitude, vous sortez par la petite porte… Or, aujourd'hui, on a retrouvé dans l'escalier de la cave, près de cette issue, deux bouts de cigarette et des traces de piétinements qui tendraient à prouver qu'au lieu de sortir réellement vous vous êtes cachés là… L'étranger a été tué… Au *Gai-Moulin* ou ailleurs… Son portefeuille a été volé… De même, d'ailleurs, que son étui à cigarettes en or… Aujourd'hui, vous payez vos dettes !… Et, ce soir, vous essayez, vous sentant traqué, de jeter de l'argent dans les W.-C…

Tout cela était dit sur un ton indifférent, comme si le commissaire eût à peine pris cette affaire au sérieux.

— Et voilà, jeune homme, comment on tourne mal !… Mettez-vous à table ! C'est ce que vous avez de mieux à faire… On pourra peut-être vous en tenir compte…

Sonnerie de téléphone. Tout le monde se tut, sauf un inspecteur qui décrocha.

— Allô ! oui… Bon !… Dites-lui que le fourgon passera tout à l'heure…

Et, aux autres, après avoir raccroché :

— C'est pour la bonniche qui s'est suicidée… Les patrons ont hâte de voir partir le corps…

Chabot regardait fixement le plancher sale. Il serrait les dents si fort qu'on ne les eût pas desserrées avec la lame d'un couteau.

— Où avez-vous attaqué Graphopoulos ?… Dans la boîte de nuit ?… À la sortie ?…

— Ce n'est pas vrai ! râla Jean. Je vous jure, sur la tête de mon père…

— Ça va ! Laissez votre père tranquille ! Son cas n'est déjà pas drôle comme ça…

Et ces mots déclenchèrent un tremblement convulsif. Jean regarda autour de lui avec épouvante. Il réalisait seulement sa situation. Il comprenait que, dans une heure ou deux, ses parents seraient au courant !

— Ce n'est pas possible ! Ce n'est pas vrai ! Je ne veux pas ! hurla-t-il.

— Doucement, jeune homme !

— Je ne veux pas ! Je ne veux pas ! Je ne veux pas !…

Et il se jeta sur un inspecteur qui était entre lui et la porte. La lutte fut courte. Le jeune homme ne savait même pas ce qu'il voulait. Il était hors de lui. Il criait. Il hoquetait. Et il finit par rouler par terre en gémissant toujours, en se tordant les bras.

Les autres le regardaient en fumant, en échangeant des coups d'œil.

— Un verre d'eau, Dubois !… Qui est-ce qui a du tabac ?…

Et le verre d'eau fut lancé au visage de Chabot, dont la crise nerveuse dégénéra en crise de larmes. Ses doigts essayaient de s'enfoncer dans sa gorge.

— Je ne veux pas !… Je ne veux pas !…

Le commissaire haussa les épaules, grommela :

— Tous les mêmes, ces sales gamins… Et tout à l'heure il faudra recevoir le père et la mère !…

L'ambiance n'était comparable qu'à celle d'un hôpital où des médecins sont réunis autour d'un patient qui se débat contre la mort.

Ils étaient cinq à entourer un jeune homme, un gamin. Cinq hommes dans la force de l'âge, qui en avaient vu d'autres et qui ne voulaient pas se laisser émouvoir.

— Allons ! lève-toi ! dit le commissaire avec impatience.

Et Chabot obéit docilement. Sa résistance était brisée. La crise lui avait cassé les nerfs. Il regardait autour de lui avec effroi, comme une bête qui abandonne la lutte.

— Je vous en supplie…

— Dis-nous plutôt d'où vient l'argent !

— Je ne sais pas… Je vous jure… Je…

— Ne jure pas si souvent !

Le complet noir était plaqué de poussière. Et, en essuyant son visage de ses mains sales, Chabot traça sur ses joues des sillons gris.

— Mon père est déjà malade… Une maladie de cœur… Il a eu une crise, l'an dernier, et le médecin a recommandé d'éviter les émotions…

Il parlait d'une voix monotone. Il était abruti.

— Fallait pas faire de bêtises, mon petit !… Et maintenant tu ferais mieux de parler… Qui est-ce qui a frappé ?… Est-ce toi ?… Est-ce Delfosse ?… Encore un qui devait tourner mal, celui-là !… Et même, s'il y en a un à saler, ce sera sans doute lui…

Un nouveau policier entra, salua gaiement les autres, alla s'asseoir à sa table où il feuilleta un dossier.

— Je n'ai pas tué… Je ne savais même pas…

— Bon ! J'admets que tu n'as pas tué…

Maintenant qu'il tutoyait le jeune homme, le commissaire se montrait plus paternel.

— Du moins sais-tu quelque chose... L'argent n'est pas venu tout seul dans ta poche... Tu n'en avais pas hier et tu en as aujourd'hui... Donnez-lui une chaise, vous autres...

Car on voyait nettement Chabot osciller. Il ne tenait plus debout. Il se laissa tomber sur la chaise à fond de paille, se prit la tête à deux mains.

— Ne te presse pas de répondre... Prends ton temps... Dis-toi bien que c'est encore le meilleur moyen de t'en tirer... D'ailleurs, tu n'as pas dix-sept ans... C'est devant le Tribunal pour enfants que tu passeras... Et tu ne risques guère que la maison de correction...

Une idée venait de frapper Chabot, qui regarda autour de lui avec des yeux moins troubles. Tour à tour il fixa ses bourreaux. Il ne voyait personne parmi eux qui ressemblât à l'homme aux larges épaules.

Est-ce qu'il ne s'était pas trompé à son sujet ? L'inconnu était-il bien de la police ? N'était-ce pas plutôt lui l'assassin ? Il était au *Gai-Moulin* la veille. Il était resté après les deux jeunes gens !

Et, s'il les avait suivis, n'était-ce pas justement pour essayer de les faire arrêter à sa place ?

— Je crois que je comprends !... s'écria-t-il, pantelant d'espoir. Oui, je pense que je connais l'assassin... Un homme très grand, très fort, avec un visage rasé...

Le commissaire haussa les épaules. Mais Chabot ne se laissa pas désarçonner.

— Il est entré au *Gai-Moulin* presque tout de suite après le Turc... Il était tout seul... Aujourd'hui, je l'ai revu, alors qu'il me suivait... Et il est allé demander des renseignements sur moi à la légumière...

— Qu'est-ce qu'il raconte ?

L'inspecteur Perronet grommela :

— Je ne sais pas au juste. Mais, en effet, il y avait hier au *Gai-Moulin* un client que personne ne connaissait…

— Quand est-il sorti ?

— En même temps que la danseuse.

Le commissaire regarda attentivement Chabot qui reprenait espoir, puis ne s'occupa plus de lui. C'était aux autres qu'il s'adressait maintenant.

— En somme, quel est l'ordre exact des sorties ?

— D'abord les deux jeunes gens… Du moins une fausse sortie, puisqu'il est établi qu'ils étaient cachés dans la cave… Ensuite le danseur et les musiciens… On fermait… L'homme en question a emmené Adèle, qui est attachée à l'établissement…

— Il restait donc le patron, Graphopoulos et les deux garçons…

— Pardon, un des garçons, celui qu'on appelle Joseph, était parti en même temps que les musiciens…

— Donc, le patron, un garçon et le Grec…

— Et les deux jeunes gens dans la cave…

— Que dit le patron ?

— Que son client est sorti à ce moment et qu'avec Victor il a éteint les lumières et fermé les portes…

— On n'a plus revu l'autre, dont parle Chabot ?

— Non ! On me l'a décrit aussi comme un homme grand et large d'épaules… Un Français, croit-on, car il n'avait pas l'accent d'ici…

Le commissaire bâilla, marqua quelque impatience dans la façon dont il débourra sa pipe.

— Téléphonez donc au *Gai-Moulin* et demandez à Girard ce qui s'y passe…

Chabot attendait avec anxiété. C'était encore plus affreux que précédemment, parce que maintenant il y avait une lueur d'espoir. Mais il craignait de se tromper. Cette peur était douloureuse. Ses mains se crispaient sur le rebord de la table. Son regard allait de l'un à l'autre, et surtout à l'appareil téléphonique.

— Allô !... Le *Gai-Moulin*, s'il vous plaît, mademoiselle...

Et le policier aux pipes de demander aux autres :

— Alors, c'est entendu, j'écris à mon beau-frère ?... Au fait, qu'est-ce que vous préférez ? Pipes droites ou pipes courbes ?...

— Droites ! répliqua le commissaire.

— Donc, deux douzaines de pipes droites... Dites donc, vous n'avez plus besoin de moi ?... J'ai mon gosse qui a la rougeole et...

— Tu peux aller.

Avant de sortir, le policier jeta un dernier coup d'œil à Jean Chabot, demanda à voix basse à son chef :

— On le garde ?

Et le jeune homme, qui avait entendu, essayait de surprendre la réponse, tous les sens tendus.

— Sais pas encore... En tout cas jusqu'à demain... Le Parquet décidera...

Tout espoir était perdu. Les muscles de Jean se détendirent. Qu'on le relâchât le lendemain, c'était trop tard. Ses parents sauraient ! À l'heure même, ils l'attendaient, s'inquiétaient !

Mais il ne pouvait plus pleurer. Tout son être s'avachissait. Il entendit vaguement la conversation téléphonique.

— Girard ?… Alors, qu'est-ce qu'il fait, là-bas ?… Comment ?… Ivre mort ?… Oui, il est toujours ici… Non !… Il nie, bien entendu !… Attends ! je vais demander au patron…

S'adressant au commissaire :

— Girard demande ce qu'il doit faire. Le jeune homme est ivre mort… Il a commandé du champagne et il boit avec la danseuse, qui ne vaut pas beaucoup mieux que lui… On l'arrête ?

Le chef regarda Jean en soupirant.

— Nous en avons déjà un… Non ! qu'on le laisse tranquille… Peut-être commettra-t-il une imprudence… Mais que Girard ne le lâche pas !… Il n'a qu'à nous téléphoner tout à l'heure…

Le commissaire s'était installé dans le seul fauteuil de la pièce et, les yeux clos, il paraissait dormir. Mais le filet de fumée qui s'élevait de sa pipe prouvait qu'il n'en était rien.

Un inspecteur remettait au net l'interrogatoire de Jean Chabot. Un autre faisait les cent pas, attendant avec impatience qu'il fût trois heures pour aller se coucher.

Il faisait plus frais. La fumée elle-même semblait froide. Le jeune homme ne dormait pas. Ses pensées s'embrouillaient. Les deux coudes sur une table, il fermait les yeux, les ouvrait, les fermait à nouveau. Et chaque fois que ses paupières s'écartaient, il voyait un même papier à en-tête sur lequel était écrit en belle anglaise :

Procès-verbal a été dressé au sieur Joseph Dumourois, journalier, domicilié à Flémalle-Haute, pour vol de lapins au préjudice de…

Le reste était caché par un sous-main.

Sonnerie de téléphone. L'inspecteur qui marchait alla décrocher.

— Oui… Bon !… Entendu !… Je vais le lui dire !… Un qui ne s'embêtera pas, celui-là !…

Il s'approcha du chef.

— C'est Girard… Delfosse et la danseuse ont pris un taxi et se sont fait conduire au domicile d'Adèle, rue de la Régence… Ils sont rentrés ensemble… Girard monte la garde…

Dans la brume rougeâtre qui envahissait son cerveau, Jean imagina la chambre d'Adèle, le lit qu'il avait vu défait, la danseuse qui se dévêtait, allumait le réchaud à alcool…

— Vous n'avez toujours rien à dire ? lui demanda le chef sans quitter son fauteuil.

Il ne répondit pas. Il n'en avait pas la force. C'est à peine s'il comprit que c'était à lui qu'on s'adressait.

Un soupir du commissaire, qui dit à l'inspecteur :

— Tu peux aller !… Laisse-moi seulement un peu de tabac…

— Vous croyez que vous arriverez à quelque chose ?

Et le regard désignait la silhouette noire de Jean pliée en deux, le torse sur la table.

Nouveau haussement d'épaules.

Et un grand trou dans la mémoire de Chabot. Un trou noir, grouillant de formes obscures, avec des étincelles rouges qui traversaient le tout sans rien éclairer.

Il se dressa en entendant une sonnerie insistante. Il vit trois grandes fenêtres pâles, des lampes jaunâtres, le commissaire qui se frottait les yeux, saisissait machinalement sa pipe éteinte sur la table et s'avançait, les jambes gourdes, vers le téléphone.

— Allô ! oui… Allô !… La Sûreté, oui !… Mais non, mon vieux… Il est ici… Comment ?… Qu'il vienne le voir si ça lui fait plaisir…

Et le commissaire, la bouche pâteuse, alluma sa pipe, en tira quelques bouffées amères avant de se camper devant Chabot.

— C'est ton père, qui signale ta disparition au commissariat de la 6ᵉ division… Je crois qu'il va venir…

Brutalement des rayons de soleil émergèrent d'un toit voisin, enflammèrent une des vitres, tandis que des hommes de peine arrivaient avec des seaux et des brosses pour nettoyer les locaux.

Une rumeur confuse montait du marché qui se tenait à deux cents mètres, en face de l'hôtel de ville. Les premiers tramways circulaient en sonnaillant comme s'ils eussent pour mission de réveiller la cité.

Jean Chabot, le regard trouble, se passait lentement la main dans les cheveux.

5

Confrontation

Le souffle rauque cessa au moment où Delfosse ouvrait les yeux et aussitôt il se dressa sur son séant, lança autour de lui un regard apeuré.

Les rideaux de la chambre n'avaient pas été fermés et l'ampoule électrique brûlait toujours, mêlant ses rayons jaunes à la lumière du jour. Une rumeur de ville en pleine activité montait de la rue.

Plus près, une respiration régulière. C'était Adèle, à demi dévêtue seulement, couchée sur le ventre, la tête dans l'oreiller. Une chaleur moite se dégageait de son corps. Un pied était encore chaussé et le haut talon s'enfonçait dans l'édredon de soie or.

René Delfosse était malade. Sa cravate l'étranglait. Il se leva pour chercher de l'eau, en trouva dans la carafe, mais ne vit pas de verre. Il but l'eau tiédie à même le récipient, goulûment, se regarda dans le miroir de la toilette.

Son cerveau était lent. Les souvenirs ne venaient qu'un à un et il subsistait des trous. Par exemple, il ne se souvenait pas de la façon dont il était arrivé dans cette chambre. Il interrogea sa montre. Elle était arrêtée, mais l'activité du dehors indiquait qu'il était au moins neuf heures du matin. Une banque, en face, était ouverte.

— Adèle !… appela-t-il pour ne plus être seul.

Elle remua, se mit sur le flanc, en chien de fusil, mais ne s'éveilla pas.

— Adèle !… Il faut que je te parle…

Il la contemplait sans désir. Peut-être même, à ce moment, la chair blanche de la femme l'écœurait-elle un peu ?

Elle ouvrit un œil, haussa les épaules, se rendormit. À mesure qu'il reprenait ses esprits, Delfosse devenait plus nerveux. Son regard trop mobile ne s'arrêtait nulle part. Il marcha vers la fenêtre, reconnut sur le trottoir d'en face l'inspecteur de police qui allait et venait sans quitter la porte des yeux.

— Adèle !… Éveille-toi, pour l'amour de Dieu !…

Il avait peur ! Une peur blanche ! Il ramassa son veston qui était par terre et quand il l'eut endossé il tâta machinalement les poches. Elles ne contenaient pas un centime.

Il but à nouveau et l'eau tombait, trop lourde, trop fade, sur son estomac malade. Un instant il crut qu'il allait vomir, que cela le soulagerait, mais il n'y parvint pas.

La danseuse dormait toujours, les cheveux défaits, le visage luisant. Un sommeil têtu, dans lequel elle semblait s'enfoncer farouchement.

Delfosse remettait ses souliers, apercevait sur la table le sac de sa compagne. Alors une idée lui vint. Il alla s'assurer que le policier était encore dehors. Puis il attendit que le souffle d'Adèle fût plus régulier.

Il ouvrit le sac sans bruit. Pêle-mêle avec le rouge, la poudre et de vieilles lettres, il y avait environ neuf cents francs qu'il poussa dans sa poche.

Elle n'avait pas bougé. Il marcha vers la porte, sur la pointe des pieds. Il descendit l'escalier mais, au lieu de gagner la rue, il se dirigea vers la cour. C'était la cour de l'épicerie, encombrée de caisses et de tonneaux. Une porte cochère s'ouvrait sur une autre rue, où des camions attendaient.

Delfosse dut faire un effort pour ne pas courir. Et une demi-heure plus tard, il arrivait, en nage, devant la gare des Guillemins.

L'inspecteur Girard serra la main du collègue qui s'approchait de lui.

— Qu'est-ce qu'il y a ?

— Le commissaire demande que tu lui amènes le jeune homme et la danseuse. Voici les mandats.

— L'autre a avoué ?

— Il nie ! Ou plutôt il raconte je ne sais quelle histoire d'argent volé par son ami dans une chocolaterie. Son père est là-bas. Ce n'est pas gai…

— Tu viens avec moi ?

— Le patron n'a pas précisé… Pourquoi pas ?…

Et ils entrèrent dans l'immeuble, frappèrent à la porte de la chambre. Personne ne répondit. Alors l'inspecteur Girard tourna le bouton de la porte qui s'ouvrit. Comme si elle eût senti le danger, Adèle s'éveilla soudain, se souleva sur les coudes, questionna d'une voix pâteuse :

— Qu'est-ce que c'est ?

— Police ! J'ai un mandat contre vous deux.

» Mais tonnerre de Dieu ! où est passé le jeune homme ?…

Elle le chercha du regard, elle aussi, tout en poussant ses jambes hors du lit. Une sorte d'instinct lui fit repérer son sac et elle se précipita vers l'objet ouvert, le fouilla fébrilement, glapit :

— Le voyou ! Il a filé avec mon argent !…

— Vous ne saviez pas qu'il était parti ?

— Je dormais… Mais il me le payera !… Voyez-vous ces crapules de fils à papa !…

Girard avait aperçu un étui à cigarettes en or sur la table de nuit.

— À qui est-ce ?

— C'est lui qui l'aura oublié ici… Il l'avait dans les mains hier au soir…

— Habillez-vous !

— On m'arrête ?

— J'ai en tout cas un mandat d'amener contre une certaine Adèle Bosquet, exerçant la profession de danseuse. Je suppose que c'est bien vous ?

— Ça va !

Elle ne s'affolait pas. Sa préoccupation dominante ne semblait pas être cette arrestation, mais le vol dont elle venait d'être victime. Tout en remettant de l'ordre dans sa coiffure, elle répéta deux ou trois fois :

— Le voyou !… Et moi qui dormais tranquillement !…

Les deux policiers regardaient autour d'eux en connaisseurs, échangeaient des œillades.

— Vous croyez que ce sera pour longtemps ? questionna-t-elle encore. Parce que alors je prendrais du linge de rechange…

— Savons rien du tout ! On a reçu un ordre…

Elle haussa les épaules, soupira :

— Du moment que je n'ai rien à me reprocher !

Et, se dirigeant vers la porte :

— Je vous attends… Vous avez une voiture, au moins ?… Non ?… Alors j'aime autant marcher toute seule… Vous n'avez qu'à me suivre…

Elle fit claquer rageusement le fermoir de son sac, qu'elle emporta, tandis que l'inspecteur glissait l'étui à cigarettes dans sa poche.

D'elle-même, une fois dehors, elle se dirigea vers les bureaux de la police où elle entra sans hésitation, ne s'arrêta que dans le large corridor.

— Par ici ! dit Girard. Un moment ! Je vais demander au chef si…

Une fausse manœuvre. Elle était déjà entrée ! Et, du premier coup d'œil, elle se rendait compte de la situation. Sans doute l'attendait-on, car il ne se passait rien. Le commissaire aux moustaches rousses faisait les cent pas dans la vaste pièce. Accoudé à un bureau, Chabot essayait de manger un sandwich qu'on lui avait apporté. Quant à son père, il était debout dans un coin, tête basse.

— Et l'autre ?… lança le chef quand il vit entrer Adèle accompagnée de Girard.

— Parti ! Il a dû filer par une porte de derrière ! D'après mademoiselle, il a emporté le contenu de son sac…

Chabot n'osait regarder personne. Il avait déposé son sandwich à peine entamé.

— De beaux voyous, commissaire !... Ah ! on m'y reprendra à être gentille avec des cocos de cette espèce !...

— Doucement ! Doucement ! Et contentez-vous de répondre à mes questions.

— N'empêche qu'il a emporté toutes mes économies !

— Je vous prie de vous taire.

Girard parlait bas au commissaire, lui remettait l'étui à cigarettes en or.

— Dites-moi d'abord comment cet objet est arrivé dans votre chambre. Je suppose que vous le reconnaissez. Vous avez passé avec Graphopoulos sa dernière soirée. Il s'est servi plusieurs fois de cet étui que diverses personnes ont remarqué. Est-ce lui qui vous l'a donné ?

Elle regarda Chabot, puis le commissaire, affirma :

— Non !

— Alors, comment était-il chez vous ?

— C'est Delfosse...

Chabot redressa vivement la tête, voulut se précipiter, commença :

— Ce n'est pas vrai... Elle...

— Vous, allez vous asseoir !... Vous dites, mademoiselle, que c'est René Delfosse qui était en possession de cet étui. Vous rendez-vous compte de la gravité de cette accusation ?

Elle ricana :

— Et comment !... Il a bien volé l'argent qu'il y avait dans mon sac, lui...

— Il y a longtemps que vous le connaissez ?

— Peut-être trois mois... Depuis qu'il vient presque tous les jours au *Gai-Moulin* avec cet oiseau-ci... Des purées, d'ailleurs ! J'aurais mieux fait de me méfier... Mais vous savez comment ça va... Ils sont jeunes !... Ça repose d'aller faire une parlote avec eux... Je les traitais en copains, quoi !... Et, quand ils m'offraient un verre, j'avais encore soin de ne pas prendre quelque chose de trop cher...

Elle avait le regard dur.

— Vous avez été leur maîtresse à tous les deux ?

Elle pouffa.

— Même pas !... C'est sans doute ce qu'ils voulaient... Mais ils tournaient autour du pot sans oser se déclarer... Ils venaient chez moi, séparément, sous des prétextes, pour me voir m'habiller...

— Le soir du crime, vous avez bu du champagne avec Graphopoulos. Est-ce qu'il était convenu que vous le suivriez après la soirée ?

— Pour qui me prenez-vous ?... Je suis danseuse...

— Entraîneuse, plus exactement... On sait ce que cela veut dire... Vous êtes partie avec lui ?

— Non !

— Il vous a fait des propositions ?

— Oui et non. Il m'a parlé d'aller le retrouver à son hôtel, je ne sais même plus où. Je n'ai pas fait attention...

— Vous n'êtes pas sortie seule.

— C'est exact. Au moment où j'atteignais le seuil, un autre client, que je ne connais pas et qui doit être français, m'a demandé où se trouve la place Saint-Lambert. Je lui ai dit que j'allais de ce côté. Il m'a accompagnée un bout de chemin, puis soudain il m'a déclaré :

» — Bon ! j'ai oublié mon tabac au bar...

» Et il a fait demi-tour…

— Un homme de forte corpulence ?

— C'est cela !

— Vous êtes rentrée directement chez vous ?

— Comme chaque nuit.

— Et vous avez appris le crime le lendemain par les journaux ?

— Ce jeune homme était chez moi. C'est lui qui m'a dit…

Deux ou trois fois déjà Chabot avait voulu intervenir, mais le commissaire le calmait d'un regard. Quant au père, il était toujours debout à la même place.

— Vous n'avez pas la moindre idée sur cet assassinat ?

Elle ne répondit pas tout de suite.

— Parlez ! Chabot vient d'avouer que ce soir-là, en compagnie de son ami, il était caché dans l'escalier de la cave, au *Gai-Moulin*.

Elle ricana.

— Il prétend qu'ils n'en voulaient tous les deux qu'à la caisse. Lorsqu'ils sont entrés dans la salle, un quart d'heure environ après la fermeture, ils auraient aperçu le cadavre de Graphopoulos…

— Sans blague !

— Selon vous, qui aurait pu commettre le crime ? Attendez ! Nous nous trouvons devant un nombre restreint de coupables possibles. D'abord Génaro, le patron de la boîte. Il prétend qu'il est parti tout de suite après vous en compagnie de Victor. Il affirme que Graphopoulos était déjà sorti.

Elle haussa les épaules tandis que Chabot la regardait d'un air à la fois dur et suppliant.

— Vous ne croyez pas à la culpabilité de Génaro, ni de Victor ?

— C'est idiot ! laissa-t-elle tomber avec indifférence.

— Reste le client inconnu que vous prétendez avoir accompagné quelques instants. Il a pu revenir sur ses pas, seul ou avec vous…

— Et comment serait-il entré ?

— Vous êtes depuis assez longtemps de la maison pour vous être procuré une fausse clef !

Nouveau haussement d'épaules.

— N'empêche que c'est Delfosse qui avait l'étui à cigarettes ! riposta-t-elle. Et que c'était lui qui était caché !

— C'est faux ! L'étui était chez vous, le lendemain à midi ! cria Chabot. Je l'ai vu ! Je le jure !…

Elle répéta :

— C'était Delfosse…

En un instant il y eut une cacophonie qu'interrompit l'arrivée d'un agent, qui parla bas au commissaire.

— Faites entrer !

On vit arriver un bon bourgeois d'une cinquantaine d'années, au ventre bedonnant barré d'une épaisse chaîne de montre. Il éprouvait le besoin de prendre un air digne, voire solennel.

— On m'a demandé de passer… commença-t-il en regardant autour de lui avec étonnement.

— C'est vous, monsieur Lasnier ! intervint le commissaire. Veuillez vous asseoir. Vous m'excuserez de vous avoir dérangé, mais je voudrais savoir si, au cours de la journée d'hier, vous vous êtes aperçu qu'il manquait de l'argent dans votre tiroir-caisse.

Le chocolatier de la rue Léopold montra des yeux ronds, répéta :

— Mon tiroir-caisse ?…

Et M. Chabot père le regardait avec angoisse, comme si de sa réponse allait découler son opinion sur l'affaire.

— Je suppose que si on y prenait deux mille francs, par exemple, cela se remarquerait ?

— Deux mille francs ?… Vraiment, je ne comprends pas…

— Peu importe ! Répondez à ma question ! Avez-vous constaté un trou dans la caisse ?…

— Pas du tout !

— Vous avez bien reçu hier la visite de votre neveu ?

— Attendez… Oui, je crois qu'il est passé, comme cela lui arrive de temps en temps… Pas tant pour me voir que pour faire des provisions de chocolat…

— Vous n'avez jamais remarqué que votre neveu volait de l'argent dans la caisse ?

— Monsieur !

Le chocolatier s'indignait, semblait prendre les autres à témoin de l'injure qui était faite à sa famille.

— Mon beau-frère est assez riche pour donner à son fils tout ce dont il a besoin…

— Excusez-moi, monsieur Lasnier. Je vous remercie…

— C'est tout ce que vous vouliez me…

— Tout ce que je voulais vous demander, oui !

— Mais qu'est-ce qui vous fait croire ?…

— Je ne puis rien vous dire pour le moment… Girard !… Reconduisez M. Lasnier…

Et le commissaire se remit à marcher tandis qu'Adèle questionnait avec effronterie :

— On a encore besoin de moi ici ?

Il la regarda d'une façon suffisamment éloquente pour la faire taire. Et, pendant près de dix minutes, ce fut le silence. On devait attendre quelqu'un ou quelque chose. M. Chabot n'osait pas fumer. Il n'osait pas regarder son fils. Il était aussi gêné de sa personne qu'un client pauvre dans l'antichambre d'un grand médecin.

Jean, lui, suivait le commissaire des yeux et chaque fois que celui-ci passait près de lui il avait des velléités de lui parler.

Enfin on entendit des pas dans le corridor. Des coups furent frappés à la porte.

— Entrez !

Deux hommes arrivaient, Génaro, court et râblé, vêtu d'un complet clair à martingale, et Victor, que Chabot n'avait jamais vu en tenue de ville et qui, tout en noir, avait l'air d'un ecclésiastique.

— J'ai reçu votre convocation il y a une heure et... commença l'Italien avec volubilité.

— Je sais ! Je sais ! Veuillez plutôt me dire si, cette nuit, vous avez vu l'étui à cigarettes de Graphopoulos entre les mains de René Delfosse.

Génaro fit une révérence pour s'excuser.

— Personnellement, je ne m'occupe pas beaucoup des clients, mais Victor pourra vous dire...

— Parfait ! Alors, répondez, vous !

Jean Chabot regardait le garçon dans les yeux. Sa respiration était forte. Mais Victor baissa les paupières d'un air patelin, murmura :

— Je ne voudrais pas faire du tort à ces jeunes gens, qui ont toujours été très gentils envers moi. Mais je suppose que je dois dire la vérité, n'est-ce pas ?

— Répondez par oui ou par non !

— Eh bien, oui… Il l'avait… Même que j'ai failli lui conseiller d'être prudent…

— Par exemple ! s'indigna Jean. C'est trop fort ! Vous n'avez pas honte, Victor ?… Écoutez, monsieur le commissaire…

— Silence ! Dites-moi maintenant ce que vous pensez de la situation pécuniaire de ces jeunes gens.

Et Victor, embarrassé, de soupirer, comme à regret :

— Bien sûr qu'ils me devaient toujours de l'argent… Et pas seulement le prix des consommations !… Il leur arrivait de m'emprunter des petites sommes…

— Quelle impression vous a faite Graphopoulos ?

— Un riche étranger de passage. Ce sont les meilleurs clients. Il a tout de suite commandé du champagne, sans demander le prix. Il m'a donné cinquante francs de pourboire…

— Et vous avez aperçu plusieurs billets de mille francs dans son portefeuille…

— Oui… Il était bien bourré… Surtout des billets français… Point de billets belges…

— C'est tout ce que vous avez remarqué ?

— Il avait une très belle perle à sa cravate.

— À quel moment est-il parti ?

— Un peu après Adèle, qu'accompagnait un autre client. Un gros, qui n'a bu que de la bière et qui m'a donné vingt sous de pourboire. Un Français ! Il fumait du tabac gris.

— Vous êtes resté seul avec le patron ?

— Le temps d'éteindre les lampes et de fermer la porte.

— Et vous êtes rentré directement chez vous ?

— Comme toujours ! M. Génaro m'a quitté au bas de la rue Haute-Sauvenière, où il habite.

— Le matin, en prenant votre service, vous n'avez remarqué aucun désordre dans la salle ?

— Aucun… Il n'y avait de sang nulle part… Les femmes de ménage étaient là et je les ai surveillées…

Génaro écoutait d'une oreille distraite, comme si cela ne le concernait aucunement. Le commissaire l'interpella.

— Est-il vrai que vous laissez généralement la recette de la soirée dans le tiroir-caisse ?

— Qui vous a dit cela ?

— Peu importe ! Répondez à la question.

— Pas du tout ! J'emporte l'argent avec moi, sauf la petite monnaie.

— C'est-à-dire ?

— Une moyenne de cinquante francs de pièces que je laisse dans le tiroir.

— Mais ce n'est pas vrai ! hurla littéralement Jean Chabot. Dix fois, vingt fois, je l'ai vu sortir en laissant…

Et Génaro :

— Comment ? C'est lui qui prétend que… ?

Il avait l'air sincèrement étonné. Il se tourna vers la jeune femme.

— Adèle vous dira…

— Bien sûr !

— Ce que je ne comprends pas, par exemple, c'est comment ces jeunes gens peuvent affirmer qu'ils ont vu le cadavre à l'intérieur de l'établissement. Graphopoulos est parti avant moi. Il n'a pas pu rentrer. Le crime a été commis dehors, je ne sais pas où… Je regrette de devoir être aussi catégorique. Ce sont des clients aussi… Et même j'avais pour eux une certaine sympathie… La meilleure preuve, c'est que je leur faisais crédit. Mais la vérité est la vérité et le cas est assez grave pour…

— Je vous remercie !

Il y eut un moment d'hésitation. Génaro questionna enfin :

— Je puis m'en aller ?

— Vous et votre garçon, oui ! Si j'ai encore besoin de vous, je vous le ferai savoir.

— Je suppose qu'il n'y a pas d'objection à ce que l'établissement reste ouvert ?

— Aucune !

Et Adèle questionna :

— Et moi ?

— Rentrez chez vous !

— Je suis libre ?

Le commissaire ne répondit pas. Il était soucieux. Il caressait avec obstination le fourneau de sa pipe. Quand les trois personnages furent dehors, on sentit le vide.

Il n'y avait plus là que le commissaire, Jean Chabot et son père. Et tout le monde se taisait.

Ce fut M. Chabot qui parla le premier. Il hésita longtemps. Enfin il toussa, commença :

— Excusez-moi… Mais, est-ce que vous croyez vraiment… ?

— Quoi ? répliqua l'autre, bougon.

— Je ne sais pas… Il me semble…

Et il esquissait un geste pour compléter sa pensée imprécise. Un geste imprécis qui signifiait : « … Il me semble qu'il y a dans tout cela quelque chose de pas très net, de pas très clair… Quelque chose d'équivoque… »

Jean s'était levé. Il avait repris une certaine énergie. Il osa regarder son père.

— Ils mentent tous ! articula-t-il nettement. Cela, je le jure ! Est-ce que vous me croyez, monsieur le commissaire ?

Pas de réponse.

— Est-ce que tu me crois, père ?

M. Chabot commença par détourner la tête. Puis il balbutia :

— Je ne sais pas…

Et enfin, écoutant son bon sens :

— Ce qu'il faudrait retrouver, c'est le Français dont ils parlent.

Le commissaire devait être irrésolu, car il circulait à grands pas rageurs.

— En tout cas, Delfosse a disparu ! grommela-t-il, pour lui-même plutôt que pour ses interlocuteurs.

Il marcha encore, reprit après un temps :

— Et deux témoins affirment qu'il était en possession de l'étui à cigarettes !

Il se promenait toujours, suivait sa pensée :

— Et vous étiez tous les deux dans la cave !… Et, cette nuit, vous avez essayé de jeter dans les W.-C. des billets de cent francs… Et…

Il s'arrêta, les regarda l'un après l'autre.

— Jusqu'au chocolatier qui n'admet pas qu'on lui ait volé de l'argent !

Il sortit, les laissant en tête à tête. Mais ils n'en profitèrent pas. Quand il revint, le père et le fils étaient chacun à leur place primitive, à cinq mètres l'un de l'autre, chacun enfermé dans un silence farouche.

— Tant pis ! Je viens de téléphoner au juge d'instruction ! Désormais, c'est lui qui a la haute direction de l'enquête ! Il ne veut pas entendre parler de mise en liberté provisoire. Si vous avez une faveur à demander, adressez-vous au juge de Conninck...

— François ?

— Je crois que c'est son prénom.

Et le père, à voix basse, honteuse, de murmurer :

— Nous étions au collège ensemble.

— Eh bien ! allez le voir, si vous croyez que ça serve à quelque chose. Mais j'en doute, car je le connais ! En attendant, il m'a donné l'ordre de faire conduire votre fils à la prison Saint-Léonard...

Ces mots rendirent un son sinistre. Jusque-là, il n'y avait rien de définitif.

Prison Saint-Léonard ! L'affreuse bâtisse noire enlaidissant tout un quartier, en face du Pont-Maguin, avec ses tourelles moyenâgeuses, ses meurtrières, ses barreaux de fer...

Jean, tout pâle, se taisait.

— Girard !... appela le commissaire en ouvrant une porte. Prenez deux agents, la voiture...

Ces mots-là suffisaient. On attendit.

— Vous ne risquez rien à aller voir M. de Conninck ! soupira le commissaire pour dire quelque chose. Du moment que vous étiez à l'école ensemble...

Mais sa physionomie exprimait nettement sa pensée : il mesurait la différence entre le magistrat, fils de magistrats, apparenté aux plus hautes notabilités de la ville, et le comptable dont le fils avouait lui-même qu'il avait voulu cambrioler une boîte de nuit.

— C'est prêt, patron !… vint dire l'inspecteur. Est-ce qu'il faut…

Quelque chose brillait dans ses mains. Le commissaire haussa les épaules affirmativement.

Et ce fut un geste rituel, si vite fait que le père ne s'en rendit compte que quand ce fut fini. Girard avait saisi les deux mains de Jean. Un claquement d'acier.

— Par ici !

Les menottes ! Et deux agents en uniforme qui attendaient dehors, près d'une voiture !

Jean fit plusieurs pas. On put croire qu'il partirait sans rien dire. Pourtant, à la porte, il se retourna. On reconnut à peine sa voix.

— Je te jure, père !…

— Dis donc, à propos des pipes, j'ai pensé ce matin que si on en commandait trois douzaines…

C'était l'inspecteur aux pipes qui entrait sans rien voir, qui apercevait soudain le dos du jeune homme, un poignet, le reflet des menottes, et qui s'interrompait :

— Alors, ça y est ?

Le geste voulait dire : « Bouclé ? »

Le commissaire désigna M. Chabot qui s'était assis, se prenait la tête à deux mains et sanglotait comme une femme.

L'autre continua à parler bas :

— … On trouvera toujours bien à placer l'autre douzaine dans les divisions… À ce prix-là !…

Un bruit de portière. Le grincement du démarreur…

Le commissaire, gêné, disait à M. Chabot :

— Vous savez… Il n'y a encore rien de définitif…

Il mentit :

— … et surtout si vous êtes l'ami de M. de Conninck !

Et le père, battant en retraite, esquissa un pâle sourire de remerciement.

6

Le fuyard

À une heure, les journaux locaux paraissaient et tous avaient en première page des titres sensationnels. La *Gazette de Liège*, le journal bien-pensant, imprimait :

L'affaire de la malle d'osier
Le crime a été commis par deux jeunes débauchés

La *Wallonie socialiste* écrivait de son côté :

Le crime de deux jeunes bourgeois

L'arrestation de Jean Chabot était annoncée, ainsi que la fuite de Delfosse. Déjà la maison de la rue de la Loi avait été photographiée.

Et on lisait :

... Aussitôt après l'entrevue pathétique qu'il a eue avec son fils dans les locaux de la Sûreté, M. Chabot

s'est enfermé chez lui et s'est refusé à toute déclaration. Mme Chabot, très ébranlée, a dû s'aliter...

... Nous avons pu joindre M. Delfosse au moment où il revenait de Huy où il possède des usines. C'est un homme énergique, d'une cinquantaine d'années, dont le regard clair ne se voile pas un seul instant. Il a reçu le choc avec sang-froid. Il ne croit pas à la culpabilité de son fils et il annonce son intention de s'occuper personnellement de cette affaire...

... À la prison Saint-Léonard, on nous déclare que Jean Chabot est très calme. Il attend la visite de son avocat avant de comparaître devant le juge d'instruction de Conninck qui a été saisi de l'affaire...

La rue de la Loi était quiète, comme d'habitude. On voyait les enfants entrer dans la cour de l'école, où ils jouaient en attendant l'heure de la classe.

Entre les pavés, il y avait des touffes d'herbe, et une femme, vers le numéro 48, lavait son seuil à la brosse de chiendent.

Pour seul bruit, les coups espacés sur l'enclume d'un forgeron en cuivre.

Mais, plus souvent que d'habitude, des portes s'ouvraient. Quelqu'un avançait la tête, jetant un coup d'œil dans la direction du numéro 53. On échangeait quelques mots, de seuil à seuil.

— Est-il possible qu'il ait fait ça !... C'est encore un gamin... Quand je pense qu'il n'y a pas si longtemps il jouait encore sur le trottoir avec les miens...

— Je le disais bien à mon mari quand je l'ai vu deux fois rentrer ivre... À son âge !...

Tous les quarts d'heure, à peu près, un coup de sonnette résonnait dans le corridor des Chabot. C'était l'étudiante polonaise qui ouvrait la porte.

— M. et Mme Chabot ne sont pas ici… disait-elle avec un fort accent.

— La *Gazette de Liège*… Voulez-vous leur dire que…

Et le reporter se démanchait le cou pour apercevoir quelque chose à l'intérieur. Il distinguait vaguement la cuisine, le dos d'un homme assis.

— Ce n'est pas la peine… Ils ne sont pas là…

— Pourtant…

Elle refermait la porte. Le journaliste se contentait de questionner les voisins.

Un journal publiait un sous-titre donnant un autre son de cloche que les autres.

Où est l'homme aux larges épaules ?

Et il imprimait ensuite :

Tout le monde, jusqu'ici, semble croire à la culpabilité de Delfosse et Chabot. Sans vouloir prendre leur défense et en nous tenant à l'objectivité des faits, il nous est pourtant permis de nous étonner de la disparition d'un témoin important : le client aux larges épaules qui se trouvait au Gai-Moulin *la nuit du crime.*

D'après le garçon de café, ce serait un Français, qui a été aperçu pour la première et la dernière fois ce soir-là. A-t-il déjà quitté la ville ? Préfère-t-il ne pas être interrogé par la police ?

La piste n'est peut-être pas négligeable et, au cas où les deux jeunes gens seraient innocents, ce serait sans doute de ce côté que viendrait la lumière.

Nous croyons savoir, d'ailleurs, que le commissaire Delvigne, qui poursuit l'enquête en étroite collaboration avec le juge d'instruction, a donné à la brigade des garnis et à la police de la voie publique les ordres nécessaires pour que le mystérieux client du Gai-Moulin *soit retrouvé...*

Le journal parut un peu avant deux heures. À trois heures, un homme corpulent, aux joues couperosées, se présentait à la police, demandait M. Delvigne et déclarait :

— Je suis le gérant de l'*Hôtel Moderne*, rue du Pont-d'Avroy. Je viens de lire les journaux et je crois que je puis vous donner des renseignements sur l'homme que vous cherchez.

— Le Français ?

— Oui. Et aussi sur la victime. Je ne m'occupe pas beaucoup, en général, des racontars de journaux et c'est pourquoi je me suis aperçu si tard de ce que je vais vous dire. Voyons... Quel jour sommes-nous ?... Vendredi... C'était donc mercredi... C'est bien mercredi que le crime a été commis, n'est-ce pas ?... Je n'étais pas là... Je m'étais rendu à Bruxelles pour affaires... Un client s'est présenté, qui avait un fort accent étranger et qui n'avait pour tout bagage qu'une mallette en porc... Il a demandé une grande chambre donnant sur la rue et il est monté immédiatement... Quelques minutes plus tard, un autre client prenait une chambre voisine...

» D'habitude, on fait remplir la fiche à l'arrivée… Je ne sais pas pourquoi il en a été autrement… Je suis rentré à minuit. J'ai jeté un coup d'œil sur le tableau des clefs…

» — Vous avez les fiches ? ai-je demandé à la caissière.

» — Sauf de deux voyageurs, qui sont sortis tout de suite après leur arrivée.

» Jeudi matin, un seul des deux était rentré. Je ne me suis pas inquiété de l'autre, me disant qu'il avait dû faire quelque galante rencontre.

» Au cours de la journée, je n'ai pas eu l'occasion de rencontrer mon homme et ce matin on m'a dit qu'il avait payé sa note et qu'il était parti.

» Comme la caissière lui demandait de remplir sa fiche, il a haussé les épaules en grommelant que ce n'était plus la peine.

— Pardon ! intervint le commissaire. C'est celui-là qui correspond au signalement de l'homme aux larges épaules ?

— Oui… Il est parti avec son sac de voyage, vers neuf heures…

— Et l'autre ?

— Comme il n'était pas rentré, j'ai eu la curiosité de pénétrer dans sa chambre à l'aide du passe-partout que nous sommes obligés de posséder pour les cas urgents. Or, sur la mallette en porc, j'ai lu un nom gravé : *Éphraïm Graphopoulos.* C'est ainsi que j'ai appris que l'individu trouvé dans la malle d'osier avait été mon locataire…

— Si je comprends bien, ils sont arrivés mercredi après-midi, quelques heures avant le crime, l'un derrière l'autre. Comme s'ils descendaient du même train, en somme !

— Oui ! du rapide de Paris.

— Et ils sont sortis le soir l'un derrière l'autre.

— Sans avoir rempli leur fiche !

— Seul le Français est revenu et ce matin il a disparu.

— C'est cela ! J'aimerais mieux, si c'était possible, ne pas voir publier le nom de l'hôtel, car il y a des clients que cela impressionne.

Seulement, à la même heure, un des garçons du *Moderne* racontait exactement la même chose à un journaliste. Et à cinq heures, dans les dernières éditions de toutes les feuilles, on lisait :

L'enquête prend une nouvelle tournure
L'homme aux larges épaules est-il l'assassin ?

C'était une belle journée. La vie coulait dans les rues ensoleillées de la ville. Un peu partout les agents essayaient de reconnaître parmi les passants le Français recherché. À la gare, il y avait un inspecteur derrière chaque employé préposé aux billets et les voyageurs étaient examinés des pieds à la tête.

Rue du Pot-d'Or, un camion déchargeait en face du *Gai-Moulin* des caisses de champagne que l'on descendait au fur et à mesure à la cave, en traversant la salle où régnait une ombre fraîche. Génaro surveillait, en bras de chemise, la cigarette aux lèvres. Et il haussait les épaules quand il voyait des passants s'arrêter, murmurer avec un petit frisson :

— C'est ici !…

Ils essayaient de voir à l'intérieur, dans la pénombre où on ne distinguait guère que les banquettes de peluche grenat et les tables de marbre.

À neuf heures, on alluma les lampes et les musiciens accordèrent leurs instruments. À neuf heures et quart, six journalistes étaient au bar et, installés, discutaient passionnément.

À neuf heures et demie, la salle était plus qu'à moitié pleine, ce qui n'arrivait pas une fois par an. Non seulement il y avait là tous les jeunes fréquentant les boîtes de nuit et les dancings, mais encore des personnes sérieuses, mettant pour la première fois de leur vie les pieds dans un endroit mal famé.

On voulait voir. Personne ne dansait. On regardait tour à tour le patron, Victor, le danseur professionnel. Des gens se dirigeaient invariablement vers les lavabos pour contempler le fameux escalier de la cave.

— Pressons ! Pressons ! lançait Génaro aux deux garçons qui étaient débordés.

Et il adressait des signes à l'orchestre ; il demandait à voix basse à une femme :

— Tu n'as pas vu Adèle ? Il est temps qu'elle arrive !

Car Adèle était la grande attraction. C'était elle surtout que les curieux voulaient regarder de plus près.

— Attention ! souffla un journaliste à l'oreille d'un confrère. Ils sont ici…

Et il désignait deux hommes qui occupaient une table près de la portière de velours. Le commissaire Delvigne buvait de la bière dont la mousse s'accrochait à ses moustaches rousses. À côté de lui, l'inspecteur Girard dévisageait les consommateurs.

À dix heures, l'atmosphère était caractéristique. Ce n'était plus le *Gai-Moulin* habituel, avec ses quelques clients réguliers et les voyageurs à la recherche d'une compagne d'un soir.

De par la présence des journalistes surtout, cela rappelait à la fois le grand procès de cour d'assises et la soirée de gala.

Les mêmes gens étaient là. Non seulement les reporters, mais les chroniqueurs. Un directeur de journal était venu en personne. Puis tous ceux qui ont l'habitude de se retrouver dans les grands cafés, les viveurs, comme on dit encore en province, et les jolies femmes.

Dans la rue, il y avait une vingtaine de voitures. On se saluait de table à table. On se levait pour distribuer des poignées de main.

— Il se passera quelque chose ?

— Chut ! Pas si haut ! Le rouquin, là-bas, est le commissaire Delvigne. S'il s'est dérangé, c'est que…

— Laquelle est Adèle ? La grosse blonde ?

— Elle n'est pas arrivée !

Elle arrivait. Elle faisait une entrée sensationnelle. Elle portait un ample manteau de satin noir doublé de soie blanche. Elle avançait d'abord de quelques pas, s'arrêtait, regardait à la ronde puis, nonchalante, se dirigeait vers l'orchestre, tendait la main au chef.

Éclair de magnésium. Un photographe venait de prendre un cliché pour son journal et la jeune femme haussait les épaules, comme si cette popularité lui eût été indifférente.

— Cinq portos, cinq !

Victor et Joseph étaient sur les dents. Ils se faufilaient entre les tables.

On eût dit une fête, mais une fête où chacun était là pour regarder les autres. Les danseurs professionnels gravitaient seuls sur la piste.

— Ce n'est pas si extraordinaire que ça ! disait une femme que son mari conduisait pour la première fois dans un cabaret. Je ne vois pas ce qu'il y a de répréhensible.

Génaro s'approcha des policiers.

— Excusez-moi, messieurs. Je voudrais vous demander un conseil. Est-ce qu'il faut faire les numéros, comme d'habitude ?… Maintenant, Adèle devrait danser…

Le commissaire haussa les épaules en regardant ailleurs.

— Ce que j'en disais, c'était pour ne pas vous contrarier…

La jeune femme était au bar, entourée par les journalistes qui la questionnaient.

— En somme, Delfosse a volé le contenu de votre sac. Il était votre amant depuis longtemps ?

— Il n'était même pas mon amant !

Elle manifestait un certain embarras. Il lui fallait faire un effort pour subir le feu de tous les regards.

— Vous avez bu le champagne avec Graphopoulos. À votre avis, quel genre d'homme était-ce ?

— Un chic type ! Mais laissez-moi…

Elle alla au vestiaire retirer son manteau, s'approcha un peu plus tard de Génaro.

— Je danse ?

Il n'en savait rien. Il regardait toute cette foule avec une pointe d'inquiétude, comme s'il craignait d'être submergé.

— Je me demande ce qu'ils attendent.

Elle alluma une cigarette, s'accouda au bar, le regard lointain, sans répondre aux questions que les reporters continuaient à lui poser.

Une grosse commère disait à voix haute :

— C'est ridicule de payer dix francs une limonade ! Il n'y a même rien à voir !

Il y eut quelque chose à voir, pourtant, mais seulement pour ceux qui connaissaient les personnages du drame. Le chasseur en rouge souleva à certain moment la portière et on entrevit un homme d'une cinquantaine d'années, aux moustaches argentées, qui fut surpris en apercevant tant de monde.

Il fut tenté de reculer. Mais son regard rencontra celui d'un journaliste qui l'avait reconnu et qui donnait un coup de coude à son voisin. Alors il entra, l'air dégagé, en secouant la cendre de sa cigarette.

Il portait beau. Il était habillé avec une remarquable élégance. On sentait l'homme habitué à la vie large autant qu'à l'existence nocturne.

Il marcha droit vers le bar, avisa Génaro.

— Vous êtes le patron de la boîte ?

— Oui, monsieur.

— M. Delfosse ! Il paraît que mon fils vous devait de l'argent ?

— Victor !

Et Victor accourut.

— C'est le père de M. René qui demande combien son fils te devait.

— Attendez que je consulte mon carnet… M. René tout seul ou bien M. René et son ami ?… hum !… Cent cinquante et soixante-quinze… Et dix et les cent vingt d'hier…

M. Delfosse lui tendit un billet de mille francs, laissa tomber sèchement :

— Gardez le tout !

— Merci, monsieur ! Merci beaucoup ! Vous ne voulez pas prendre quelque chose ?

Mais M. Delfosse regagnait la sortie sans regarder personne. Il passa près du commissaire qu'il ne connaissait pas. Au moment où il franchissait la portière, il frôla un nouvel arrivant, n'y prit garde et remonta dans sa voiture.

C'était pourtant le principal événement de la soirée qui se préparait. L'homme qui entrait était grand, large d'épaules, avec un visage épais, un regard calme.

Adèle, qui le vit la première, peut-être parce qu'elle ne cessait de guetter la porte, écarquilla les prunelles, se montra toute désemparée.

Le nouveau venu marchait droit vers elle, lui tendait une main grasse.

— Vous allez bien, depuis l'autre soir ?

Elle essaya d'esquisser un sourire.

— Merci ! Et vous ?

Des journalistes chuchotaient en le regardant.

— Tout ce que tu veux que c'est lui ?

— Il ne viendrait pas ici ce soir !

Comme par bravade, l'homme tira de sa poche un paquet de tabac gris et se mit en devoir de bourrer sa pipe.

— Un pale-ale ! lança-t-il à Victor qui passait, un plateau chargé à bout de bras.

Victor fit un signe affirmatif, poursuivit sa course, passa près des deux policiers et souffla rapidement :

— C'est lui !

Comment la nouvelle se répandit-elle ? Toujours est-il qu'une minute plus tard tous les regards étaient braqués sur l'homme aux larges épaules qui, une cuisse sur un haut tabouret du bar, l'autre jambe pendante, buvait sa bière anglaise à petites gorgées en contemplant le public à travers le verre embué.

Trois fois Génaro dut faire claquer ses doigts pour décider le jazz à jouer un nouveau morceau. Et le danseur professionnel lui-même, tout en dirigeant sa partenaire sur le parquet ciré, ne quittait pas l'homme des yeux.

Le commissaire Delvigne et l'inspecteur échangeaient des petits signes. Des journalistes les observaient.

— On y va ?

Ils se levèrent ensemble, se dirigèrent vers le bar d'une démarche nonchalante.

Le commissaire aux moustaches rousses s'accouda devant l'homme. Girard se plaça derrière, prêt à le ceinturer.

La musique ne cessa pas. Et, pourtant, tout le monde eut l'impression d'un silence anormal.

— Pardon ! Vous êtes bien descendu à l'*Hôtel Moderne* ?

Un lourd regard se posa sur celui qui parlait.

— Après ?

— Je crois que vous avez oublié de remplir votre fiche.

Adèle était à trois pas, le regard rivé à l'inconnu. Génaro faisait partir le bouchon d'une bouteille de champagne.

— Si vous n'y voyez pas d'inconvénient, je désirerais que vous veniez la remplir à mon bureau. Attention ! Pas d'esclandre…

Le commissaire Delvigne scrutait les traits de son partenaire et se demandait en vain ce qui, en lui, l'impressionnait.

— Vous me suivez ?

— Un instant…

Il porta la main à sa poche. L'inspecteur Girard crut qu'il voulait en sortir un revolver et il eut la maladresse de tirer le sien.

Des gens se levèrent. Une femme poussa un cri d'effroi. Mais l'homme ne voulait que prendre de la monnaie, qu'il posa sur le bar en disant :

— Je vous suis !

La sortie fut loin d'être discrète. La vue du revolver avait effrayé les clients, sinon ils eussent sans doute formé la haie. Le commissaire marchait le premier. Puis l'homme. Puis Girard, qui était pourpre à cause de sa fausse manœuvre.

Un photographe fit éclater du magnésium. Une voiture attendait devant la porte.

— Vous voudrez bien monter…

Il n'y avait que trois minutes de chemin pour atteindre les bureaux de la police. Des inspecteurs en service de nuit étaient occupés à jouer au piquet et à boire des demis qu'ils avaient fait venir d'un café voisin.

L'homme entra comme chez lui, retira son chapeau melon, alluma une grosse pipe qui s'harmonisait avec sa face empâtée.

— Vous avez des papiers ?

Delvigne était nerveux. Il y avait quelque chose qui ne lui plaisait pas dans cette affaire et il ne savait pas quoi.

— Pas de papiers du tout !

— Où avez-vous déposé votre valise quand vous avez quitté l'*Hôtel Moderne* ?

— Je n'en sais rien !

Un regard aigu du commissaire qui se troubla, parce qu'il eut l'impression que son interlocuteur s'amusait comme un enfant.

— Vos nom, prénoms, profession, domicile...

— C'est votre bureau, à côté ?

On voyait une porte qui ouvrait sur un petit bureau vide et non éclairé.

— Et après ?

— Venez !

Ce fut l'homme aux larges épaules qui entra le premier, tourna le commutateur, referma la porte.

— Commissaire Maigret, de la Police Judiciaire de Paris ! dit-il alors en tirant de petites bouffées de sa pipe. Allons ! mon cher collègue, je crois que, ce soir, nous avons fait du bon travail. Et vous avez une bien belle pipe !...

7

Le voyage insolite

— Les journalistes ne vont pas accourir, au moins ? Fermez votre porte à clef, voulez-vous ? Il vaut mieux que nous causions en paix.

Le commissaire Delvigne regardait son collègue avec cette involontaire considération que l'on voue, en province, et surtout en Belgique, à tout ce qui vient de Paris. Au surplus, il était gêné de la gaffe qu'il venait de commettre et il voulut s'excuser.

— Du tout ! trancha Maigret. Je tenais absolument à être arrêté ! Je vais plus loin : tout à l'heure, vous me ferez conduire en prison et j'y resterai aussi longtemps que ce sera nécessaire. Vos inspecteurs eux-mêmes doivent croire à la réalité de mon arrestation.

Ce fut plus fort que lui ! Il éclata de rire, tant était drôle la physionomie du Belge. Il regardait Maigret en dessous, en se demandant quelle attitude il devait prendre. On sentait qu'il avait peur d'être ridicule. Et il essayait vainement de savoir si son compagnon plaisantait ou non.

Le rire de Maigret déchaîna le sien.

— Allons ! Allons ! Vous en avez de bonnes ! Vous mettre en prison !… Ha ! Ha !…

— Je vous jure que j'y tiens absolument !

— Ha ! Ha !…

Il résista longtemps. Et quand il vit que son interlocuteur parlait sérieusement, il en fut tout bouleversé.

Ils étaient maintenant assis face à face. Une table surchargée de dossiers les séparait. De temps en temps Maigret avait encore un regard d'admiration à la pipe d'écume de son collègue.

— Vous allez comprendre… dit-il. Je vous demande pardon de ne pas vous avoir mis au courant plus tôt, mais vous verrez tout à l'heure que c'était impossible. Le crime a été commis mercredi, n'est-ce pas ? Bon ! Eh bien, lundi, j'étais à mon bureau, quai des Orfèvres, quand on me fait passer la carte d'un certain Graphopoulos. Comme d'habitude, avant de le recevoir, je téléphone au Service des étrangers pour avoir des renseignements sur lui. Rien ! Graphopoulos venait seulement d'arriver à Paris…

» Dans mon bureau, il me fait l'effet d'un homme momentanément troublé. Il m'explique qu'il voyage beaucoup, qu'il a des raisons de croire qu'on en veut à sa vie et il termine en me demandant combien cela lui coûterait d'être gardé nuit et jour par un inspecteur.

» C'est courant. Je lui communique le tarif. Il insiste pour avoir quelqu'un de tout à fait à la hauteur, mais par contre il répond évasivement à mes questions sur le danger qu'il court et sur ses ennemis possibles.

» Il me donne son adresse au *Grand Hôtel* et le soir même je lui envoie l'inspecteur demandé.

» Le lendemain matin, je me renseigne sur lui. L'ambassade de Grèce me répond qu'il est le fils d'un gros banquier d'Athènes et qu'il mène à travers l'Europe une vie oisive de grand seigneur.

» Je parie que vous l'avez pris pour un aventurier.

— C'est exact. Vous êtes sûr que… ?

— Attendez ! Le mardi soir, l'inspecteur chargé de protéger mon Graphopoulos me dit avec ahurissement que notre homme a passé son temps à essayer de le semer en route. Des petites ruses connues de tous, comme les maisons à deux issues, les taxis successifs et les moyens de transport en commun. Il ajoute que Graphopoulos a pris un billet pour l'avion de Londres de mercredi matin.

» Je peux bien vous l'avouer : l'idée de faire un tour à Londres, surtout en avion, me souriait assez et j'ai pris la filature à mon compte.

» Mercredi matin, Graphopoulos a quitté le *Grand Hôtel* mais, au lieu de se rendre au Bourget, il s'est fait conduire à la gare du Nord où il a pris un billet de chemin de fer pour Berlin…

» Nous avons voyagé dans le même wagon-salon. Je ne sais pas s'il m'a reconnu. Toujours est-il qu'il ne m'a pas adressé la parole.

» À Liège, il est descendu et je suis descendu derrière lui. Il a loué une chambre à l'*Hôtel Moderne* et j'ai choisi une chambre voisine de la sienne.

» Nous avons dîné dans un restaurant, derrière le Théâtre Royal.

— À *La Bécasse* ! interrompit M. Delvigne. On y mange bien !

— Surtout les rognons à la liégeoise, c'est vrai ! Remarquez que j'ai eu l'impression que Graphopoulos mettait les pieds à Liège pour la première fois. C'est à la gare qu'on lui a enseigné l'*Hôtel Moderne*. C'est à l'hôtel qu'on l'a envoyé à *La Bécasse*. Enfin, c'est le chasseur du restaurant qui lui a parlé du *Gai-Moulin*.

— Où il aurait donc échoué par hasard ! dit rêveusement le commissaire Delvigne.

— J'avoue que je n'en sais rien. Je suis entré au cabaret un peu après lui. Une danseuse de l'établissement était déjà installée à sa table, ce qui est assez naturel. À vrai dire, je me suis ennuyé atrocement, car j'ai horreur de ces boîtes de nuit. Ma première idée était qu'il emmènerait la femme. Quand j'ai vu celle-ci prête à partir seule, je l'ai accompagnée un bout de chemin, le temps de lui poser deux ou trois questions. Elle m'a affirmé que c'était la première fois qu'elle voyait l'étranger, qu'il lui avait donné un rendez-vous auquel elle n'irait pas et elle a ajouté que c'était un raseur.

» C'est tout. Je suis revenu sur mes pas. Le patron de la boîte sortait en compagnie du garçon. J'ai pensé que Graphopoulos était parti quand j'avais le dos tourné et je l'ai cherché un instant dans les rues proches.

» Je suis allé jusqu'à l'hôtel m'assurer qu'il n'était pas rentré. Quand je suis revenu vers le *Gai-Moulin*, les portes étaient toujours closes et il n'y avait pas de lumière à l'intérieur.

» Bref, un résultat aussi négatif que possible. N'empêche que je ne prenais pas l'affaire au tragique. J'ai demandé à un agent s'il y avait d'autres boîtes ouvertes. Il m'en a désigné quatre ou cinq, que j'ai visitées consciencieusement, sans retrouver mon Grec.

— C'est extraordinaire ! murmura M. Delvigne.

— Attendez ! J'aurais pu me présenter à vous et poursuivre l'enquête de concert avec la police liégeoise. Mais, étant donné qu'on m'avait vu au *Gai-Moulin*, j'ai préféré ne pas donner l'alarme à l'assassin. Il y a, en somme, très peu de coupables possibles. J'ai commencé par les deux jeunes gens, dont la nervosité ne m'avait pas échappé. Cela m'a conduit jusqu'à Adèle et jusqu'à l'étui à cigarettes du mort.

» Vous avez brusqué les choses. Arrestation de Jean Chabot. Fuite de Delfosse. Confrontation générale. Tout cela, je ne l'ai connu que par les journaux.

» Et j'ai appris par la même occasion que j'étais recherché comme un coupable probable.

» C'est tout ! J'en ai profité !

— Profité ?

— Une question d'abord. Est-ce que vous croyez à la culpabilité des deux gamins ?

— À parler franc…

— Bon ! je vois que vous n'y croyez pas. Personne n'y croit et l'assassin sent parfaitement que, d'un moment à l'autre, on va chercher ailleurs. Par conséquent, il prend ses précautions et il ne faut pas compter sur une imprudence de sa part.

» Par contre, il y a de grosses présomptions contre l'homme aux larges épaules, comme disent les journaux.

» Alors, l'homme aux larges épaules s'est fait arrêter, dans ces circonstances assez théâtrales. Pour tout le monde, c'est le vrai coupable qui a été bouclé ce soir !

» Il faut renforcer cette opinion. Demain, les gens apprendront que je suis à la prison Saint-Léonard et qu'on espère de très prochains aveux.

— Vous irez réellement en prison ?

— Pourquoi pas ?

M. Delvigne ne pouvait pas se faire à cette idée-là.

— Bien entendu, vous serez libre de vos mouvements…

— Pas du tout ! Je vous demande au contraire de me mettre au régime le plus sévère !

— Vous avez de drôles de méthodes, à Paris !

— Même pas ! Mais, comme je vous l'ai dit, il faut que le ou les coupables se croient hors de danger. Pour autant qu'il y ait un coupable…

Cette fois, le commissaire aux moustaches rousses sursauta.

— Que voulez-vous dire ? Vous ne voulez pas insinuer que Graphopoulos s'est défoncé le crâne d'un coup de matraque, puis qu'il s'est enfermé dans une malle d'osier pour se transporter au Jardin d'Acclimatation ?

Les gros yeux de Maigret étaient tout pleins de naïveté.

— Sait-on jamais ?

Et, tout en bourrant sa pipe :

— Il va être temps que vous me fassiez conduire en prison. Auparavant, il vaudrait peut-être mieux que nous nous mettions d'accord sur certains points. Voulez-vous noter ?…

Il était très simple. Il y avait même de l'humilité dans le ton employé. N'empêche qu'il prenait tout bonnement la direction effective de l'enquête, sans en avoir l'air.

— J'écoute…

— 1° *Lundi, Graphopoulos demande la protection de la police parisienne ;*

2° *Mardi, il essaie de brûler la politesse à l'inspecteur chargé de veiller sur lui ;*

3° *Mercredi, après avoir pris un billet pour Londres, il en prend un pour Berlin et il descend à Liège ;*

4° *Il ne paraît pas connaître la ville et il échoue au* Gai-Moulin, *où il ne fait rien d'extraordinaire ;*

5° *Au moment où je sors en compagnie de la danseuse il y a quatre personnes dans le cabaret : Chabot et Delfosse, cachés dans l'escalier de la cave ; le patron et Victor dans la salle ;*

6° *Quand je reviens, le patron et Victor s'en vont et ferment les portes. Chabot et Delfosse, d'après eux, sont toujours là ;*

7° *Les jeunes gens prétendent qu'ils sortent de la cave un quart d'heure après la fermeture et qu'à ce moment Graphopoulos est mort ;*

8° *Si c'est exact, le crime a pu être commis pendant que je faisais un bout de chemin avec la danseuse. Dans ce cas les coupables seraient Génaro et Victor ;*

9° *Si c'est faux, le crime a pu être commis à ce moment par Delfosse et Chabot eux-mêmes ;*

10° *Chabot ment peut-être et dans ce cas rien ne prouve que le drame a eu lieu au* Gai-Moulin ;

11° *L'assassin a pu transporter lui-même le corps, mais il est possible que ce transport ait été assuré par quelqu'un d'autre ;*

12° *Le lendemain, Adèle est en possession de l'étui à cigarettes, mais elle prétend qu'il lui a été donné par Delfosse ;*

13° *Les témoignages de Génaro, de la danseuse et de Victor concordent pour réfuter les allégations de Jean Chabot.*

Maigret se tut, tira quelques bouffées de sa pipe, et son compagnon leva vers lui des yeux inquiets.

— C'est inouï !... murmura-t-il.

— Qu'est-ce qui est inouï ?

— La complexité de cette affaire, quand on y regarde de près.

Maigret se leva.

— Allons nous coucher ! Les lits sont bons, à Saint-Léonard ?

— C'est vrai que vous voulez aller là-bas...

— À propos, j'aimerais assez avoir la cellule voisine de celle du gamin. Demain, je vous demanderai sans doute de me confronter avec lui.

— Peut-être aura-t-on retrouvé son ami Delfosse ?

— Cela n'a pas d'importance.

— Vous croyez qu'ils soient définitivement hors de cause ? Le juge ne veut pas entendre parler de les relâcher. Au fait, il faudra bien que je lui dise la vérité à votre sujet...

— Le plus tard possible, voulez-vous ? Qu'est-ce qui se passe à côté ?

— Sûrement les journalistes ! Je vais devoir leur faire une déclaration. Quelle identité dois-je vous donner ?

— Pas d'identité ! Un inconnu ! On n'a trouvé sur moi aucun papier…

Le commissaire Delvigne n'était pas encore tout à fait d'aplomb. Il continuait à observer Maigret à la dérobée, avec une inquiétude teintée d'admiration.

— Je n'y comprends rien !

— Moi non plus !

— C'est à croire que Graphopoulos n'est venu à Liège que pour se faire tuer. Au fait, il est plus que temps que je prévienne sa famille. Je verrai le consul de Grèce, demain matin.

Maigret avait saisi son chapeau melon. Il était prêt à partir.

— Attention de ne pas me traiter avec trop d'égards devant les journalistes ! recommanda-t-il.

L'autre ouvrait la porte. Dans le grand bureau des inspecteurs, on aperçut une demi-douzaine de reporters qui entouraient un homme que M. Delvigne reconnut.

C'était le gérant de l'*Hôtel Moderne*, qui était déjà venu l'après-midi. Il parlait avec véhémence aux journalistes qui prenaient des notes. Soudain il se retourna, aperçut Maigret, le désigna du doigt en devenant cramoisi.

— C'est lui ! s'écria-t-il. Il n'y a pas de doute !

— Je sais ! Il vient d'avouer qu'il est descendu à votre hôtel.

— Et il a avoué aussi qu'il a pris la malle ?

M. Delvigne n'y comprit rien.

— Quelle malle ?

— La malle en osier, parbleu ! Avec les domestiques qu'on a au jour d'aujourd'hui, j'aurais pu rester longtemps sans m'en apercevoir…

— Expliquez-vous !

— Voilà ! À chaque étage de l'hôtel, il y a, dans le couloir, une malle en osier qui sert à mettre le linge sale. Or, tout à l'heure, on est venu de la blanchisserie et c'est ainsi que je me suis aperçu qu'il manquait une malle, celle du troisième étage. J'ai questionné la femme de chambre. Elle prétend qu'elle a cru qu'on avait enlevé la malle pour la réparer, parce que le couvercle fermait mal…

— Et le linge ?

— C'est le plus fort ! Le linge qu'elle contenait a été retrouvé dans la malle du second.

— Vous êtes sûr que c'est votre malle qui a servi à transporter le cadavre ?

— Je viens de la morgue, où on me l'a montrée.

Il haletait. Il n'en revenait pas encore d'être mêlé d'aussi près à cette histoire.

Mais le plus ému était encore le commissaire Delvigne, qui n'osait même pas se tourner vers Maigret. Il en oublia la présence des journalistes et les termes de leur accord.

— Qu'est-ce que vous dites de cela ?

— Je n'en dis rien, répliqua Maigret imperturbable.

— Remarquez, reprit le gérant de l'*Hôtel Moderne*, qu'il a fort bien pu sortir avec la malle sans être vu. Pour entrer, la nuit, il faut sonner, et le portier donne le cordon sans quitter son lit. Mais pour sortir, il suffit de tourner le bouton.

Un journaliste qui avait des talents de dessinateur faisait un rapide croquis de Maigret, qu'il représentait avec des bajoues et une tête aussi inquiétante que possible.

M. Delvigne se passa la main dans les cheveux, balbutia :

— Rentrez un instant dans mon bureau, voulez-vous ?

Il ne savait où poser son regard. Un reporter lui demandait :

— Il a fait des aveux ?

— Fichez-moi la paix !

Et Maigret disait calmement :

— Je vous préviens que je ne répondrai plus à aucune question…

— Girard ! Faites avancer la voiture !

— Est-ce que je ne dois pas signer ma déclaration ? s'informait le gérant.

— Tout à l'heure…

C'était le désordre. Il n'y avait que Maigret à fumer gravement sa pipe en regardant les personnes présentes les unes après les autres.

— Menottes ? questionna Girard en rentrant.

— Oui… Non… Venez par ici, vous !…

Il avait hâte d'être seul dans la voiture avec le commissaire.

Comme on roulait dans les rues désertes, il questionna, presque suppliant :

— Qu'est-ce que cela veut dire ?

— Quoi ?

— Cette histoire de malle. Cet homme vous accuse, en somme, d'avoir emporté de l'hôtel une malle en osier. La malle dans laquelle on a retrouvé le cadavre !

— C'est bien ce qu'il a eu l'air d'insinuer.

Cet « insinuer » était d'une ironie savoureuse après les affirmations passionnées du gérant.

— C'est vrai ?

Au lieu de répondre, Maigret discuta.

— En somme, cette malle a été emportée par Graphopoulos ou par moi. Si c'est par Graphopoulos, avouez que c'est extraordinaire ! Un homme qui prend soin de véhiculer son propre cercueil !...

— Excusez-moi... Mais, tout à l'heure, quand vous m'avez décliné votre qualité, je n'ai pas pensé à vous demander... hum !... une preuve de...

Maigret fouilla ses poches. Il tendit bientôt à son compagnon sa médaille de commissaire.

— Oui... Je vous demande pardon... Cette histoire de malle...

Et, soudain courageux, grâce à l'obscurité qui régnait dans la voiture :

— Savez-vous que, même si vous ne m'aviez rien dit, je serais forcé de vous arrêter, après la déclaration précise de cet homme ?

— Bien entendu !

— Vous vous attendiez à cette accusation ?

— Moi ?... Non !

— Et vous croyez que Graphopoulos a emporté lui-même la malle ?

— Je ne crois encore rien !

M. Delvigne, impatienté, le sang aux joues, se tut, s'enfonça dans son coin. Arrivé à la prison, il procéda rapidement aux formalités d'écrou, en évitant de regarder son compagnon en face.

— Le gardien va vous conduire… dit-il en guise d'adieu.

Il devait d'ailleurs en faire aussitôt un cas de conscience. Dans la rue, il se demandait s'il n'avait pas été trop sec à l'égard de son collègue.

— Lui-même m'a demandé de me montrer dur !

Oui, mais pas en tête à tête ! En outre, cela se passait avant la déclaration du gérant de l'*Hôtel Moderne*. Est-ce que Maigret, parce qu'il était de Paris, s'amusait à se payer sa tête ?

— Dans ce cas, tant pis pour lui…

Girard attendait dans le bureau, où il lisait les alinéas dictés par le commissaire Maigret.

— Cela avance ! se félicita-t-il à l'arrivée de son chef.

— Ah ! tu trouves que ça avance, toi !

Et le ton était tel que Girard écarquilla les yeux.

— Mais… cette arrestation… et la malle qui…

— La malle qui… Oui !… Je te conseille d'en parler, de la malle qui… Demande-moi le télégraphe à l'appareil…

Et, quand il eut la communication, il dicta la dépêche suivante :

Direction Police Judiciaire Paris,

Prière envoyer urgence signalement détaillé et si possible fiche dactyloscopique commissaire Maigret.

Sûreté Liège.

— Qu'est-ce que cela veut dire ? osa questionner Girard.

Mal lui en prit. L'autre le regarda férocement.

— Cela ne veut rien dire du tout, tu entends ? Cela veut dire que j'en ai assez de tes questions stupides !... Cela veut dire que j'ai envie qu'on me fiche la paix !... Cela veut dire...

Et, s'apercevant du ridicule de sa colère, il acheva soudain d'un seul mot :

— M... !

Puis il s'enferma dans son bureau, en tête à tête avec les treize points du commissaire Maigret.

8

Chez Jeanne

— Reste tranquille ! dit la grosse fille avec un rire polisson. On va nous voir…

Et elle se leva, se dirigea vers la baie vitrée que voilait un rideau au filet, questionna :

— Tu attends le train de Bruxelles ?

C'était un petit café, derrière la gare des Guillemins. La pièce, assez vaste, était propre, les carreaux clairs du sol lavés à grande eau, les tables vernies avec soin.

— Viens t'asseoir ! murmura l'homme installé devant un demi de bière.

— Tu seras sage ?

Et la femme s'assit, prit la main de l'homme qui traînait sur la banquette, la posa sur la table.

— Tu es voyageur de commerce ?

— À quoi vois-tu ça ?

— À rien… Je ne sais pas… Non ! Si tu ne restes pas tranquille, je vais aller sur le seuil… Dis-moi plutôt ce que tu bois… La même chose ? Pour moi aussi ?…

Ce qui rendait le café équivoque, c'était peut-être sa propreté, l'ordre qui y régnait et un je ne sais quoi qui tenait plutôt du ménage que de l'établissement public.

Le comptoir était minuscule, sans pompe à bière, et derrière c'est à peine s'il y avait une vingtaine de verres sur l'étagère. Sur une table, près de la fenêtre, on voyait un ouvrage de couture et ailleurs un panier de haricots verts dont on avait commencé à retirer les fils.

C'était net. Cela sentait la soupe et non la boisson. On avait l'impression, en entrant, de violer l'intimité d'un ménage.

La femme, qui pouvait avoir trente-cinq ans, était appétissante, avec quelque chose de convenable et de maternel tout ensemble. Elle passait son temps à repousser la main que le client timide posait à chaque instant sur son genou.

— Dans l'alimentation ?…

Tout à coup elle tendit l'oreille. Un escalier conduisait directement de la salle au premier étage. Or, on avait entendu du bruit, là-haut, comme si quelqu'un se levait.

— Tu permets un moment ?

Elle alla écouter, puis gagna un corridor, cria :

— Monsieur Henry !…

Quand elle revint vers le client, celui-ci se montrait inquiet, dérouté, d'autant plus qu'un homme en manches de chemise, sans faux col, arrivait de l'arrière-boutique, s'engageait sans bruit dans l'escalier. On ne vit plus que ses jambes, puis plus rien.

— Qu'est-ce qu'il y a ?

— Rien… Un jeune homme qui était soûl, hier au soir, et qu'on a couché là-haut…

— Et… M. Henry… est votre mari ?…

Elle rit, ce qui secoua sa gorge abondante et molle.

— C'est le patron… Moi, je ne suis que la serveuse… Attention… Je vous jure qu'on va vous voir…

— Pourtant… je voudrais…

— Quoi ?

Et l'homme était tout rouge. Il ne savait plus ce qu'il pouvait ou ne pouvait pas se permettre. Il regardait sa grasse et fraîche compagne avec des yeux luisants.

— Il n'y a pas moyen d'être un peu seuls ?… chuchota-t-il.

— Tu es fou ?… Pour quoi faire ?… C'est une maison sérieuse, ici…

Elle s'interrompit, écouta à nouveau. Une discussion s'élevait, là-haut. M. Henry répondait d'une voix calme et sèche à quelqu'un qui lui faisait des reproches véhéments.

— Un vrai gamin… expliquait la grosse fille. À faire pitié !… Cela n'a pas vingt ans et cela s'enivre… Avec ça qu'il payait à boire à tout le monde, qu'il faisait le malin et que des tas de types en ont profité…

La porte s'ouvrait, là-haut. Les voix devenaient plus nettes.

— Je vous dis que j'avais des centaines de francs dans mes poches ! glapissait le jeune homme. On me les a volés !… Je veux mon argent…

— Doucement ! Doucement ! Il n'y a pas de voleurs ici ! Si vous n'aviez pas été ivre comme un cochon…

— C'est vous qui m'avez donné à boire…

— Si je donne à boire aux gens, c'est que je les crois assez intelligents pour veiller à leur portefeuille… Et encore ! J'ai dû vous arrêter… C'est vous qui êtes allé chercher des filles sur le trottoir, sous prétexte que la serveuse n'était pas assez gentille avec vous… Et vous vouliez une chambre… Et je ne sais quoi encore…

— Rendez-moi mon argent…

— Je n'ai pas votre argent et si vous continuez à faire du bruit je vais appeler la police…

M. Henry ne se troublait pas le moins du monde. C'était le jeune homme qui se troublait, en descendant l'escalier à reculons, tout en discutant toujours.

Il avait les traits tirés, les yeux cernés, la bouche mauvaise.

— Vous êtes tous des voleurs !

— Répétez-le…

Et M. Henry descendit quelques marches en courant, prit l'autre au collet.

Brusquement, ce fut presque un drame. Le gamin tirait un revolver de sa poche, hurlait :

— Lâchez-moi ou je…

Le voyageur de commerce se colla contre la banquette, serra peureusement le bras de sa voisine qui voulut s'élancer en avant.

Peine perdue. M. Henry, en homme habitué aux rixes, avait donné un coup sec sur l'avant-bras de son adversaire et le revolver tombait des mains de celui-ci.

— Ouvre la porte !... commanda-t-il, haletant quand même, à la femme.

Et, quand ce fut fait, il imprima au gamin un tel élan que celui-ci alla rouler au milieu du trottoir. Puis il ramassa le revolver et le lança vers lui.

— Ces morveux qui viendraient vous injurier chez vous !... Hier, ça faisait le malin et ça montrait son argent au premier venu...

Il remettait de l'ordre dans sa chevelure, jetait un coup d'œil vers la porte, apercevait un uniforme de sergent de ville.

— Vous êtes témoin qu'il m'a menacé, hein ! dit-il au client gêné. D'ailleurs, la police connaît la maison...

Sur le trottoir, René Delfosse, debout, les vêtements salis, claquait des dents de rage et répondait au sergent de ville sans même savoir ce qu'il racontait.

— Vous dites qu'on vous a volé ? D'abord, qui êtes-vous ? Montrez-moi vos papiers... Et à qui appartient cette arme ?...

Un rassemblement de quelques personnes. Des gens qui se penchaient à la portière d'un tramway.

— Et puis ! suivez-moi au commissariat...

En y arrivant, Delfosse eut une telle crise de rage que le policier reçut des coups de pied dans les tibias. Interrogé par le commissaire, il commença par raconter qu'il était français et qu'il était arrivé la veille à Liège.

— C'est dans ce café qu'ils m'ont enivré et qu'ils m'ont dépouillé de tout mon argent...

Mais un agent, dans un coin, l'observait. Il alla parler bas au commissaire. Celui-ci sourit avec satisfaction.

— Ne vous appelez-vous pas plutôt René Delfosse ?

— Cela ne vous regarde pas…

Rarement on avait vu un client aussi rageur. Il en avait la tête toute de travers, la bouche tordue.

— Et l'argent qu'on vous a pris n'était-il pas l'argent volé à une certaine danseuse ?

— Ce n'est pas vrai !

— Tout doux ! Tout doux ! Vous vous expliquerez à la Sûreté ! Qu'on téléphone au commissaire Delvigne pour lui demander ce qu'on doit faire de ce coco-là…

— J'ai faim ! gronda Delfosse avec toujours sa mine d'enfant râleur.

Haussement d'épaules.

— Vous n'avez pas le droit de me laisser sans manger… Je porterai plainte… je…

— Va lui chercher un sandwich à côté…

Delfosse en mangea deux bouchées, lança le reste à terre d'un geste de dégoût.

— Allô !… Oui… Il est ici… Très bien !… Je vous le fais conduire immédiatement… Non… Rien…

Dans la voiture, entre deux agents, Delfosse commença par garder un silence farouche. Puis, sans qu'on lui eût rien demandé, il murmura :

— Ce n'est quand même pas moi qui ai tué… C'est Chabot…

Ses compagnons ne firent pas attention à lui.

— Mon père se plaindra au gouverneur, qui est un de ses amis… Je n'ai rien fait !… On m'a volé mon portefeuille et, ce midi, le patron du café a voulu me mettre dehors sans un sou…

— Le revolver est pourtant à vous ?

— À lui… Il me menaçait de tirer si je faisais du bruit… Vous n'avez qu'à le demander au client qui était là…

En entrant dans les locaux de la Sûreté, il redressa la tête, tenta de prendre un air important, sûr de lui.

— Ah ! c'est le lascar !… dit un inspecteur en serrant la main de ses collègues et en regardant Delfosse des pieds à la tête. Je vais avertir le patron…

Il revint l'instant d'après, laissa tomber :

— Qu'il attende !…

Et on pouvait lire le dépit, l'inquiétude sur le visage du jeune homme qui refusa la chaise qu'on lui désignait. Il voulut allumer une cigarette. On la lui prit des mains.

— Pas ici…

— Vous fumez bien, vous !

Et il entendit grommeler par l'inspecteur qui s'éloignait quelque chose comme :

— … un drôle de petit coq de combat…

Autour de lui, on continuait à fumer, à écrire, à compulser des dossiers en échangeant parfois quelques phrases.

Sonnerie électrique. L'inspecteur dit à Delfosse, sans se déranger :

— Vous pouvez entrer chez le chef… La porte du fond…

Le bureau n'était pas grand. L'atmosphère était bleue de fumée et le poêle, qu'on venait d'allumer pour la première fois de l'automne, avait des ronflements puissants à chaque coup de vent.

Le commissaire Delvigne trônait dans son fauteuil. Au fond, près de la fenêtre, à contre-jour, quelqu'un était assis sur une chaise.

— Entrez !… Asseyez-vous…

La silhouette assise se dressait. On devinait, mal éclairé, le pâle visage de Jean Chabot, tourné vers son ami.

Alors Delfosse, sarcastique :

— Qu'est-ce qu'on me veut ?

— Mais rien du tout, jeune homme ! Seulement que vous répondiez à quelques questions…

— Je n'ai rien fait.

— Et je ne vous ai pas encore accusé…

Tourné vers Chabot, René gronda :

— Qu'est-ce qu'il vous a raconté ?… Il a menti, j'en suis sûr…

— Doucement ! Doucement ! Et essayez de répondre à mes questions… Vous, restez assis…

— Mais…

— Je vous dis de rester assis… Et maintenant, mon petit Delfosse, dites-moi ce que vous faisiez chez *Jeanne*…

— On m'a volé…

— Mais encore ?… Vous êtes arrivé là-bas hier après-midi, et vous étiez déjà éméché… Vous avez voulu emmener la serveuse au premier étage et, comme elle refusait, vous êtes allé chercher une femme dans la rue…

— C'est mon droit.

— Vous avez payé à boire à tout le monde… Des heures durant, vous avez été la grande attraction…

Jusqu'au moment où, ivre mort, vous avez roulé sous la table. Le patron a eu pitié de vous et est allé vous coucher sur un lit…

— Il m'a volé…

— C'est-à-dire que vous avez distribué à tort et à travers de l'argent qui ne vous appartenait pas… Exactement l'argent pris le matin dans le sac d'Adèle…

— Ce n'est pas vrai !

— Sur cet argent, vous avez commencé par acheter ce revolver… Pour quoi faire ?…

— Parce que j'avais envie d'un revolver !

La mine de Chabot était un spectacle passionnant. Il regardait son ami avec un ahurissement indicible, comme s'il n'eût pu en croire ses oreilles. Il semblait découvrir soudain un autre Delfosse qui l'effrayait. Il eût voulu intervenir, lui dire de se taire.

— Pourquoi avez-vous volé l'argent d'Adèle ?

— C'est elle qui me l'a donné.

— Elle a déclaré exactement le contraire. Elle vous accuse !

— Elle ment ! C'est elle qui me l'a donné pour prendre des billets de chemin de fer, parce que nous devions partir tous les deux…

On sentait qu'il jetait les phrases pêle-mêle, sans réfléchir, sans se soucier de se contredire.

— Vous allez peut-être nier aussi que vous étiez caché, voilà deux nuits, dans l'escalier de la cave du *Gai-Moulin*…

Chabot se pencha en avant comme pour dire : « Attention ! Il n'y avait pas moyen de nier… Il a bien fallu… »

Mais déjà Delfosse était debout, se tournait vers son camarade, hurlait :

— C'est encore lui qui a raconté cela !... Il a menti ! Il voulait que je reste avec lui !... Je n'ai pas besoin d'argent, moi ! Mon père est riche !... Je n'ai qu'à lui en demander... C'est lui qui a eu l'idée...

— Si bien que vous êtes parti tout de suite ?

— Oui...

— Vous êtes rentré chez vous ?

— Oui...

— Après avoir mangé des pommes frites et des moules rue du Pont-d'Avroy...

— Oui... Je crois...

— Or, c'était en compagnie de Chabot ! Le garçon l'a déclaré !

Chabot se tordait les mains et son regard restait suppliant.

— Je n'ai quand même rien fait ! martela Delfosse.

— Je ne vous ai pas dit que vous aviez fait quelque chose.

— Alors ?

— Alors rien !

Delfosse reprit son souffle, le regard oblique.

— C'est vous qui avez donné le signal pour sortir de la cave ?

— Ce n'est pas vrai.

— En tout cas, c'est vous qui marchiez le premier et qui, le premier, avez aperçu le cadavre...

— Ce n'est pas vrai.

— René !... cria Chabot, qui n'en pouvait plus.

Une fois encore le commissaire le força à se rasseoir, à se taire. Mais il n'en balbutia pas moins, l'instant d'après, comme sans force :

— Je ne comprends pas pourquoi il ment… Nous n'avons pas tué… Nous n'avons même pas eu le temps de voler… Il marchait le premier… Il a frotté une allumette… Moi, j'ai à peine aperçu le Turc… J'ai seulement deviné quelque chose, par terre… Même qu'il m'a dit après qu'il avait un œil ouvert et la bouche…

— Tu m'intéresses ! ironisa Delfosse.

À cet instant, Chabot paraissait cinq ans de moins que son ami, et tellement plus inconsistant ! Il ne savait que penser. Il sentait qu'il ne parvenait pas à convaincre, qu'il était le moins fort.

Et M. Delvigne les regardait tour à tour.

— Mettez-vous d'accord, mes enfants. Effrayés, vous êtes sortis si précipitamment que vous n'avez pas refermé la porte… Vous êtes allés manger des moules et des frites…

Et soudain, regardant Delfosse dans les yeux :

— Dites donc ! Est-ce que vous avez touché au cadavre ?

— Moi ?… Jamais de la vie !…

— Est-ce qu'il y avait une malle d'osier à proximité ?

— Non… Je n'ai rien vu…

— Combien de fois vous est-il arrivé de prendre de l'argent dans le tiroir de votre oncle ?

— C'est Chabot qui a dit ça ?

Et, les poings serrés :

— Sale bête !… Il a le culot… Il invente des histoires !… Parce que, lui, volait l'argent de la « petite caisse » ! Et c'était moi qui lui donnais de quoi rembourser…

— Tais-toi ! supplia Chabot, les mains jointes.

— Tu sais bien que tu mens !

— C'est toi !... Écoute, René !... L'assassin... est...

— Qu'est-ce que tu dis ?...

— Je dis que l'assassin est... est arrêté... Tu...

Delfosse regarda M. Delvigne, questionna d'une voix trouble :

— Que raconte-t-il ?... Le... l'assas...

— Vous n'avez pas lu les journaux ?... Il est vrai que vous cuviez votre vin... Vous allez me dire si vous reconnaissez l'homme qui était ce soir-là au *Gai-Moulin* et qui, le lendemain, vous a suivi dans les rues...

Alors René s'épongea, n'osa plus regarder dans le coin où se trouvait son ami.

La sonnerie retentit dans le bureau voisin. On dut aller chercher Maigret dans une pièce attenante. La porte s'ouvrit. Il entra, conduit par l'inspecteur Girard...

— Plus vite que ça !... Placez-vous dans la lumière, je vous prie... Alors, Delfosse, vous le reconnaissez ?...

— C'est bien lui !

— Vous ne l'aviez jamais vu auparavant ?

— Jamais !

— Et il ne vous a pas adressé la parole ?

— Je ne crois pas...

— Est-ce que, par exemple, quand vous êtes sorti du *Gai-Moulin*, il n'était pas à rôder aux environs ?... Réfléchissez... Faites appel à vos souvenirs...

— Attendez… Oui… Peut-être… Il y avait quelqu'un dans une encoignure et je pense maintenant que c'était peut-être lui…

— Peut-être ?…

— Sûrement… Oui…

Debout dans le petit bureau, Maigret était énorme. Or, quand il parla, ce fut une voix presque fluette, très douce, que l'on entendit.

— Vous n'aviez pas de lampe électrique de poche, n'est-ce pas ?…

— Non… Pourquoi ?

— Et vous n'avez pas allumé l'électricité dans la salle… Donc, vous vous êtes contenté de flamber une allumette… Voulez-vous me dire à quelle distance vous étiez du cadavre ?…

— Mais… je ne sais pas…

— À une distance plus grande que d'un mur à l'autre de ce bureau ?…

— À peu près la même chose…

— Donc, à quatre mètres… Et vous étiez ému… C'était votre premier vrai cambriolage… Vous avez aperçu une forme étendue et vous vous êtes dit tout de suite que c'était un cadavre… Vous ne vous êtes pas approché… Vous ne l'avez pas touché… Si bien que vous n'êtes pas sûr que l'homme ne respirait plus… Qui tenait l'allumette ?…

— Moi ! avoua Delfosse.

— Elle a brûlé longtemps ?

— Je l'ai laissée tomber tout de suite…

— Donc, le fameux cadavre n'a été éclairé que pendant quelques secondes ! Vous êtes sûr, Delfosse, d'avoir reconnu Graphopoulos ?

— J'ai vu des cheveux noirs…

Il regarda autour de lui avec étonnement. Il s'apercevait seulement qu'il subissait un véritable interrogatoire et qu'il se laissait manœuvrer. Il gronda :

— Je ne répondrai plus qu'au commissaire !

Celui-ci avait déjà décroché le récepteur téléphonique. Delfosse tressaillit en entendant le numéro qu'il demandait.

— Allô !… C'est M. Delfosse qui est à l'appareil ?… Je désire simplement savoir si vous êtes toujours prêt à verser la caution de cinquante mille francs… J'en ai parlé au juge d'instruction, qui en a référé au Parquet… Oui… Entendu… Non ! ne vous dérangez pas… Il vaut mieux que cela se passe directement…

René Delfosse ne comprenait pas encore. Dans son coin, Jean Chabot ne bougeait pas.

— Vous continuez à prétendre, Delfosse, que c'est Chabot qui a tout fait ?…

— Oui…

— Eh bien ! vous êtes libres… Rentrez chez vous… Votre père m'a promis qu'il ne vous ferait aucun reproche… Un instant !… Vous, Chabot, vous affirmez toujours que c'est Delfosse qui a volé l'argent que vous avez tenté de faire disparaître ?…

— C'est lui… Je…

— Dans ce cas, arrangez-vous avec lui… Filez tous les deux !… Essayez seulement de ne pas faire de scandale et de passer aussi inaperçus que possible…

Maigret avait tiré machinalement sa pipe de sa poche. Mais il ne l'alluma pas. Il regardait les jeunes gens qui, désemparés, ne savaient que faire, que dire.

Le commissaire Delvigne dut se lever, les pousser dehors.

— Pas de disputes, hein !... N'oubliez pas que vous restez à la disposition de la Justice...

Ils traversaient à pas rapides le bureau des inspecteurs et déjà à la porte de celui-ci Delfosse se retournait, farouche, vers son camarade, et commençait un discours véhément qu'on n'entendit pas.

Sonnerie de téléphone.

— Allô ! Le commissaire Delvigne ?... Excusez-moi de vous déranger, monsieur le commissaire... Ici, M. Chabot père... Puis-je vous demander s'il y a quelque chose de nouveau ?...

Le commissaire sourit, posa sa pipe en écume sur la table, adressa une œillade à Maigret :

— Delfosse sort d'ici à l'instant, en compagnie de votre fils...

— ...

— Mais oui ! Ils seront sans doute chez vous dans quelques minutes... Allô !... Permettez-moi de vous conseiller de n'être pas trop sévère.

Il pleuvait. Dans les rues, Chabot et Delfosse marchaient vite le long des trottoirs, fendant la foule qui ne les connaissait pas. Ce n'était pas une conversation suivie qu'ils avaient. Mais, de cent en cent mètres, l'un d'eux tournait légèrement la tête vers son compagnon, lançait une phrase mordante qui amenait une réplique hargneuse.

Au coin de la rue Puits-en-Soc, ils obliquèrent, l'un vers la droite, l'autre vers la gauche, pour rentrer chacun chez soi.

— Il est libre, monsieur ! On a reconnu qu'il était innocent !

Et M. Chabot sortait de son bureau, attendait le tram 4, montait près du conducteur qui le connaissait depuis des années.

— Attention ! Pas de panne, hein !… Mon fils est libre !… Le commissaire lui-même vient de me téléphoner pour me dire qu'il avait reconnu son erreur…

On ne pouvait pas savoir s'il riait ou s'il pleurait. En tout cas, une buée l'empêchait de voir les rues familières qui défilaient.

— Dire que je serai peut-être chez moi avant lui !… Cela vaudrait mieux, parce que ma femme est capable de mal le recevoir… Il y a des choses que les femmes ne comprennent pas… Est-ce que vous avez cru un seul instant qu'il était coupable, vous ?… Entre nous ?…

Il était attendrissant. Il suppliait le wattman de dire non.

— Moi, vous savez…

— Vous aviez bien une opinion…

— Depuis que ma fille a dû se marier avec un propre à rien qui lui avait fait un enfant, je ne crois pas fort à la jeunesse d'aujourd'hui…

Maigret s'était assis dans le fauteuil que Jean Chabot venait de quitter, en face du bureau du commissaire Delvigne, et il avait pris le tabac de celui-ci posé sur la table.

— Vous avez la réponse de Paris ?

— Comment savez-vous ?

— Allons ! vous auriez deviné comme moi… Et cette malle d'osier ? Est-ce qu'on a réussi à établir comment elle est sortie de l'*Hôtel Moderne* ?

— Rien du tout !

M. Delvigne était grognon. Il en voulait à son collègue parisien.

— Entre nous, vous vous payez notre tête, hein ! Avouez que vous savez quelque chose…

— À mon tour de répondre : rien du tout ! Et c'est la vérité ! J'ai à peu près les mêmes éléments d'enquête que vous ! À votre place, j'aurais agi comme vous et j'aurais relâché ces deux gamins ! Par exemple, j'essayerais de savoir ce que Graphopoulos a bien pu voler au *Gai-Moulin*…

— Volé ?

— Ou essayé de voler !

— Lui ?… Le mort ?…

— Ou qui il a bien pu tuer…

— Je ne comprends plus !

— Attendez ! Tuer ou essayé de tuer…

— Vous voyez que vous possédez des renseignements qui me font défaut…

— Si peu ! La principale différence entre nous est que vous venez de passer des heures agitées, à courir d'ici au Parquet, à recevoir des gens et des communications téléphoniques, tandis que j'ai joui de la tranquillité la plus complète dans ma cellule de Saint-Léonard…

— Et vous avez réfléchi à vos treize points ! riposta M. Delvigne, non sans une pointe d'aigreur.

— Pas encore à tous… À quelques-uns…

— Par exemple, à la malle d'osier !

Maigret esquissa un sourire béat.

— Encore ?… Allons ! il vaut mieux que je vous dise tout de suite que cette malle, c'est moi qui l'ai emportée de l'hôtel…

— Vide ?

— Jamais de la vie ! Avec le cadavre dedans !

— Si bien que vous prétendez que le crime… ?

— A été commis à l'*Hôtel Moderne*, dans la chambre de Graphopoulos. Et c'est bien là le plus ennuyeux de l'histoire… Vous n'avez pas d'allumettes ?…

9

L'indicateur

Maigret se cala dans son fauteuil, eut une hésitation, comme c'était son habitude quand il allait commencer une longue explication, chercha le ton le plus simple.

— Vous allez comprendre comme moi et vous ne m'en voudrez plus d'avoir un peu triché. Prenons d'abord la visite de Graphopoulos à la Préfecture de Paris. Il demande la protection de la police. Il ne donne aucune explication. Dès le lendemain, il agit comme s'il regrettait sa démarche.

» La première hypothèse, c'est que c'est un fou, ou un maniaque, un homme que hante l'idée de la persécution…

» La seconde, c'est qu'il se sait vraiment menacé mais qu'à la réflexion il ne se croit pas plus en sûreté sous la garde de la police…

» La troisième, c'est qu'il a eu besoin, à un moment donné, d'être surveillé…

» Je m'explique. Voilà un homme d'âge mûr, jouissant d'une sérieuse fortune et en apparence absolument libre. Il peut prendre l'avion ou le train, descendre dans n'importe quel palace.

» Quelle menace est capable de l'effrayer au point de le faire recourir à la police ? Une femme jalouse parlant de le tuer ? Je n'en crois rien. Il lui suffit de mettre un certain nombre de kilomètres entre elle et lui.

» Un ennemi personnel ? Un homme comme lui, fils de banquier, est de taille à le faire arrêter !

» Non seulement il a peur à Paris, mais il a peur en train et il a encore peur à Liège…

» D'où je conclus que, contre lui, ce n'est pas un individu qui se dresse, mais une organisation, et une organisation internationale.

» Je répète qu'il est riche. Des bandits en voulant à son argent ne le menaceraient pas de mort et, en tout cas, il se ferait protéger efficacement contre eux en les dénonçant.

» Or, il continue à avoir peur quand la police est sur ses talons…

» Une menace pèse, une menace qui existe dans n'importe quelle ville où il ira, dans n'importe quelles circonstances !

» Exactement comme s'il avait fait partie de quelque société occulte et comme si, l'ayant trahie, il avait été condamnée par elle…

» Une Maffia, par exemple !… Ou un service d'espionnage !… On trouve de nombreux Grecs dans les services d'espionnage… Le 2e Bureau nous dira ce que faisait le père Graphopoulos pendant la guerre…

» Mettons que le fils ait trahi, ou simplement que, lassé, il ait manifesté son intention de reprendre sa liberté. On le menace de mort. On l'avertit que la sentence sera exécutée tôt ou tard. Il vient me trouver, mais dès le lendemain il comprend que cela ne servira de rien et, inquiet, il s'agite comme un fou.

» Le contraire est aussi possible…

— Le contraire ? s'étonna M. Delvigne qui écoutait avec attention. J'avoue que je ne comprends pas.

— Graphopoulos est ce qu'on appelle un fils à papa. Il est désœuvré. Au cours de ses voyages, il s'affilie à une bande quelconque, à une Maffia ou à un organisme d'espionnage, en amateur, en curieux de sensations. Il s'engage à obéir aveuglément à ses chefs. Un jour, on lui ordonne de tuer…

— Et il s'adresse à la police ?

— Suivez-moi bien ! On lui commande par exemple de venir tuer quelqu'un ici, à Liège. Il est à Paris. Nul ne le soupçonne. Il répugne à obéir et, pour éviter de le faire, il s'adresse à la police, se fait suivre par elle. Il téléphone à ses complices qu'il lui est impossible d'accomplir sa tâche étant donné qu'il a des agents sur les talons. Seulement, les complices ne se laissent pas impressionner et lui ordonnent d'agir quand même… C'est la seconde explication… Ou bien l'une des deux est bonne, ou bien notre homme est fou et, s'il est fou, il n'y a aucune raison pour qu'il soit réellement tué !

— C'est troublant ! approuva sans conviction le commissaire Delvigne.

— En résumé, quand il quitte Paris, il vient à Liège pour tuer quelqu'un ou pour se faire tuer.

Et la pipe de Maigret grésillait. Il disait tout cela de sa voix la plus naturelle.

— Au bout du compte, c'est lui qui est tué, mais cela ne prouve rien. Reprenons les événements de la soirée. Il se rend au *Gai-Moulin* et il y passe la soirée en compagnie de la danseuse Adèle. Celle-ci le quitte et m'accompagne dehors. Quand je reviens, le patron et Victor s'en vont. La boîte est vide en apparence. Je crois Graphopoulos parti et je le cherche dans les autres cabarets de la ville…

» À quatre heures du matin, je rentre à l'*Hôtel Moderne*. Avant de regagner ma chambre, j'ai la curiosité d'aller m'assurer que mon Grec n'est pas rentré. L'oreille collée à la porte, je n'entends aucune respiration. J'entrouvre l'huis et je le trouve, tout habillé, au pied de son lit, le crâne défoncé par un coup de matraque.

» Voilà, résumé aussi brièvement que possible, mon point de départ. Le portefeuille a disparu. Dans la chambre, il n'y a pas un papier capable de me renseigner, pas une arme, pas une trace…

Mais le commissaire Maigret n'attendit pas la réponse de son collègue.

— Je vous ai parlé en commençant de Maffia et d'espionnage, en tout cas d'une organisation internationale quelconque, seule capable à mon sens d'être à la base de cette affaire. Le crime est commis avec un art parfait. La matraque a disparu. Il n'y a pas le moindre semblant de piste, la moindre amorce susceptible de donner un sens raisonnable à l'enquête.

» Que celle-ci commence à l'*Hôtel Moderne*, dans les conditions habituelles, et il est à peu près certain qu'elle ne donnera rien !

» Les gens capables d'avoir fait ce coup-là ont pris leurs précautions. Ils ont tout prévu !

» Et, parce que je suis persuadé qu'ils ont tout prévu, je brouille les cartes. Ils ont abandonné le cadavre à l'*Hôtel Moderne* ? Très bien ! je le transporte, moi, dans une malle d'osier, au Jardin d'Acclimatation, avec la complicité d'un chauffeur de taxi qui, entre nous, a accepté de se taire moyennant cent francs, ce qui n'est vraiment pas cher...

» Le lendemain, c'est là qu'on découvre le cadavre. Est-ce que vous imaginez la tête de l'assassin ? Est-ce que vous vous figurez son inquiétude ?

» Et n'y a-t-il pas des chances pour que, dérouté, il commette une imprudence ?

» Je pousse la prudence, moi, jusqu'à rester inconnu de la police locale. Il ne faut pas une seule indiscrétion.

» J'étais au *Gai-Moulin*. Selon toutes probabilités, l'assassin y était aussi. Or, je possède la liste des consommateurs de la nuit et je me renseigne sur eux, en commençant par les deux jeunes gens qui paraissaient bien nerveux.

» Le nombre des coupables possibles est faible : Jean Chabot, René Delfosse, Génaro, Adèle et Victor...

» Au pis aller, un des musiciens ou le deuxième garçon, Joseph. Mais je préfère éliminer d'abord les jeunes gens...

» Et c'est au moment où j'essaie d'en finir avec eux que vous intervenez ! Arrestation de Chabot ! Fuite de Delfosse ! Les journaux qui annoncent que le crime a été commis au *Gai-Moulin* même !

Maigret poussa un grand soupir, changea la position de ses jambes.

— Un instant, j'ai cru que j'avais été roulé ! Il n'y a pas de honte à l'avouer ! Cette assurance de Chabot prétendant que le cadavre était dans le cabaret un quart d'heure après la fermeture…

— Il l'a pourtant vu ! riposta le commissaire Delvigne.

— Pardon ! Il a vu vaguement, à la lueur d'une allumette qui n'a brûlé que quelques secondes, une forme étendue sur le sol. C'est Delfosse qui prétend avoir reconnu un cadavre… Un œil ouvert, l'autre fermé, comme il dit… Mais n'oubliez pas qu'ils sortaient tous les deux d'une cave où ils étaient restés longtemps immobiles, qu'ils avaient peur, que c'était leur premier cambriolage…

» Delfosse a machiné celui-ci. C'est lui qui a entraîné son compagnon. Et c'est lui qui flanche le premier en voyant un corps par terre !

» Un garçon nerveux, maladif, vicieux ! Autrement dit un garçon qui a de l'imagination !

» Il n'a pas touché le corps ! Il ne s'en est pas approché ! Il ne l'a pas éclairé une seconde fois ! Tous les deux se sont enfuis, sans ouvrir le tiroir-caisse…

» Voilà pourquoi je vous ai conseillé de rechercher ce que Graphopoulos venait faire au *Gai-Moulin* après avoir feint d'en sortir…

» Nous ne sommes pas en présence d'un crime passionnel, ni d'un crime crapuleux, ni d'un vol banal. C'est exactement le genre d'affaire que, la plupart du temps, la police n'arrive pas à éclaircir, parce qu'elle se trouve en face de gens trop intelligents et trop bien organisés !

» Et c'est la raison pour laquelle je me suis fait arrêter. Brouiller les cartes toujours ! Faire croire aux coupables qu'ils ne risquent rien, que l'enquête dévie !

» Provoquer ainsi une imprudence…

M. Delvigne ne savait pas encore que penser. Il continuait à regarder Maigret avec ressentiment et sa physionomie était si drôle que celui-ci éclata de rire, prononça sur un ton de cordialité bourrue :

— Allons ! ne me faites pas la tête !… J'ai triché, c'est entendu ! Je ne vous ai pas dit tout de suite ce que je savais !… Ou plutôt je n'ai caché qu'une chose : l'histoire de la malle d'osier… Par contre, il y a un élément que vous possédez et que je ne possède pas…

— Lequel ?

— Peut-être le plus précieux à l'heure actuelle. Au point que c'est pour l'avoir que je vous ai dit tout ce qui précède. La malle a été retrouvée au Jardin d'Acclimatation. Graphopoulos n'avait qu'une carte de visite sur lui sans adresse. Et pourtant, l'après-midi déjà, vous étiez au *Gai-Moulin* et vous saviez que Chabot et Delfosse s'étaient cachés dans l'escalier. Par qui ?

M. Delvigne sourit. C'était son tour de triompher. Au lieu de parler tout de suite, il alluma lentement sa pipe, tassa la cendre du bout de l'index.

— Naturellement, j'ai mes indicateurs… dit-il d'abord.

Et il prit encore un temps, éprouva même le besoin de remuer quelques papiers.

— Je suppose qu'à Paris vous êtes organisé également à ce sujet. En principe, tous les patrons de cabaret me servent d'indicateurs. Moyennant quoi, on ferme les yeux sur certaines petites infractions…

— Si bien que c'est Génaro… ?

— Lui-même !

— Génaro est venu vous dire que Graphopoulos avait passé la soirée dans son établissement ?

— C'est cela !

— Et c'est lui qui a découvert les cendres de cigarette dans l'escalier de la cave ?

— C'est Victor qui lui a fait remarquer ce détail et il m'a prié de venir voir les traces par moi-même…

Maigret se renfrognait à mesure que son collègue reprenait de l'optimisme.

— Cela n'a pas traîné, avouez-le ! poursuivit M. Delvigne. Chabot a été arrêté. Et, sans l'intervention de M. Delfosse, les deux jeunes gens seraient encore en prison. S'ils n'ont pas tué, ce qui n'est pas encore prouvé, ils ont tout au moins tenté de cambrioler l'établissement…

Il observa son interlocuteur, retint mal un sourire ironique.

— Cela a l'air de vous troubler…

— C'est-à-dire que cela ne simplifie rien !

— Qu'est-ce qui ne simplifie rien ?

— La démarche de Génaro.

— Avouez que c'est lui que vous considériez comme l'assassin…

— Pas plus lui qu'un des autres. Et sa démarche, au surplus, ne prouve rien. Tout au plus indiquerait-elle qu'il est très fort.

— Vous voulez rester en prison ?

Maigret jouait avec sa boîte d'allumettes. Il ne se hâtait pas de répondre. Et, quand il parla, il eut l'air de parler pour lui seul.

— Graphopoulos est venu à Liège pour tuer quelqu'un ou pour se faire tuer…

— Ce n'est pas prouvé !

Et Maigret, soudain, avec rage :

— Sales gosses !…

— De qui parlez-vous ?

— De ces gamins qui ont tout abîmé ! À moins…

— À moins… ?

— Rien du tout !

Et il se leva, rageur, arpenta le bureau où, à deux, à force de fumer des pipes, ils avaient rendu l'atmosphère irrespirable.

— Si le cadavre était resté dans la chambre d'hôtel et si on avait pu faire les constatations d'usage, peut-être aurait-on… commença M. Delvigne.

Maigret le regarda férocement.

En réalité, ils étaient d'aussi mauvaise humeur l'un que l'autre et leurs relations s'en ressentaient. Au moindre mot, ils étaient prêts à échanger des aménités et ils n'étaient pas loin de se rendre mutuellement responsables de l'échec de l'enquête.

— Vous n'avez pas de tabac ?

Maigret disait cela comme il eût prononcé : « Vous êtes un imbécile ! »

Et il prit la blague des mains de son collègue, bourra sa pipe.

— Hé ! là ! ne la mettez pas en poche, s'il vous plaît…

Ce fut la détente. Il n'en fallait pas plus. Maigret regarda la blague, puis son interlocuteur à moustaches rousses, essaya en vain de retenir un sourire, haussa les épaules.

Et M. Delvigne sourit aussi. Ils se comprenaient. Ils ne gardaient un air bourru que pour la forme.

Le Belge fut le premier à questionner d'une voix radoucie, qui avouait son embarras :

— Qu'est-ce qu'on va faire ?

— Tout ce que je sais, c'est que Graphopoulos a été tué !

— Dans sa chambre d'hôtel !

C'était la dernière pique !

— Dans sa chambre d'hôtel, oui ! Que ce soit par Génaro, par Victor, par Adèle ou par un des gamins ! Ils n'ont ni l'un ni l'autre le moindre alibi. Génaro et Victor prétendent qu'ils se sont quittés au coin de la rue Haute-Sauvenière et que chacun est rentré chez soi. Adèle affirme qu'elle s'est couchée toute seule ! Chabot et Delfosse ont mangé des moules et des pommes de terre frites…

— Pendant que vous couriez les cabarets !

— Et que vous dormiez !

Le ton confinait maintenant à la plaisanterie.

— La seule indication, grommela Maigret, c'est que Graphopoulos s'est laissé enfermer au *Gai-Moulin*, pour y voler quelque chose ou pour y tuer quelqu'un. Quand il a entendu du bruit, il a fait le mort, sans se douter qu'il ferait le mort pour de bon une heure plus tard…

Des coups pressés furent frappés à la porte qui s'ouvrit. Un inspecteur entra, annonça :

— C'est M. Chabot qui veut vous dire deux mots. Il demande s'il ne vous dérange pas…

Maigret et Delvigne se regardèrent.

— Faites entrer !

Le comptable était ému. Il ne savait comment tenir son chapeau melon et il hésita en voyant Maigret dans le bureau.

— Je m'excuse de…

— Vous avez quelque chose à me dire ?

Il tombait mal. Ce n'était pas l'heure des politesses.

— C'est-à-dire… Je vous demande pardon… Je voulais vous remercier vivement de…

— Votre fils est chez vous ?

— Il est rentré voilà une heure… Il m'a dit…

— Qu'est-ce qu'il vous a dit ?

C'était à la fois saugrenu et pitoyable. M. Chabot cherchait une contenance. Il était plein de bonne volonté. Mais les questions brutales le désarçonnaient et il finissait par oublier le discours qu'il avait préparé.

Un pauvre discours émouvant, qui fut raté par la faute de l'ambiance.

— Il m'a dit… C'est-à-dire que je voulais vous remercier de la bonté que vous avez eue de… Au fond, ce n'est pas un mauvais garçon… Mais des fréquentations et une certaine faiblesse de caractère… Il a juré… Sa mère est au lit et c'est à son chevet que… Je vous promets, monsieur le commissaire, que désormais il ne… Il est innocent, n'est-ce pas ?…

La gorge du comptable s'étranglait. Mais il faisait un grand effort pour rester calme et digne.

— C'est mon fils unique et je voudrais… J'ai peut-être été trop faible…

— Beaucoup trop faible, oui !

M. Chabot perdit tout à fait contenance. Maigret détourna la tête, parce qu'il sentit que cet homme de quarante ans, aux épaules étriquées, aux moustaches frisées au petit fer, allait se mettre à pleurer.

— Je vous promets, à l'avenir…

Et, ne sachant plus que dire, il bégaya :

— Est-ce que vous croyez que je doive écrire au juge d'instruction pour le remercier ?

— Entendu ! Entendu ! grogna M. Delvigne en le poussant vers la porte. C'est une excellente idée !

Et il ramassa le chapeau melon qui était tombé par terre, le mit dans la main de son propriétaire qui marcha longtemps à reculons.

— Le père Delfosse ne pensera pas à nous remercier, lui ! articula le commissaire Delvigne une fois la porte refermée. Il est vrai qu'il dîne toutes les semaines chez le gouverneur de la province et qu'il est à tu et à toi avec le procureur du roi… Allons !…

Cet « Allons ! » était gros de lassitude et de dégoût, comme le geste par lequel il ramassa tous les papiers épars sur le bureau.

— Qu'est-ce que nous faisons ?

À cette heure, Adèle devait encore dormir, dans sa chambre en désordre, aux odeurs d'alcôve et de cuisine. Au *Gai-Moulin*, c'était le moment où Victor et Joseph allaient paresseusement de table en table, essuyant les marbres, frottant les glaces au blanc d'Espagne.

— Monsieur le commissaire… C'est le rédacteur de la *Gazette de Liège* à qui vous avez promis de…

— Qu'il attende !

Maigret était allé se rasseoir dans un coin, maussade.

— Ce qui est certain, affirma soudain M. Delvigne, c'est que Graphopoulos est mort !

— C'est une idée ! riposta Maigret.

L'autre le regarda, croyant à de l'ironie.

Et Maigret poursuivit :

— Oui ! C'est encore ce qu'il y a de mieux à faire. Combien y a-t-il d'inspecteurs ici en ce moment ?

— Deux ou trois. Pourquoi ?

— Ce bureau ferme à clef ?

— Bien entendu !

— Je suppose que vous êtes plus sûr de vos inspecteurs que des gardiens de la prison ?

M. Delvigne ne comprenait toujours pas.

— Eh bien… Donnez-moi votre revolver… N'ayez pas peur… Je vais tirer… Vous sortirez un peu plus tard et vous annoncerez que l'homme aux larges épaules s'est suicidé, ce qui constitue un aveu, et que l'enquête est close…

— Vous voulez… ?

— Attention… Je tire… Surtout, évitez qu'ensuite on vienne me déranger… On peut sortir au besoin par cette fenêtre ?…

— Qu'est-ce que vous voulez faire ?

— Une idée… Compris ?…

Et Maigret tira en l'air, après s'être assis dans un fauteuil, le dos à la porte. Il ne pensa même pas à retirer la pipe de sa bouche. Mais cela n'avait pas d'importance. Comme des gens accouraient des bureaux voisins, M. Delvigne s'interposa, murmura sans conviction :

— Ce n'est rien… L'assassin qui s'est tué… Il a fait des aveux…

Et il sortit, referma la porte à clef, cependant que Maigret se caressait les cheveux à rebrousse-poil d'un air aussi peu réjoui que possible.

— Adèle... Génaro... Victor... Delfosse et Chabot... récita-t-il comme une litanie.

Dans le grand bureau, le reporter de la *Gazette de Liège* prenait des notes.

— Vous dites qu'il a tout avoué ?... Et on n'a pas pu établir son identité ?... Parfait !... Je peux me servir de votre téléphone ?... Il y a l'édition de la Bourse dans une heure...

— Dites donc ! lançait de la porte un inspecteur triomphant. Les pipes sont arrivées !... Quand vous voudrez venir choisir les vôtres !...

Mais le commissaire Delvigne tiraillait ses moustaches sans enthousiasme.

— Tout à l'heure...

— Vous savez ! C'est encore deux francs moins cher que je le croyais.

— Vraiment ?

Et il trahit sa vraie préoccupation en grondant entre ses dents :

— Avec sa Maffia !...

10

Deux hommes dans l'obscurité

— Vous êtes sûr de vos gens ?

— Personne, en tout cas, ne devinera qu'ils sont de la police, pour la bonne raison qu'ils n'en sont pas. Au bar du *Gai-Moulin*, j'ai placé mon beau-frère, qui habite Spa et qui est venu passer deux jours à Liège. C'est un commis des contributions qui surveille Adèle. Les autres sont bien cachés, ou bien camouflés…

La nuit était fraîche et une pluie fine rendait l'asphalte visqueux. Maigret avait boutonné jusqu'au col son lourd pardessus noir et un cache-nez était enroulé jusqu'à la moitié de son visage.

Au surplus, il ne se risquait pas en dehors de l'obscurité de la petite rue, d'où on apercevait au loin l'enseigne lumineuse du *Gai-Moulin*.

Le commissaire Delvigne, dont les journaux n'avaient pas eu à annoncer la mort, n'avait pas besoin de prendre tant de précautions. Il n'avait même pas de pardessus et, quand la pluie se mit à tomber, il grommela des doléances indistinctes.

La faction avait commencé à huit heures et demie, alors que les portes du cabaret n'étaient pas encore ouvertes. Successivement on avait vu arriver Victor, bon premier, puis Joseph, puis le patron. Celui-ci avait allumé lui-même l'enseigne au moment où les musiciens débouchaient à leur tour de la rue du Pont-d'Avroy.

À neuf heures précises, on perçut la rumeur confuse du jazz et le petit chasseur prit sa faction à la porte, en comptant les sous qu'il avait dans les poches.

Quelques minutes plus tard, le beau-frère de Delvigne pénétrait dans l'établissement, bientôt suivi par l'employé des contributions.

Et le commissaire résumait ainsi la situation stratégique :

— Outre ces deux-ci et les deux agents postés dans la ruelle pour surveiller la seconde entrée, il y a quelqu'un à la porte d'Adèle, rue de la Régence, un homme à la porte des Delfosse et un autre à celle des Chabot. Enfin la chambre que Graphopoulos occupait à l'*Hôtel Moderne* est surveillée.

Maigret ne dit rien. L'idée était de lui. Les journaux avaient annoncé le suicide de l'assassin de Graphopoulos. Ils laissaient entendre que l'enquête était close et que l'affaire se réduisait à des proportions très quelconques.

— Maintenant, ou bien nous en finirons cette nuit, avait-il dit à son collègue, ou bien il n'y a pas de raison pour qu'on ne patauge pas des mois.

Et il marchait, lent et lourd, de long en large, de large en long, en tirant de petites bouffées de sa pipe, en faisant le gros dos, ne répondant que par des grognements aux essais de conversation de son compagnon.

M. Delvigne, qui n'avait pas son flegme, éprouvait le besoin de parler, ne fût-ce que pour faire passer le temps.

— De quel côté croyez-vous qu'il se passera quelque chose ?

Mais l'autre se contentait de braquer sur lui un regard ahuri qui semblait dire : « À quoi cela vous avance-t-il de remuer tant d'air ? »

Il était un peu moins de dix heures quand Adèle arriva, suivie à distance par une silhouette qui était celle d'un homme de la Sûreté. Il passa près de son chef, lança au vol :

— Rien…

Et il continua à se promener dans les environs. On voyait au loin la rue du Pont-d'Avroy, brillamment éclairée, avec des tramways qui passaient toutes les trois minutes à peine et la foule qui défilait lentement, malgré la pluie.

C'est la promenade traditionnelle des Liégeois. Dans la grande artère, la foule, des familles, des jeunes filles se tenant par le bras, des bandes de jeunes gens dévisageant les passantes et quelques élégants marchant à pas lents, aussi raides que s'ils étaient vêtus d'or.

Dans les petites rues transversales, les cabarets plus ou moins louches, comme le *Gai-Moulin*. Collées aux murs, des ombres. Parfois une femme jaillissant de la lumière, pénétrant dans le noir, s'arrêtant pour attendre un suiveur.

Un bref conciliabule. Quelques pas vers un hôtel désigné par une boule lumineuse en verre dépoli.

— Vous avez vraiment de l'espoir ?

Maigret se contenta de hausser les épaules. Et son regard était si placide qu'il paraissait dénué d'intelligence.

— En tout cas, je ne crois pas qu'il prenne à Chabot la fantaisie de sortir ce soir. Surtout que sa mère est au lit !

Le commissaire Delvigne n'acceptait pas ce silence obstiné. Il regarda sa nouvelle pipe, qui n'était pas encore culottée.

— Au fait, rappelez-moi donc demain que je dois vous en donner une. Ainsi, vous aurez un souvenir de Liège…

Deux clients entraient au *Gai-Moulin*.

— Un tailleur de la rue Hors-Château et un garagiste ! annonça M. Delvigne. Des habitués, tous les deux ! Des noceurs, comme on dit ici…

Mais quelqu'un sortait et il fallait le regarder avec attention pour le reconnaître. C'était Victor, qui avait troqué ses vêtements de travail contre un complet et un pardessus de ville. Il marchait vite. Un inspecteur le prenait aussitôt en filature.

— Tiens ! Tiens !… sifflait le commissaire Delvigne.

Maigret poussa un grand soupir et lança à son compagnon un regard assassin. Est-ce que, vraiment, le Belge ne pouvait pas se taire pendant quelques minutes ?…

Maigret avait les mains enfoncées dans les poches. Et, sans avoir l'air de rien épier, son regard saisissait les moindres changements dans le décor.

Il fut le premier à apercevoir René Delfosse, avec son cou maigre, sa silhouette d'adolescent mal poussé, qui pénétrait dans la rue, hésitant, changeait deux fois de trottoir et fonçait enfin vers la porte du *Gai-Moulin*.

— Tiens ! Tiens ! répéta M. Delvigne.

— Oui !

— Que voulez-vous dire ?

— Rien !

Si Maigret ne voulait rien dire, il était si intéressé qu'il perdait un peu de son flegme. Il s'avançait, avec même quelque imprudence, car un bec de gaz permettait de distinguer vaguement le haut de son visage.

Cela ne dura pas longtemps. Delfosse resta à peine dix minutes dans le cabaret. Quand il sortit, il marchait vite et il se dirigea sans hésiter vers la rue du Pont-d'Avroy.

Quelques secondes plus tard, le beau-frère de Delvigne sortait à son tour, cherchait quelqu'un des yeux. Il fallut siffler légèrement pour l'appeler.

— Eh bien ?

— Delfosse s'est assis à la table de la danseuse…

— Ensuite ?

— Ils sont allés ensemble au lavabo, puis il est sorti, tandis qu'elle reprenait sa place…

— Adèle avait son sac dans les mains ?

— Oui !… Un petit sac en velours noir…

— Allons !… dit Maigret.

Et il marcha à une allure telle que ses compagnons eurent peine à le suivre.

— Qu'est-ce que je fais ? questionna le beau-frère.

— Vous retournez là-bas, naturellement !

Et le commissaire entraînait M. Delvigne. Rue du Pont-d'Avroy, ils ne purent apercevoir le jeune homme, qui avait cent mètres d'avance sur eux, car la foule était dense. Mais, quand ils arrivèrent au coin de la rue de la Régence, ils devinèrent une silhouette qui courait presque au ras des maisons.

— Tiens ! Tiens !… s'oublia à grommeler à nouveau M. Delvigne.

— Il va chez elle, oui ! précisa Maigret. Il est allé lui demander sa clef…

— Ce qui signifie… ?

Delfosse entrait dans la maison, refermait la porte du corridor, devait s'engager dans l'escalier.

— Qu'est-ce que nous faisons ?

— Un instant… Où est votre agent ?…

Il s'approchait précisément, en se demandant s'il devait parler à son chef ou s'il devait feindre de ne pas le reconnaître.

— Arrive, Girard ! Eh bien ?…

— Il y a cinq minutes, quelqu'un est entré dans la maison. J'ai aperçu des lueurs dans la chambre, comme si on se promenait avec une lampe électrique de poche…

— Allons-y ! dit Maigret.

— Nous entrons ?

— Parbleu !

Pour ouvrir la porte d'entrée, commune à tous les locataires, il suffisait de tourner un bouton, car les maisons belges n'ont pas de concierge.

L'escalier n'était pas éclairé. Aucune lumière ne filtrait de la chambre d'Adèle.

Par contre, dès que Maigret toucha la porte, qui s'entrouvrit, il distingua une rumeur confuse, comme si deux hommes étaient en train de se battre sur le plancher.

M. Delvigne avait déjà tiré son revolver de sa poche, Maigret tâta machinalement le mur, à sa gauche, trouva un commutateur électrique qu'il tourna.

Alors, dans la lumière, on vit un spectacle à la fois comique et tragique.

Deux hommes étaient bien occupés à se battre. Mais la lumière les surprenait en même temps que le bruit et ils s'immobilisaient, encore enlacés. On voyait une main sur une gorge. Des cheveux gris étaient en désordre.

— Qu'on ne bouge pas ! commanda M. Delvigne. Haut les mains !

Il referma la porte derrière lui, sans lâcher son revolver. Et Maigret, avec un soupir de soulagement, retira son cache-nez, ouvrit son manteau, avala une grande gorgée d'air, en homme qui a eu chaud.

— Plus vite que ça !… Haut les mains !…

René Delfosse tomba, parce qu'il voulait se lever et que sa jambe droite était prise sous celle de Victor.

Le regard de M. Delvigne sembla demander conseil. Delfosse et le garçon de café, maintenant, étaient debout, pâles, déconfits, les vêtements en désordre.

Des deux, c'était le jeune homme le plus ému, le plus défait, et il ne semblait rien comprendre à ce qui lui arrivait. Mieux, il regardait Victor avec stupeur, comme s'il ne se fût pas attendu du tout à le trouver là.

Avec qui croyait-il donc se battre ?

— Bougeons plus, les enfants ! dit Maigret qui ouvrait enfin la bouche. La porte est bien fermée, commissaire ?

Il s'approcha de celui-ci, lui dit quelques mots à voix basse. Et M. Delvigne, par la fenêtre, fit signe à l'inspecteur Girard de monter, le rejoignit sur le palier.

— Autant d'hommes que tu en pourras trouver autour du *Gai-Moulin*. Que personne n'en sorte ! Par contre, laisse entrer tout qui voudra…

Et il revint dans la chambre où, sur le lit, une courtepointe blanche évoquait de la crème fouettée.

Victor ne bronchait toujours pas. Il avait une vraie tête de garçon de café comme les caricaturistes aiment les représenter, des cheveux rares ramenés d'habitude sur une calvitie, mais présentement ébouriffés, des traits flasques, de gros yeux chassieux.

Il tenait les épaules de travers, comme pour donner moins de prise, et il eût été difficile de déterminer ce que guettait son regard oblique.

— Ce n'est pas votre première arrestation, hein ! lui lança Maigret avec assurance.

Il en était sûr. Cela se reconnaissait du premier coup d'œil. On sentait l'homme qui s'attend depuis longtemps à se trouver face à face avec la police et qui a l'habitude de ces sortes de rencontres.

— Je ne comprends pas ce que vous voulez dire. Adèle m'a demandé de venir lui chercher quelque chose…

— Son bâton de rouge, sans doute ?

— … J'ai entendu du bruit… Quelqu'un est entré…

— Et vous avez sauté dessus ! Autrement dit, vous cherchiez le bâton de rouge dans l'obscurité. Attention ! Les mains en l'air, s'il vous plaît…

C'étaient des bras mous que les deux hommes levaient vers le plafond. Les mains de Delfosse tremblaient. Il essayait d'essuyer son visage de sa manche, sans oser abaisser un bras.

— Et vous, qu'est-ce qu'Adèle vous a chargé de venir chercher ?

Les dents du jeune homme claquèrent, mais il ne put rien répondre.

— Vous les tenez à l'œil, Delvigne ?

Et Maigret fit le tour de la pièce, où il y avait, sur la table de nuit, les restes d'une côtelette, des miettes de pain et une bouteille de bière entamée. Il se pencha pour regarder sous le lit, haussa les épaules, ouvrit un placard qui ne contenait que des robes, du linge et de vieilles chaussures aux talons tournés.

Alors, il remarqua une chaise placée près de la garde-robe, monta dessus, passa la main sur le dessus du meuble et en retira une serviette de cuir noir.

— Et voilà ! dit-il en redescendant. C'est le bâton de rouge, Victor ?

— Je ne sais pas ce que vous voulez dire !

— Enfin, c'est bien l'objet que vous veniez chercher ?

— Je n'ai jamais vu cette serviette.

— Tant pis pour vous ! Et vous, Delfosse ?

— Je… je jure…

Il oublia le revolver braqué sur lui, se jeta sur le lit, tête première, et éclata en sanglots convulsifs.

— Alors, mon petit Victor, on ne veut rien dire ? Même pas pourquoi on était en train de se colleter avec ce jeune homme ?

Et Maigret posait par terre l'assiette sale, le verre et la bouteille qui se trouvaient sur la table de nuit, mettait la serviette à leur place, l'ouvrait.

— Des papiers qui ne nous regardent pas, Delvigne ! Il faudra remettre tout ça au 2e Bureau… Tenez ! Voici les bleus d'un nouveau fusil-mitrailleur fabriqué à la F.N. de Herstal… Quant à ceci, cela ressemble aux plans de réaménagement d'un fort… Hum !… Des lettres en langage chiffré, qu'il faudra faire étudier par des spécialistes…

Dans l'âtre, sur une grille, grésillaient les restes d'un feu de boulets. Soudain, au moment où on s'y attendait le moins, Victor se précipita vers la table de nuit, saisit les papiers.

Maigret devait avoir prévu son geste car, alors que le commissaire Delvigne hésitait à tirer, il lança son poing en plein visage du garçon qui chancela, sans avoir le temps de jeter les documents dans le feu.

Les feuillets s'éparpillèrent. Victor, de ses deux mains, tenait sa joue gauche qui avait rougi brusquement.

Ce fut rapide. Et pourtant Delfosse faillit en profiter pour s'enfuir. En un clin d'œil, il eut quitté le lit et il allait passer derrière M. Delvigne quand celui-ci s'en aperçut, l'arrêta de sa jambe déployée.

— Et maintenant ?… questionna Maigret.

— Je ne dirai quand même rien, gronda un Victor rageur.

— Je t'ai demandé quelque chose ?

— Je n'ai pas tué Graphopoulos…

— Et après ?

— Vous êtes une brute ! Mon avocat…

— Tiens ! Tiens ! tu as déjà un avocat ?…

Le commissaire Delvigne, lui, observait le gamin et, suivant la direction de son regard, en arriva au-dessus de la garde-robe.

— Je crois qu'il y a encore quelque chose ! dit-il.

— C'est probable ! répliqua Maigret en montant à nouveau sur la chaise.

Sa main dut tâtonner longtemps. Enfin, elle ramena un portefeuille en cuir bleu qu'il ouvrit.

— Le portefeuille de Graphopoulos ! annonça-t-il. Trente billets de mille francs français… Des papiers… Tiens ! une adresse, sur un bout de papier : *Gai-Moulin, rue du Pot-d'Or…* Et, d'une autre écriture : *Personne ne couche dans l'immeuble…*

Maigret ne s'occupait plus de personne. Il suivait son idée, examinait une lettre en langage chiffré, comptait certains signes.

— Un… deux… trois… onze… douze !… Un mot de douze lettres… C'est-à-dire : Graphopoulos… C'est dans la serviette…

Des pas dans l'escalier. Des coups nerveux frappés à la porte. Le visage animé de l'inspecteur Girard.

— Le *Gai-Moulin* est cerné. Personne ne sortira. Mais…

» C'est M. Delfosse, qui y est arrivé il y a quelques instants et qui a réclamé son fils… Il a pris Adèle à part… Oui, il est sorti… J'ai cru bien faire en le laissant passer et en le suivant… Quand j'ai vu qu'il venait ici, j'ai pris de l'avance… Tenez !… Le voilà dans l'escalier…

Et, en effet, quelqu'un trébuchait, marchait sur le palier en tâtant les portes, frappait enfin.

Maigret ouvrit lui-même, s'inclina devant l'homme aux moustaches grises qui lui lança un regard hautain.

— Est-ce que mon fils… ?

Il l'aperçut, en piteuse posture, fit claquer ses doigts, articula :

— Allons ! À la maison !…

Cela faillit dégénérer. René regardait tout le monde avec épouvante, se raccrochait à la courtepointe, claquait des dents de plus belle.

— Un instant ! intervint Maigret. Voulez-vous vous asseoir, monsieur Delfosse ?

Celui-ci examina les lieux avec un certain dégoût.

— Vous avez à me parler ? Qui êtes-vous ?…

— Peu importe ! Le commissaire Delvigne vous le dira en temps voulu. Quand votre fils est rentré chez vous, vous lui avez fait une scène ?

— Je l'ai enfermé dans sa chambre en lui disant d'attendre ma décision.

— Et quelle était cette décision ?

— Je ne sais pas encore. Sans doute l'envoyer à l'étranger faire un stage dans une banque ou dans une maison de commerce. Il est temps qu'il apprenne à vivre.

— Non, monsieur Delfosse…

— Que voulez-vous dire ?

— Je veux dire simplement qu'il est trop tard. Votre fils, dans la nuit de mercredi à jeudi, a tué M. Graphopoulos pour le voler…

Maigret arrêta de la main la canne à pomme d'or qui allait s'abattre sur lui. Et, d'une poigne rude, il la tourna de telle sorte que son propriétaire dut la lâcher avec un soupir de douleur. Alors il l'examina tranquillement, la soupesa, laissa tomber :

— Et je suis presque sûr que le crime a été commis avec cette canne !

La bouche ouverte par un spasme, René essayait de hurler et n'émettait pourtant aucun son. Il n'était plus qu'un tas de nerfs, qu'un être pitoyable étranglé par la peur.

— J'espère que vous allez vous expliquer ! lui lança néanmoins M. Delfosse. Et vous, mon cher commissaire, je vous prie de croire que je transmettrai à mon ami le procureur…

Maigret se tourna vers l'inspecteur Girard.

— Allez me chercher Adèle… Prenez une voiture… Amenez aussi Génaro…

— Je crois que… commença M. Delfosse en s'approchant de Maigret.

— Oui ! Oui !… fit celui-ci comme on calme un enfant.

Et il marcha. Il marcha sans fin pendant les sept minutes qui furent nécessaires à l'accomplissement de son ordre.

Un ronronnement de moteur. Des pas dans l'escalier. La voix de Génaro qui protestait :

— Vous vous arrangerez avec mon consul… C'est inouï !… Un commerçant patenté qui… Alors qu'il y a cinquante clients chez moi !…

Quand il entra, son regard alla chercher Victor et sembla l'interroger.

Victor fut magnifique.

— Nous sommes frits ! dit-il simplement.

La danseuse, elle, à demi nue sous sa robe qui soulignait ses formes, contemplait son logis et baissait les épaules avec fatalisme.

— Répondez simplement à ma question. Est-ce qu'au cours de la soirée Graphopoulos vous a demandé de le rejoindre dans sa chambre ?…

— Je n'y suis pas allée !

— Donc, il vous l'a demandé ! Donc, il vous a dit qu'il couchait à l'*Hôtel Moderne*, chambre 18…

Elle baissa la tête.

— Chabot et Delfosse, installés à une table proche, ont pu entendre. À quelle heure Delfosse est-il arrivé ici ?

— Je…

— À quelle heure ?

— Je dormais ! Peut-être cinq heures du matin…

— Qu'est-ce qu'il a dit ?

— Il m'a proposé de m'en aller avec lui… Il voulait prendre le bateau pour l'Amérique… Il m'a dit qu'il était riche…

— Vous avez refusé ?…

— J'étais endormie… Je lui ai dit de se coucher… Mais ce n'est pas ce qu'il voulait… Alors je lui ai demandé, tant il était nerveux, s'il avait fait un mauvais coup…

— Qu'est-ce qu'il a répondu ?…

— Il m'a suppliée de cacher un portefeuille dans ma chambre !

— Et vous lui avez désigné l'armoire, où il y avait déjà une serviette…

Elle haussa à nouveau les épaules, soupira :

— Tant pis pour eux…

— C'est bien cela ?

Pas de réponse. M. Delfosse écrasait les assistants d'un regard de défi.

— Je serais curieux de savoir… commença-t-il.

— Vous allez savoir tout de suite, monsieur Delfosse. Je ne vous demande plus qu'un instant de patience…

C'était pour bourrer une pipe !

11

Le débutant

— Parlons d'abord de Paris ! Graphopoulos qui vient demander la protection de la police et qui, le lendemain, essaie de semer l'inspecteur qu'on a attaché à sa personne. Vous vous souvenez de ce que je vous ai dit, Delvigne ?

» Ces histoires de Maffia et d'espionnage… Eh bien ! il s'agit d'une affaire d'espionnage. Graphopoulos est riche, désœuvré. L'aventure le tente, comme elle tente tant de gens de son espèce.

» Au cours de ses voyages, il rencontre un agent secret quelconque et il lui fait part de son désir de mener, lui aussi, une existence d'imprévu et de mystère…

» Agent secret ! Deux mots qui font rêver tant d'imbéciles !

» Ils se figurent que le métier consiste… Mais peu importe ! Graphopoulos tient à son idée. L'agent à qui il s'adresse n'a pas le droit de repousser une offre qui peut être intéressante…

» Ce que le public ignore, c'est qu'il y a auparavant des épreuves à subir… L'homme est intelligent, fortuné ; il voyage… Avant tout, il faut savoir s'il possède du sang-froid et de la discrétion…

» On lui donne une première mission : se rendre à Liège et voler des documents dans un cabaret de nuit…

» C'est le moyen de s'assurer de l'état de ses nerfs. La mission est fausse. On l'envoie tout simplement chez d'autres agents du même service, qui jugeront des qualités de notre homme…

» Et Graphopoulos est effrayé ! Il s'est imaginé l'espionnage sous une autre forme ! Il s'est vu dans les palaces, interrogeant les ambassadeurs, ou invité dans les petites cours d'Europe…

» Il n'ose pas refuser. Mais il demande à la police de le surveiller. Il prévient son chef qu'il est suivi…

» — Un inspecteur est sur mes talons ! Je suppose que, dans ce cas, je ne dois pas aller à Liège…

» — Allez-y quand même !

» Et le voilà affolé ! Il tente d'échapper à la surveillance qu'il a voulue. Il retient une place dans l'avion de Londres, prend un billet pour Berlin, débarque à la gare des Guillemins…

» Le *Gai-Moulin* !… C'est ici qu'il doit opérer… Il ignore que le patron est de la bande, qu'il est averti, qu'il ne s'agit que d'une épreuve et qu'au surplus il n'y a pas un seul document à voler dans le cabaret…

» Une danseuse s'assied à sa table… Il lui donne rendez-vous pour la fin de la nuit dans sa chambre car, avant tout, c'est un jouisseur… Comme il arrive presque toujours, le risque émoustille sa sensualité…

Enfin il ne sera pas seul !… En acompte, il lui abandonne son étui à cigarettes qu'elle admire…

» Il observe les gens. Il ne sait rien. Ou plutôt il ne sait qu'une chose : c'est que tout à l'heure il devra s'arranger pour se faire enfermer dans le local et pour rechercher les documents qui lui sont demandés…

» Génaro, prévenu, l'épie avec le sourire… Victor, *qui en est*, est obséquieux et ironique en lui servant le champagne…

» Quelqu'un, par hasard, a entendu l'adresse donnée à Adèle.

» — *Hôtel Moderne… Chambre 18…*

» Et il nous faut passer à une autre histoire !

Maigret regarde M. Delfosse, et lui seul.

— Vous voudrez bien m'excuser de parler de vous. Vous êtes riche. Vous avez une femme, un fils et des maîtresses. Vous menez joyeuse vie sans vous douter que le gamin, mal portant, trop nerveux, essaie, dans sa petite sphère, de vous imiter.

» Il voit l'argent dépensé en abondance autour de lui. Vous lui en donnez, trop et pas assez tout ensemble.

» Depuis des années, il vous vole et il vole même ses oncles par surcroît !

» En votre absence, il roule dans votre auto. Il a des maîtresses, lui aussi. Bref, c'est dans toute l'acception du mot le fils à papa dégénéré.

» Non ! ne protestez pas… Attendez…

» Il a besoin d'un ami, d'un confident… Il entraîne Chabot dans son sillage… Un jour, ils sont à la corde… Ils ont des dettes partout… Et ils décident d'emporter la caisse du *Gai-Moulin*…

» C'est le soir de Graphopoulos… Delfosse et Chabot se cachent dans l'escalier de la cave alors qu'on les croit partis… Est-ce que Génaro l'ignore ?… Peu importe, mais j'en doute !

» Il est, lui, le type du bon agent secret. Il tient un cabaret. Il paie patente, comme il l'a dit tout à l'heure. Il a des sous-agents qui travaillent pour lui ! Il se sent d'autant plus en sécurité qu'il sert d'indicateur à la police…

» Et il sait que Graphopoulos va se cacher dans le cabaret. Il ferme les portes. Il s'en va avec Victor. Le lendemain, il lui suffira d'adresser un rapport à ses chefs sur la façon dont le Grec se sera comporté…

» Vous voyez que c'est assez compliqué… On pourrait appeler cette nuit-là la nuit des dupes…

» Graphopoulos a bu du champagne pour se donner du courage. Le voilà seul, dans l'obscurité du *Gai-Moulin*… Il lui reste à chercher les documents qu'on exige de lui…

» Mais il n'a pas encore bougé qu'une porte s'ouvre. Une allumette craque…

» Il est effrayé. N'était-il pas effrayé d'avance ?… Il n'a pas le courage d'attaquer… Il aime mieux faire le mort…

» Et il voit ses ennemis… Deux jeunes gens qui ont plus peur que lui et qui s'enfuient !…

Personne ne bouge. Personne ne semble respirer. Les visages sont tendus et Maigret continue, placide :

— Graphopoulos, resté seul, s'obstine à chercher les documents que ses nouveaux chefs lui ont commandés… Chabot et Delfosse, bouleversés, mangent des moules et des frites, se quittent dans la rue…

» Mais un souvenir hante Delfosse… *Hôtel Moderne, chambre 18…* Ces mots qu'il a entendus. Or, l'étranger paraissait riche… Et, lui, il a un besoin maladif d'argent… Entrer dans un hôtel, la nuit, c'est un jeu d'enfant… La clef de la chambre doit être au tableau… Et puisque Graphopoulos est mort ! Puisqu'il ne remettra pas les pieds chez lui !…

» Il y va. Le portier endormi ne songe pas à l'interroger. Il arrive là-haut, fouille la mallette du voyageur…

» Des pas dans le couloir… La porte qui s'ouvre…

» Et Graphopoulos lui-même !… Graphopoulos qui devrait être mort !…

» Delfosse a tellement peur que, sans réfléchir, il frappe de toutes ses forces, dans l'ombre, avec sa canne, avec la canne à pomme d'or de son père qu'il a emportée ce soir-là, comme cela lui arrive souvent…

» Il est affolé, presque irresponsable… Il prend le portefeuille… Il s'enfuit…

» Peut-être, sous un réverbère, s'assure-t-il du contenu… Il s'aperçoit qu'il y a des dizaines de mille francs et l'idée lui vient de partir avec Adèle, qu'il a toujours désirée.

» La grande vie, à l'étranger !… La grande vie avec une femme !… Comme un homme véritable !… Comme son père !…

» Mais Adèle dort… Adèle ne veut pas partir… Il cache le portefeuille chez elle, parce qu'il a peur… Il ne se doute pas qu'à la même place, depuis des mois, sans doute depuis des années, Génaro et Victor mettent en sûreté les documents du service d'espionnage…

» Car elle en est ! Ils en sont tous !

» Delfosse n'a gardé sur lui que les billets belges, deux mille francs environ, trouvés dans le portefeuille… Le reste, c'est-à-dire l'argent français, est trop compromettant !

» Le lendemain, il lit les journaux… La victime, *sa* victime, a été découverte, non à l'hôtel, mais au Jardin d'Acclimatation.

» Il ne comprend plus… Il vit dans la fièvre… Il rejoint Chabot… Il l'entraîne avec lui… Il feint de voler son oncle pour expliquer les deux mille francs qu'il a sur lui…

» Il faut se débarrasser de cet argent… Il en charge Chabot… Il est lâche… Pis que lâche : son cas relève de la pathologie… Au fond de lui-même, il en veut à son ami de ne pas partager sa culpabilité… Il voudrait le compromettre, sans oser rien faire de précis pour cela…

» Ne lui en a-t-il pas toujours voulu ?… Une envie, une haine assez complexes… Chabot est propre, ou du moins l'était… Et lui est rongé par des tas de besoins troubles… C'est l'explication de cette amitié étrange, et de ce besoin que Delfosse a toujours eu d'être accompagné de son camarade.

» Il allait le relancer chez lui… Il ne pouvait pas rester seul… Et il mêlait l'autre à ses compromissions, à ses petits vols familiaux que la Justice n'a pas à juger…

» Chabot ne revient pas du lavabo… Chabot est arrêté… Il ne se met pas à sa recherche… Il boit… Et il a besoin de quelqu'un pour boire avec lui… Il y a une chose qu'il ne peut pas supporter : la solitude…

» Ivre, il rentre avec la danseuse, s'endort… Au petit jour, il s'effraie de sa situation… Sans doute voit-il l'inspecteur posté dans la rue…

» Il n'ose pas toucher à l'argent de Graphopoulos qui est sur le meuble… Il ne reste que des billets français, trop facilement identifiables… Il préfère voler sa compagne…

» Ce qu'il espère ?… Rien !… Et tout ce qu'il fera désormais sera dans la suite logique des choses…

» Il devine confusément qu'il n'échappera pas à la Justice… D'autre part, il n'ose pas se rendre…

» Demandez au commissaire Delvigne où la police va chercher – et où elle trouve neuf fois sur dix ! – les malfaiteurs de cette espèce !

» Dans les mauvais lieux… Il lui faut de la boisson, du bruit, des femmes… Il entre quelque part, près de la gare… Il veut emmener la serveuse… À son défaut, il va chercher une fille dans la rue… Il paie à boire… Il montre ses billets, les distribue… Il est frénétique…

» Quand on l'arrête, il ment, maladivement ! Il ment sans espoir ! Il ment pour mentir, comme certains enfants vicieux !

» Il est prêt à raconter n'importe quoi, à donner des détails… Et c'est encore un trait de caractère qui suffit à le classer…

» Mais on lui dit que l'assassin est arrêté… C'est moi !… On le relâche… Il apprend un peu plus tard que l'assassin s'est tué après avoir fait des aveux…

» Devine-t-il le piège ?… Vaguement… Quelque chose le pousse, en tout cas, à supprimer les preuves de sa responsabilité… Et c'est pourquoi j'ai joué cette comédie qui a pu paraître enfantine…

» Il y avait deux moyens de pousser Delfosse aux aveux : celui que j'ai employé, ou alors le laisser seul, des heures durant, tout seul dans l'obscurité dont il a aussi peur que de la solitude…

» Il se serait mis à trembler… Il aurait avoué tout ce qu'on aurait voulu, même plus que la vérité…

» Je le sais coupable, moi, depuis le moment où il a été prouvé que les deux mille francs n'ont pas été volés à la chocolaterie… Dès lors, tous ses faits et gestes n'ont fait que renforcer mon opinion…

» Un cas banal, malgré sa morbidesse et sa complexité apparentes.

» Mais il me restait quelque chose à comprendre : l'autre cas, le cas Graphopoulos… Par conséquent, il restait aussi d'autres coupables…

» L'annonce de la mort de l'assassin, de ma mort, les a tous fait sortir du nid…

» Delfosse vient chercher le portefeuille compromettant…

» Victor vient chercher…

Maigret fit lentement des yeux le tour de l'assistance.

— Depuis combien de temps, Adèle, Génaro se sert-il de votre logement pour y cacher ses papiers dangereux ?

Elle haussa les épaules avec indifférence, en femme qui s'attend depuis longtemps à une catastrophe.

— Il y a des années ! C'est lui qui m'a fait venir de Paris, où je crevais de faim…

— Vous avouez, Génaro ?

— Je ne répondrai qu'en présence de mon avocat.

— Vous aussi ?… Comme Victor ?…

M. Delfosse ne disait rien, tenait la tête basse, le regard rivé à sa canne, cette canne qui avait tué Graphopoulos.

— Mon fils n'est pas responsable… murmura-t-il soudain.

— Je sais !

Et, comme l'autre le regardait, troublé et gêné tout ensemble :

— Vous allez me confier qu'il a hérité de vous certaines tares susceptibles d'atténuer sa responsabilité et…

— Qui vous l'a dit ?

— Voyez donc votre tête et la sienne dans la glace !

Et ce fut tout ! Trois mois plus tard, Maigret était chez lui, à Paris, boulevard Richard-Lenoir, et dépouillait le courrier que la concierge venait de monter.

— Des lettres intéressantes ? questionna Mme Maigret tout en secouant une carpette à la fenêtre.

— Une carte de ta sœur, qui annonce qu'elle va avoir un bébé…

— Encore !

— Une lettre de Belgique…

— Qu'est-ce que c'est ?

— Rien d'intéressant. Un ami, le commissaire Delvigne, qui m'envoie une pipe par colis postal et qui m'annonce des condamnations…

Il lut à mi-voix :

— … *Génaro à cinq ans de travaux forcés, Victor à trois ans et la fille Adèle, faute de preuves formelles, remise en liberté…*

— Quels sont ces gens-là ?… fit Mme Maigret qui, femme d'un commissaire de la Police Judiciaire, n'en avait pas moins gardé toute sa candeur de vraie fille de la campagne française.

— Pas intéressants ! Des types qui tenaient un cabaret, à Liège, un cabaret où il n'y avait pas de clients, mais où on faisait activement de l'espionnage…

— Et la fille Adèle ?

— La danseuse de l'établissement… Comme toutes les danseuses…

— Tu l'as connue ?

Et il y eut soudain de la jalousie dans la voix de Mme Maigret.

— Je suis allé chez elle, une fois !

— Tiens ! Tiens !…

— Voilà que tu parles comme M. Delvigne lui-même ! Je suis allé chez elle, mais en compagnie d'une bonne demi-douzaine de personnes.

— Elle est jolie ?

— Pas mal ! Des petits jeunes gens en étaient fous.

— Rien que des petits jeunes gens ?…

Maigret fit sauter une autre enveloppe, au timbre belge.

— Voilà justement la photographie de l'un d'entre eux, dit-il.

Et il tendit le portrait d'un jeune homme dont les épaules étroites paraissaient plus étroites encore sous l'uniforme. Comme fond, la cheminée d'un paquebot.

… et je me permets de vous adresser la photographie de mon fils qui a quitté Anvers cette semaine à bord de l'Élisabethville à destination du Congo. J'espère que la vie rude des colonies…

— Qui est-ce ?
— Un des petits amoureux d'Adèle !
— Il a fait quelque chose ?
— Il a bu des verres de porto dans une boîte de nuit où il aurait mieux fait de ne jamais mettre les pieds.
— Et il était son amant ?
— Jamais de la vie ! Tout au plus, une fois, l'a-t-il regardée comme elle était en train de s'habiller…
Alors Mme Maigret conclut :
— Les hommes sont tous les mêmes !

En dessous du tas de lettres, il y avait un faire-part bordé de noir que Maigret ne montra pas.

Ce jour, en la clinique Sainte-Rosalie, est décédé, dans sa dix-huitième année, René-Joseph-Arthur Delfosse, muni des sacrements de…

La clinique Sainte-Rosalie, à Liège, est l'établissement qui reçoit les riches malades du cerveau.
Au-dessous de la feuille, trois mots :

Priez pour lui.

Et Maigret évoqua M. Delfosse père, avec sa femme, son usine, ses maîtresses.

Puis Graphopoulos qui avait voulu jouer à l'espion, parce qu'il n'avait rien à faire et qu'il les imaginait prestigieux, comme on les décrit dans les romans.

Huit jours plus tard, dans une boîte de Montmartre, une femme lui sourit, devant un verre vide que la direction de l'établissement plaçait sur la table pour la forme.

C'était Adèle.

— Je vous jure que je ne savais même pas au juste ce qu'ils fricotaient… Il faut bien vivre, n'est-ce pas ?…

Et, naturellement, elle était prête à *fricoter* à nouveau !

— J'ai reçu une photographie du petit… Vous savez… Celui qui était employé quelque part…

Et de son sac blanc de poudre elle tirait un portrait. Le même qu'avait reçu Maigret ! Un grand garçon pas encore formé que l'uniforme amaigrissait et qui s'essayait pour la première fois à porter d'un air crâne le casque colonial !

On devait en montrer un troisième exemplaire, rue de la Loi, aux locataires de la maison, à l'étudiante polonaise et à M. Bogdanowski.

— Il a déjà l'air d'un homme, n'est-ce pas ?… Pourvu qu'il résiste aux fièvres !…

Et d'autres jeunes gens, au *Gai-Moulin*, avec un autre propriétaire !

FIN

*À bord de l'*Ostrogoth*, Ouistreham, 1931.*

Maigret et le fantôme

1

Les étranges nuits de l'inspecteur Lognon et les infirmités de Solange

Il était un peu plus de une heure, cette nuit-là, quand la lumière s'éteignit dans le bureau de Maigret. Le commissaire, les yeux gros de fatigue, poussa la porte du bureau des inspecteurs, où le jeune Lapointe et Bonfils restaient de garde.

— Bonne nuit, les enfants, grommela-t-il.

Dans le vaste couloir, les femmes de ménage balayaient et il leur adressa un petit signe de la main. Comme toujours à cette heure-là, il y avait un courant d'air et l'escalier qu'il descendait en compagnie de Janvier était humide et glacé.

On était au milieu de novembre. Il avait plu toute la journée. Depuis la veille à huit heures du matin, Maigret n'avait pas quitté l'atmosphère surchauffée de son bureau et, avant de traverser la cour, il releva le col de son pardessus.

— Je te dépose quelque part ?

Un taxi, appelé par téléphone, attendait devant le portail du Quai des Orfèvres.

— À n'importe quelle bouche de métro, patron.

Il tombait des cordes. La pluie rebondissait sur le pavé. L'inspecteur descendit de la voiture au Châtelet.

— Bonne nuit, patron.

— Bonne nuit, Janvier.

C'était un moment comme ils en avaient vécu des centaines ensemble, ressentant la même satisfaction un peu morne.

Quelques minutes plus tard, Maigret montait, sans bruit, l'escalier du boulevard Richard-Lenoir, cherchant la clé dans sa poche, la tournait délicatement dans la serrure, entendait presque tout de suite Mme Maigret qui se retournait dans le lit.

— C'est toi ?

Cela faisait des centaines, sinon des milliers de fois aussi qu'elle posait cette question-là d'une voix engourdie alors qu'il rentrait au milieu de la nuit, qu'elle tâtonnait pour allumer la lampe de chevet puis se levait, en chemise de nuit, jetait un coup d'œil à son mari pour se rendre compte de son humeur.

— C'est fini ?

— Oui.

— Le jeune a enfin parlé ?

Il répondit de la tête.

— Tu n'as pas faim ? Tu ne veux pas que je te prépare quelque chose ?

Il avait accroché son pardessus mouillé au portemanteau et dénouait sa cravate.

— Il y a de la bière dans le réfrigérateur ?

Il avait failli arrêter la voiture place de la République pour avaler un demi dans une brasserie encore ouverte.

— C'était bien ce que tu pensais ?

Une affaire banale, pour autant qu'une affaire mettant en cause le sort de plusieurs hommes puisse être qualifiée de banale. Les journaux avaient trouvé un titre sensationnel : *Le gang des motocyclettes*.

Une première fois, en plein jour, rue de Rennes, deux motos s'étaient arrêtées devant une bijouterie. Deux individus étaient descendus de la première, un de la seconde, et, se couvrant le visage de foulards rouges, ils avaient foncé vers la boutique, dont ils ressortaient quelques instants plus tard, pistolet à la main, avec les bijoux et les montres raflés dans la vitrine et sur le comptoir.

Sur le moment, la foule n'avait pas réagi, et quand, la première surprise passée, des automobilistes avaient pensé à prendre les voleurs en chasse, un tel embouteillage s'était produit qu'il avait couvert la fuite des voleurs.

— Ils recommenceront, avait prédit Maigret.

Le butin était maigre, car la bijouterie, tenue par une veuve, ne vendait que du bon marché.

— Ils ont voulu roder leur technique.

Pour la première fois, des motos étaient utilisées dans un hold-up.

Le commissaire ne se trompait pas puisque, trois jours plus tard, le même scénario se déroulait, cette fois dans une bijouterie de luxe du faubourg Saint-Honoré. Le résultat était le même, à la différence que les bandits emportaient des bijoux pour plusieurs millions d'anciens francs, deux cents millions, disaient les journaux, une centaine selon l'évaluation de l'assurance.

Au moment de sa fuite, pourtant, un des voleurs avait perdu son foulard et on l'arrêtait le surlendemain dans l'atelier de serrurerie où il travaillait, rue Saint-Paul.

Le même soir, on en tenait trois sous les verrous, l'aîné âgé de vingt-deux ans, le benjamin, Jean Bauche, dit Jeannot, ayant tout juste atteint ses dix-huit ans.

C'était un garçon blond, aux cheveux trop longs, fils d'une femme de ménage de la rue Saint-Antoine, qui travaillait, lui aussi, dans l'atelier de serrurerie.

— Nous nous sommes relayés toute la journée, Janvier et moi, disait à sa femme un Maigret maussade.

En buvant de la bière et en mangeant des sandwiches.

— Écoute, Jeannot. Tu te prends pour un dur. Ils t'ont fait croire que tu en étais un. Mais ce n'est ni toi, ni tes deux petits copains, qui avez eu l'idée de ces coups-là. Il y a quelqu'un derrière vous, quelqu'un qui a tout orchestré, en ayant soin de ne pas se mouiller. Sorti de Fresnes voilà deux mois, il n'a pas envie d'y retourner. Avoue qu'il était sur les lieux, dans une auto volée, et qu'il a protégé votre fuite en manœuvrant dans le trafic avec une fausse maladresse…

Maigret se déshabillait, buvant parfois une gorgée de bière, mettant sa femme au courant, en phrases courtes.

— Ces gamins sont les plus coriaces… On leur a inculqué un sens particulier de l'honneur…

Il avait fait arrêter trois chevaux de retour, dont un certain Gaston Nouveau. Comme on devait s'y attendre, il avait un solide alibi, deux personnes affirmant qu'au moment du hold-up il se trouvait dans un bar de l'avenue des Ternes.

Pendant des heures, les confrontations n'avaient rien donné. Victor Sidon, dit Mémère, parce qu'il était grassouillet, l'aîné des trois motocyclistes, regardait le commissaire d'un œil narquois. Saugier, dit Pétard, pleurait en jurant qu'il ne savait rien.

— Nous avons concentré nos efforts, Janvier et moi, sur le jeune Bauche. Nous avons fait venir sa mère, qui l'a supplié :

» — Parle, Jeannot ! Tu vois bien que ce n'est pas après toi que ces messieurs en ont. Ils comprennent que tu t'es laissé entraîner…

Vingt heures désagréables, à pousser implacablement un gamin jusqu'aux limites de la résistance humaine. Il n'est pas agréable non plus de le voir soudain craquer.

— Bon ! Je vais tout dire. C'est Nouveau, oui, qui nous a repérés au *Lotus* et qui nous a mis dans la combine…

Un petit bar de la rue Saint-Antoine, où jeunes gens et jeunes filles venaient écouter les juke-boxes.

— À cause de vous, quand je sortirai de prison, il me fera abattre par ses copains…

Voilà ! Une journée finie. Maigret se couchait, la tête lourde.

— À quelle heure dois-tu être au bureau ?

— À neuf heures.

— Tu ne peux pas dormir un peu plus tard ?

— Éveille-moi à huit heures.

Il n'y eut pour ainsi dire pas de transition. Il n'eut pas l'impression d'avoir dormi. Il lui sembla que, quelques minutes après qu'il eut fermé les yeux, la sonnerie de la porte d'entrée résonnait et que sa femme se glissait hors du lit.

On chuchotait, dans l'entrée. Il croyait reconnaître la voix, se disait qu'il était en train de rêver et s'enfonçait la tête dans l'oreiller.

Encore le pas de sa femme, qui se rapprochait du lit. Allait-elle se recoucher ? Quelqu'un s'était-il trompé de porte ? Non. Elle lui touchait l'épaule, ouvrait les rideaux et, sans avoir besoin de soulever les paupières, il se rendait compte qu'il faisait jour. Il questionna d'une voix pâteuse :

— Quelle heure est-il ?

— Sept heures.

— Quelqu'un est là ?

— Lapointe t'attend dans la salle à manger.

— Que veut-il ?

— Je ne sais pas. Reste un instant au lit, que je te prépare une tasse de café.

Pourquoi sa femme lui parlait-elle comme si on venait lui annoncer une mauvaise nouvelle ? Pourquoi avait-elle hésité à répondre à sa question ? Le jour était d'un gris sale et il pleuvait toujours.

La première idée de Maigret fut que Jean Bauche, effrayé par ses aveux, s'était pendu dans sa cellule du Dépôt. Il se leva sans attendre le café, passa son pantalon, se donna un coup de peigne et, encore barbouillé après un sommeil trop pesant, poussa la porte de la salle à manger.

Lapointe se tenait debout devant la fenêtre, vêtu d'un pardessus noir, un chapeau sombre à la main, les joues râpeuses après une nuit de garde.

Maigret se contenta de questionner du regard.

— Excusez-moi pour ce mauvais réveil, patron… Il est arrivé quelque chose, cette nuit, à quelqu'un que vous aimez bien…

— Janvier ?

— Non… Pas un homme du Quai…

Mme Maigret apportait deux grandes tasses de café.

— Lognon…

— Il est mort ?

— Grièvement blessé. On l'a transporté à Bichat et voilà trois heures que le professeur Mingault l'opère… Je n'ai pas voulu venir plus tôt, ni vous téléphoner, parce que, après la journée et la soirée d'hier, vous aviez besoin de repos… En outre, au début, on lui donnait peu de chances de vivre…

— Que lui est-il arrivé ?

— Deux balles, une dans le ventre, l'autre un peu en dessous de l'épaule…

— Où ?

— Avenue Junot, sur le trottoir…

— Il était seul ?

— Oui. Pour le moment, ce sont ses collègues du XVIIIe arrondissement qui enquêtent…

Maigret buvait son café à petites gorgées sans en éprouver la satisfaction des autres matins.

— J'ai pensé que, s'il reprend connaissance, vous voudrez être là. La voiture est en bas…

— On ne sait rien de l'attentat ?

— Presque rien. On ignore même ce qu'il faisait avenue Junot. C'est une concierge qui a entendu les coups de feu et a téléphoné à Police-Secours. Une balle a traversé son volet, brisé la vitre, et s'est logée dans le mur au-dessus de son lit…

— Je m'habille…

Il passa dans la salle de bains tandis que Mme Maigret dressait la table pour le petit déjeuner et que Lapointe, débarrassé de son pardessus, attendait.

Si l'inspecteur Lognon n'appartenait pas au Quai, malgré le désir qu'il en avait, Maigret n'en avait pas moins travaillé souvent avec lui, presque chaque fois qu'une affaire importante éclatait dans le XVIIIe arrondissement.

C'était un bourgeois, comme on disait, un des vingt inspecteurs en civil ayant leur bureau à la mairie de Montmartre, à l'angle de la rue Ordener et de la rue du Mont-Cenis.

Certains l'appelaient l'inspecteur Malgracieux, à cause de son air grognon. Maigret, lui, l'appelait l'inspecteur Malchanceux, et on aurait dit, en effet, que le pauvre Lognon avait le don d'attirer sur lui tous les malheurs.

Petit et maigre, il était enrhumé d'un bout de l'année à l'autre, ce qui lui donnait le nez rouge, les yeux larmoyants d'un ivrogne, alors qu'il était sans doute l'homme le plus sobre de la police.

Il était affligé d'une femme malade, qui se traînait de son lit à un fauteuil près de la fenêtre, de sorte qu'après son service Lognon devait s'occuper du ménage, du marché et de la cuisine. C'est tout juste si, une fois la semaine, il pouvait se payer une femme de ménage pour le grand nettoyage.

Quatre fois, il s'était présenté au concours de la P.J., qu'il avait raté chaque fois pour des fautes stupides, alors que sur le plan professionnel il était remarquable. Une sorte de chien de chasse qui, une fois sur une piste, ne la lâchait plus. Un obstiné. Un scrupuleux. Le type qui, croisant quelqu'un dans la rue, flairait tout de suite quelque chose d'équivoque.

— On espère le sauver ?

— À Bichat, on lui donne, paraît-il, trois chances sur dix…

Pour un homme qui avait mérité le surnom d'inspecteur Malchanceux, ce n'était pas encourageant.

— Il a pu parler ?

Maigret, sa femme et Lapointe mangeaient des croissants que le garçon boulanger venait de poser devant la porte.

— Ses collègues ne me l'ont pas dit et j'ai préféré ne pas insister…

Lognon n'était pas le seul à souffrir d'un complexe d'infériorité. La plupart des inspecteurs de quartier louchent avec envie vers la grande maison, comme on appelle le Quai des Orfèvres, et, quand ils sont sur une affaire intéressante, qui fera de gros titres dans les journaux, ils détestent qu'on vienne la leur prendre.

— Allons ! soupira Maigret en enfilant son pardessus encore humide de la veille.

Son regard croisa celui de sa femme, et il comprit qu'elle avait envie de lui parler, devina qu'elle venait d'avoir la même idée que lui.

— Tu comptes rentrer déjeuner ?

— C'est improbable…

— Dans ce cas, tu ne crois pas…

Elle pensait à Mme Lognon, seule et impotente dans son appartement.

— Habille-toi vite ! Nous te déposerons place Constantin-Pecqueur.

Les Lognon y avaient leur logement depuis vingt ans, dans un immeuble en briques rouges, avec un rang de briques jaunes autour des fenêtres, dont Maigret n'avait jamais pu retenir le numéro.

Lapointe prit le volant de la petite auto de la P.J. C'était la seconde fois, en tant d'années, que Mme Maigret montait dans une de ces voitures en compagnie de son mari.

Ils passaient devant des autobus bondés. Sur les trottoirs, les gens marchaient vite, penchés en avant, cramponnés à leur parapluie, que le vent tentait de leur arracher.

Ils atteignirent Montmartre, la rue Caulaincourt.

— C'est ici…

Au milieu du square, un couple en pierre se dressait, un sein de la femme émergeant des draperies du vêtement, et la statue était noire du côté où la pluie la frappait.

— Téléphone-moi au bureau, j'espère y être en fin de matinée…

Une affaire à peine finie, une autre commençait dont il ne savait encore rien. Il aimait bien Lognon. Souvent, dans ses rapports officiels, il avait souligné ses mérites, lui donnant même le bénéfice de succès qu'il avait obtenus personnellement. Cela n'avait servi à rien. L'inspecteur Malchanceux !

— À Bichat d'abord…

Un escalier. Des couloirs. Des portes ouvertes sur des rangées de lits et des regards de gens couchés qui accrochaient les deux hommes à leur passage.

On les envoya dans une mauvaise direction et ils durent redescendre dans la cour, monter un autre escalier avant de trouver enfin, devant une porte marquée *Chirurgie*, un inspecteur du XVIIIe qu'ils connaissaient, un nommé Créac, qui avait aux lèvres une cigarette non allumée.

— Je crois que vous feriez mieux d'éteindre votre pipe, monsieur le commissaire. Il y a ici une sorte de dragon qui va vous sauter dessus comme elle l'a fait quand j'ai voulu allumer ma cigarette…

Des infirmières passaient avec des bassins, des brocs, des plateaux chargés de fioles et d'instruments nickelés.

— Il est toujours là ?

Il était neuf heures moins le quart.

— Ils ont commencé à travailler dessus à quatre heures…

— Vous n'avez aucune nouvelle ?

— Non… J'ai essayé d'en avoir dans ce bureau à gauche, mais la vieille…

C'était le bureau de l'infirmière-chef, que Créac avait appelée le dragon. Maigret y frappa. Une voix peu amène lui cria d'entrer.

— Qu'est-ce que c'est ?

— Je m'excuse de vous déranger, madame. Je suis le chef de la Brigade criminelle à la Police judiciaire…

Le regard froid de la femme semblait dire :

« Et alors ? »

— Je voudrais savoir si vous avez des nouvelles de l'inspecteur qu'on opère en ce moment…

— J'en aurai quand l'opération sera terminée… Tout ce que je peux dire, c'est qu'il n'est pas mort, puisque le professeur n'est pas sorti…

— Était-il en état de parler quand on l'a amené ?

Elle le regarda, cette fois, comme si la question était stupide.

— Il lui restait à peine la moitié de son sang et il a fallu procéder d'urgence à une transfusion.

— Quand croyez-vous qu'il ait des chances de reprendre connaissance ?

— Vous le demanderez au professeur Mingault.

— Si vous disposez d'une chambre privée, je vous serais reconnaissant de la lui réserver. C'est important. Un inspecteur restera à son chevet…

Elle tendit l'oreille, car la porte de la chirurgie venait de s'ouvrir et un homme apparaissait dans le couloir, calot sur la tête, un tablier taché de sang sur sa blouse blanche.

— Monsieur le professeur, voici une personne qui…

— Commissaire Maigret…

— Enchanté.

— Il vit ?

— Pour le moment… À moins de complications, j'ai l'espoir de l'en tirer…

Son front ruisselait de sueur, son regard trahissait la fatigue.

— Un mot encore… Il serait important qu'on le mette dans une chambre privée…

— Voyez ça, madame Drasse… Vous permettez ?…

Il se dirigeait à grands pas vers son bureau. La porte s'ouvrait à nouveau. Un infirmier poussait un lit roulant où, sous le drap, se dessinait la forme d'un corps. De Lognon, raide et exsangue, on n'apercevait que le haut du visage.

— Conduisez-le au 218, Bernard…

— Bien, madame.

Elle suivait le chariot. Maigret, Lapointe et Créac lui emboîtaient le pas. C'était une procession lugubre, dans le jour blême qui tombait des hautes fenêtres, avec les lits alignés dans les salles devant lesquelles on passait. On croyait faire un mauvais rêve.

Un interne, qui sortait de la salle d'opération, suivait lui aussi le cortège.

— Vous êtes de la famille ?

— Non… Commissaire Maigret…

— Ah ! C'est vous ?

Il lui lançait un regard curieux, comme pour s'assurer qu'il ressemblait à l'image qu'il s'était faite de lui.

— Le professeur dit qu'il a des chances de s'en tirer…

C'était un monde à part, où les voix n'avaient pas la même sonorité qu'ailleurs et où les questions ne trouvaient pas d'écho.

— S'il vous l'a dit…

— Vous n'avez aucune idée du temps qu'il mettra à reprendre connaissance ?

La question de Maigret était-elle si absurde qu'on doive le regarder de cette façon ? L'infirmière-chef arrêtait les policiers devant la porte.

— Non. Pas maintenant.

Il fallait installer le blessé, sans doute lui donner des soins, car deux infirmières apportaient du matériel, y compris une tente à oxygène…

— Restez dans le couloir si vous y tenez, quoique je n'aime pas ça. Il y a des heures pour les visites.

Maigret regardait sa montre.

— Je crois que je vais vous laisser, Créac. Essayez d'être présent quand il reprendra ses esprits. S'il est capable de parler, notez très exactement ce qu'il dira…

Il n'était pas humilié, non. Il n'en ressentait pas moins un malaise, car il n'avait pas l'habitude d'être aussi mal reçu. Ici, sa notoriété n'avait aucun effet sur des gens pour qui la vie et la mort avaient un autre sens que pour le commun des hommes.

Il fut soulagé, dans la cour, de pouvoir allumer sa pipe tandis que Lapointe allumait une cigarette.

— Toi, tu ferais mieux d'aller te coucher. Dépose-moi seulement à la mairie du XVIIIe.

— Vous n'accepteriez pas que je reste avec vous, patron ?

— Tu as passé la nuit…

— À mon âge, vous savez…

Ils étaient à deux pas. Dans le bureau des inspecteurs, ils trouvèrent trois bourgeois qui rédigeaient des rapports et qui, penchés sur leur machine à écrire, avaient l'air d'employés consciencieux.

— Bonjour, messieurs… Qui d'entre vous est au courant ?…

Il les connaissait aussi, sinon par leur nom, tout au moins de vue, et tous les trois s'étaient levés.

— Chacun de nous et personne…

— Quelqu'un est allé avertir Mme Lognon ?

— Durantel s'en est chargé…

Le plancher portait des traces de semelles mouillées et l'air sentait le tabac, refroidi.

— Lognon était sur une affaire ?

Ils se regardaient, hésitants. Enfin l'un d'eux, un petit gros, commença :

— C'est justement ce que nous nous sommes demandé… Vous connaissez Lognon, monsieur le divisionnaire… Il lui arrivait, quand il se croyait sur une piste, de prendre des airs mystérieux… Ce n'était pas rare qu'il travaille sur une affaire pendant des semaines sans nous en parler…

Parce que le pauvre Lognon avait l'habitude qu'un autre soit félicité à sa place !

— Depuis au moins quinze jours, il se montrait secret, avec, parfois, quand il rentrait au bureau, la mine de quelqu'un qui prépare une importante surprise…

— Il n'a fait aucune allusion ?

— Non. Seulement, il choisissait presque toujours le service de nuit…

— On sait dans quel secteur il travaillait ?

— Les patrouilles l'ont aperçu plusieurs fois, avenue Junot, non loin de l'endroit où il a été attaqué… Mais pas les derniers temps… Il quittait le bureau vers neuf heures du soir pour y revenir à trois ou quatre heures du matin… Il lui est arrivé de ne pas réapparaître de la nuit…

— Il n'a rédigé aucun rapport ?

— J'ai consulté le registre. Il se contentait d'inscrire le mot « néant »…

— Vous avez des hommes sur les lieux ?

— Ils sont trois, dirigés par Chinquier.

— Des journalistes ?

— Il est difficile de leur cacher un attentat contre un inspecteur… Vous ne voulez pas voir le commissaire ?

— Pas maintenant…

Avec Lapointe toujours au volant, Maigret se faisait conduire avenue Junot. Les arbres finissaient de perdre leurs feuilles, qui collaient au pavé mouillé. La pluie qui tombait toujours n'empêchait pas un attroupement d'une cinquantaine de personnes vers le milieu de l'avenue.

Des policiers en uniforme barraient un carré de trottoir, devant un immeuble de quatre étages. Quand Maigret descendit de voiture et dut se faufiler entre les curieux et les parapluies, les photographes ne le ratèrent pas.

— Encore une fois, commissaire… Refaites quelques pas dans la foule…

Il les regarda du même œil que l'infirmière-chef l'avait regardé à Bichat. Sur le morceau de trottoir désert, la pluie n'avait pas suffi à effacer une flaque de sang qui se diluait lentement, et, avec des bouts de bois, faute de pouvoir se servir de craie, on avait tant bien que mal dessiné la forme d'un corps.

L'inspecteur Deliot, qui appartenait aussi au commissariat du XVIIIe, retira son chapeau détrempé pour saluer Maigret.

— Chinquier est chez la concierge, monsieur le divisionnaire. C'est lui qui est arrivé le premier sur les lieux.

Le commissaire entra dans l'immeuble vieillot, mais très propre, bien tenu, et poussa la porte vitrée de la loge au moment où l'inspecteur Chinquier remettait son calepin dans sa poche.

— Je pensais que vous viendriez. J'étais surpris de ne voir personne du Quai.

— Je suis passé par Bichat.

— L'opération ?

— Elle semble avoir réussi. Le professeur prétend qu'il a des chances de s'en tirer.

La loge aussi était propre, coquette. La concierge, qui devait avoir dans les quarante-cinq ans, était une femme avenante, aux formes agréables.

— Asseyez-vous, messieurs… Je viens de raconter à l'inspecteur tout ce que je sais… Regardez par terre…

Le linoléum vert était jonché des éclats de la vitre qui manquait à la fenêtre.

— Et ici…

Elle désignait un trou, à un mètre environ au-dessus du lit qui occupait le fond de la pièce.

— Vous étiez seule ici ?

— Oui. Mon mari est concierge de nuit au *Palace*, avenue des Champs-Élysées, et ne rentre qu'à huit heures du matin.

— Où se trouve-t-il en ce moment ?

— Dans la cuisine…

Elle désignait une porte fermée.

— Il essaie de se reposer car il faudra bien, malgré tout, que ce soir il reprenne son travail.

— Je suppose, Chinquier, que vous avez posé toutes les questions utiles. Ne vous vexez pas si je les pose à mon tour.

— Vous avez besoin de moi ?

— Pas tout de suite.

— Dans ce cas, je monte un moment…

Maigret fronça les sourcils, se demandant où il montait ainsi, mais il n'insista pas afin de ménager la susceptibilité de l'inspecteur de quartier.

— Je m'excuse, madame…

— Mme Sauget. Les locataires m'appellent Angèle.

— Asseyez-vous, je vous en prie.

— J'ai tellement l'habitude de rester debout !

Elle alla refermer le rideau qui, pendant la journée, cachait le lit, la pièce devenant alors comme un petit salon.

— Vous ne voulez rien prendre ? Une tasse de café ?

— Merci. Cette nuit, donc, vous étiez couchée…

— Oui. J'ai entendu une voix qui prononçait :

» — Cordon, s'il vous plaît…

— Vous savez quelle heure il était ?

— Mon réveil a des chiffres phosphorescents. Il était deux heures vingt…

— Il s'agissait d'un de vos locataires qui sortait ?

— Non. C'était ce monsieur…

Elle manifestait l'embarras de quelqu'un qu'on force à une indiscrétion.

— Quel monsieur ?

— Celui qui a été attaqué…

Maigret et Lapointe se regardaient, ahuris.

— Vous voulez dire l'inspecteur Lognon ?

Elle approuvait de la tête, ajoutait :

— On est obligé de tout dire à la police, n'est-ce pas ? D'habitude, je ne parle pas de mes locataires, de ce qu'ils font ou de qui ils reçoivent. Leur vie privée ne me regarde pas. Mais, après ce qui s'est passé…

— Il y a longtemps que vous connaissez l'inspecteur ?

— Des années, oui... Depuis que nous habitons ici, mon mari et moi... Mais j'ignorais son nom... Je le voyais passer et je savais qu'il était de la police, car il est venu plusieurs fois dans la loge pour des vérifications d'identité... Il n'était pas causant...

— Dans quelles conditions l'avez-vous mieux connu ?

— Quand il a commencé à fréquenter la demoiselle du quatrième...

Cette fois, Maigret en resta sans voix. Quant à Lapointe, il était au comble de la stupeur. Les policiers ne sont pas nécessairement des saints. Maigret n'ignorait pas que, dans son propre service, certains ne se privaient pas d'aventures extra-conjugales.

Mais Lognon !... Que le Malgracieux rende visite, la nuit, à une demoiselle, à deux cents mètres à peine de son propre domicile !...

— Vous êtes sûre qu'il s'agit bien du même homme ?

— Il est assez reconnaissable, non ?

— Il y a longtemps que... qu'il montait voir cette personne ?

— Une dizaine de jours...

— Donc, un soir, je suppose, il est rentré avec elle ?

— Oui.

— A-t-il caché son visage en passant devant la loge ?

— Il me semble que oui.

— Il est revenu souvent ?

— Presque chaque soir...

— Il repartait très tard ?

— Au début, je veux dire les trois ou quatre premiers jours, il s'en allait un peu après minuit... Puis il est resté plus tard, jusqu'à deux ou trois heures du matin...

— Comment s'appelle cette femme ?

— Marinette... Marinette Augier... Une très jolie fille de vingt-cinq ans, une personne bien élevée...

— Elle a l'habitude de recevoir des hommes ?

— Je crois que je peux répondre, car elle ne s'est jamais cachée de sa conduite... Pendant un an, elle a reçu deux ou trois fois par semaine un beau garçon qu'elle m'a dit être son fiancé...

— Il passait la nuit chez elle ?

— Vous finirez quand même par le savoir... Oui... Quand il n'est plus venu, elle m'a paru triste... Un matin qu'elle venait chercher son courrier, je lui ai demandé si les fiançailles étaient rompues et elle m'a répondu :

» — Ne m'en parlez plus, ma bonne Angèle. Les hommes ne valent pas la peine qu'on se fasse du mauvais sang pour eux...

» Elle n'a pas dû y penser longtemps car elle a repris sa gaieté... C'est une fille très gaie, bien portante...

— Elle travaille ?

— Elle est esthéticienne, à ce qu'elle m'a dit, dans un salon de beauté de l'avenue Matignon... Cela explique qu'elle soit toujours si soignée, vêtue avec goût...

— Et son ami ?

— Le fiancé qui n'est pas revenu ? Il avait dans les trente ans. J'ignore son métier. Je ne connais que son prénom. Pour moi, c'était M. Henri, le nom qu'il donnait quand il passait, la nuit, devant la loge…

— La rupture date de quand ?

— De l'hiver dernier, aux alentours de Noël…

— De sorte que, pendant près d'un an, cette demoiselle… Comment l'appelez-vous… Marinette ?…

— Marinette Augier…

— Pendant près d'un an, donc, elle n'a reçu personne chez elle ?

— Seulement son frère, de temps en temps, qui habite la banlieue avec sa femme et qui a trois enfants.

— Il y a une quinzaine de jours, elle est rentrée, un soir, en compagnie de l'inspecteur Lognon ?

— Comme je vous l'ai dit.

— Et, depuis, il est revenu tous les jours ?

— Sauf dimanche, à moins que je ne l'aie vu ni entrer, ni sortir.

— Il ne venait jamais pendant la journée ?

— Non. Mais vous me faites penser à un détail. Un soir qu'il est arrivé vers neuf heures, comme d'habitude, j'ai couru après lui avant qu'il s'engage dans l'escalier pour lui dire :

» — Marinette n'est pas chez elle.

» — Je sais, m'a-t-il répondu. Elle est chez son frère…

» Il est monté quand même, sans explications, ce qui me fait supposer qu'elle lui avait donné la clé…

Maigret comprenait à présent pourquoi l'inspecteur Chinquier était monté.

— Votre locataire est là-haut en ce moment ?

— Non.

— Elle est allée à son travail ?

— J'ignore si elle y est allée mais, quand j'ai voulu lui annoncer la nouvelle avec des ménagements…

— À quelle heure ?

— Après avoir téléphoné à la police…

— Donc, avant trois heures du matin ?

— Oui… Je me suis dit qu'elle avait sûrement entendu les coups de feu… Tous les locataires les avaient entendus… Les uns étaient penchés à leur fenêtre, d'autres descendaient en robe de chambre pour savoir ce qui se passait…

» Sur le trottoir, ce n'était pas beau à voir… Je suis donc montée en courant et j'ai frappé à sa porte… Personne n'a répondu… Je suis entrée et j'ai trouvé l'appartement vide…

Elle regardait le commissaire avec une certaine satisfaction, comme pour dire :

« Vous en avez peut-être vu de drôles pendant votre carrière, mais avouez que vous ne vous attendiez pas à ça ! »

C'était vrai. Maigret et Lapointe ne pouvaient qu'échanger des regards sans expression. Maigret pensait qu'à la même heure sa femme, chez Mme Lognon, qui se prénommait Solange, était occupée à consoler celle-ci et sans doute à faire son ménage !

— Vous croyez qu'elle a quitté l'immeuble en même temps que lui ?

— Je suis certaine que non. J'ai l'oreille fine. Je suis sûre qu'il n'y avait qu'une seule personne, un homme…

— Il vous a crié son nom en passant ?

— Non. Il avait l'habitude de lancer : « Quatrième ! » Je reconnaissais sa voix. D'ailleurs, il était le seul à employer ce mot-là.

— Elle aurait pu sortir avant lui ?

— Non plus. Je n'ai donné le cordon qu'une seule fois la nuit dernière, à onze heures et demie, aux gens du troisième, qui rentraient du cinéma.

— Elle serait sortie après les coups de feu ?

— C'est la seule explication. Quand j'ai vu le corps sur le trottoir, je me suis précipitée ici pour téléphoner à Police-Secours… J'ai hésité à refermer la porte d'entrée… Je n'ai pas osé… Il me semblait que ce serait comme d'abandonner ce pauvre homme…

— Vous vous êtes penchée sur lui pour savoir s'il était mort ?

— Cela a été dur, car j'ai horreur du sang, mais je l'ai fait…

— Il avait sa connaissance ?

— Je ne sais pas…

— Il n'a rien dit ?

— Ses lèvres ont remué… Je sentais bien qu'il voulait parler… J'ai cru distinguer un mot, mais j'ai dû me tromper, car cela n'a pas de sens… Peut-être qu'il délirait…

— Quel mot ?

— Fantôme…

Elle rougit, comme si elle craignait que le commissaire et l'inspecteur se moquent d'elle ou l'accusent d'inventer.

2

Le déjeuner chez Manière

On aurait dit que l'homme avait choisi ce moment-là afin d'obtenir un effet théâtral. Peut-être, d'ailleurs, écoutait-il derrière la porte ? Le mot *fantôme* était à peine prononcé qu'on voyait le bouton tourner, le battant s'écarter légèrement, une tête apparaître alors que le corps restait en retrait.

Le visage était pâle, les traits brouillés, les paupières et la bouche tombantes, et Maigret mit quelques instants à comprendre que ce qui donnait au nouveau venu une expression lugubre était l'absence de son râtelier.

— Tu ne dors pas, Raoul ?

Et, comme si c'était nécessaire, elle présentait l'homme :

— Mon mari, monsieur le commissaire…

Beaucoup plus âgé qu'elle, il portait, sur un pyjama fripé, une robe de chambre d'un affreux violet.

En uniforme bordé d'or, derrière son comptoir du *Palace*, il devait faire illusion, mais ici, non rasé, le corps las, la mine hargneuse de quelqu'un qui ne trouve pas le sommeil, il était à la fois ridicule et pitoyable.

Une tasse de café à la main, il saluait vaguement Maigret, puis son regard se fixait sur les rideaux de guipure au-delà desquels, dans la pluie persistante, des silhouettes sombres s'agglomeraient toujours, en dépit des sergents de ville qui s'efforçaient de les maintenir à distance.

— Cela va continuer longtemps ? gémit-il.

On lui volait le sommeil dont il avait besoin, le sommeil auquel il avait droit, et on aurait pu croire, à l'expression de son visage, que c'était lui la vraie victime.

— Pourquoi ne prends-tu pas un des comprimés que le docteur t'avait ordonnés ?

— Ils me font mal à l'estomac.

Il s'assit dans un coin pour boire son café, les pieds nus dans des pantoufles de feutre, et, pendant le reste de l'entretien, il n'ouvrit la bouche que pour soupirer.

— J'aimerais, madame, que vous essayiez de vous souvenir, presque seconde par seconde, de ce qui s'est passé à partir du moment où on vous a demandé le cordon.

Pourquoi cette femme appétissante avait épousé un homme de vingt ans au moins plus âgé qu'elle, cela ne le regardait pas, et sans doute ne l'avait-elle pas vu alors sans son dentier.

— J'ai entendu :

» — Cordon, s'il vous plaît.

» Et la voix, que j'ai reconnue, a ajouté :

» — Quatrième !

» Comme je vous l'ai déjà dit, j'ai regardé l'heure machinalement. C'est une habitude. Il était deux heures vingt. J'ai tendu la main pour pousser le bouton car, en réalité, il n'y a plus de cordon, mais un bouton électrique qui déclenche l'ouverture de la porte.

» Au même instant, j'ai cru entendre le bruit d'un moteur, comme si une auto stationnait, non pas devant la maison, mais devant la maison voisine, sans qu'on ait coupé les gaz. Je me suis même dit que c'étaient les Hardsin qui rentraient, un couple de l'immeuble d'à côté qui rentre souvent aux petites heures.

» Tout cela, n'est-ce pas, n'a duré que quelques secondes. J'entendais aussi les pas de M. Lognon dans le couloir. Puis la porte a claqué. Tout de suite après, le bruit de moteur est devenu plus fort, l'auto s'est mise en marche et un coup de feu a éclaté, un autre, un troisième…

» On aurait pu croire que le dernier avait été tiré dans la loge même, car il y a eu un choc sur le volet, l'éclatement de la vitre, un drôle de bruit au-dessus de ma tête…

— L'auto a continué sa route ? Vous êtes sûre qu'il y avait une auto ?

Le mari les regardait tour à tour, tête basse, en tournant la cuiller dans sa tasse.

— J'en suis certaine. La rue est en pente. Pour la monter, les voitures accélèrent. Celle-là a mis tous les gaz en se dirigeant vers la rue Norvins…

— Vous ne vous rappelez aucun cri ?

— Non. Je suis d'abord restée, car j'avais peur. Mais les femmes, vous savez, ont toujours besoin de savoir, de se rendre compte. J'ai allumé, attrapé ma robe de chambre, et je me suis précipitée dans le corridor.

— La porte de la rue était fermée ?

— Je vous l'ai dit. Je l'avais entendue claquer. J'y ai collé l'oreille et je n'ai entendu que la pluie. Alors, j'ai entrouvert et j'ai vu le corps à deux mètres à peine du seuil.

— Tourné vers le haut de la rue ou vers le bas ?

— Plutôt comme s'il se rendait rue Caulaincourt. Le malheureux se tenait le ventre à deux mains et les doigts ruisselaient de sang. Ses yeux ouverts me fixaient.

— Vous vous êtes penchée et c'est alors que vous avez entendu ou cru entendre le mot *fantôme* ?

— Je jurerais que c'est bien ce qu'il a murmuré. Des fenêtres se sont ouvertes. Les locataires n'ont pas le téléphone et sont obligés de se servir de l'appareil de la loge. Deux d'entre eux, qui l'ont demandé, sont depuis plus d'un an sur la liste d'attente.

» Je suis rentrée et j'ai cherché dans l'annuaire le numéro de Police-Secours. Ce sont des choses qu'on devrait savoir, mais on n'y pense pas, surtout dans une maison tranquille comme la nôtre…

— Le corridor était éclairé ?

— Non. Seulement ma loge. L'agent, au bout du fil, m'a posé des questions, craignant que ce soit une plaisanterie, de sorte que cela a pris un certain temps…

Le téléphone était mural. De l'endroit où il était placé, on ne pouvait voir dans le couloir.

— Des locataires sont descendus… Je vous ai raconté tout ça… Après avoir raccroché, j'ai pensé à Marinette et je me suis précipitée au quatrième…

— Je vous remercie. Me permettez-vous de me servir de votre appareil ?

Maigret appela la P.J.

— Allô ! c'est toi, Lucas ?… Tu as dû trouver une note de Lapointe au sujet de Lognon… Non, je ne suis plus à l'hôpital… On ne sait pas encore s'il s'en tirera… Je suis avenue Junot… Je voudrais que tu te rendes à Bichat… Oui, toi-même de préférence… Prends ton air le plus officiel, car ces gens-là n'aiment pas beaucoup les intrus…

» Essaie de voir l'interne qui a assisté à l'opération, car le professeur Mingault doit être inaccessible à cette heure… Je suppose qu'ils ont trouvé la balle, probablement deux… Oui… J'aimerais avoir le plus de détails en attendant le rapport officiel… Quant aux balles, tu les porteras au laboratoire…

Jadis, on confiait ce travail à un expert de la ville, Gastinne Renette, mais on disposait maintenant d'un spécialiste en balistique dans les laboratoires de la P.J., sous les combles du Palais de Justice.

— Je te verrai tout à l'heure ou au début de l'après-midi…

Le commissaire se tournait vers Lapointe.

— Tu ne veux vraiment pas aller te coucher ?

— Je n'ai pas sommeil, patron…

Le concierge de nuit du *Palace* le regarda d'un œil à la fois envieux et réprobateur.

— Dans ce cas, file avenue Matignon. Les instituts de beauté ne doivent pas être si nombreux que tu ne trouves pas celui où travaille Marinette Augier… Il y a peu de chances pour qu'elle soit à son travail... Essaie d'en apprendre aussi long que possible sur elle...

— Compris, patron.

— Moi, je monte...

Maigret était un peu vexé de ne pas avoir pensé aux balles alors qu'il se trouvait à Bichat, mais ce n'était pas une enquête comme les autres. On aurait dit que, parce qu'il s'agissait de Lognon, elle prenait un caractère moins professionnel.

Là-bas, il avait surtout pensé à l'inspecteur et il s'était laissé impressionner par l'infirmière-chef, par le professeur, les salles où les malades en rang le suivaient des yeux.

La maison de l'avenue Junot n'avait pas d'ascenseur. Il n'y avait pas de tapis dans l'escalier non plus, mais le bois des marches, poli par l'usure, était bien ciré, la rampe lisse. Chaque étage comportait deux logements et sur certaines portes on voyait une plaque de cuivre avec un nom.

Au quatrième, il poussa la porte entrouverte, traversa une entrée assez obscure et se trouva dans un living-room où l'inspecteur Chinquier, assis dans un fauteuil recouvert d'un tissu à fleurs, fumait sa cigarette.

— Je vous attendais... Elle vous a tout raconté ?...

— Oui.

— Elle vous a parlé de l'auto ?... C'est ce qui m'a le plus frappé... Regardez ceci...

Debout, il tirait de sa poche trois douilles brillantes qu'il avait enveloppées dans un morceau de journal.

— Nous les avons trouvées dans la rue... Si on a tiré d'une voiture en marche, ce qui paraît probable, le tireur avait le bras passé par la portière... Vous remarquerez que c'est du 7,63...

Chinquier était un policier sérieux, qui connaissait son affaire.

— On s'est probablement servi d'un pistolet Mauser automatique, une arme lourde, qu'on ne glisse pas dans un sac à main ou dans la poche du pantalon... Vous voyez ce que je veux dire ?... Cela sent le professionnel, et il avait au moins un complice au volant, car il n'a pas tiré en conduisant... D'habitude, un amant jaloux n'embauche pas des copains pour l'aider à abattre son rival... En outre, on a visé au ventre...

C'est plus sûr, en effet, que de viser la poitrine, car un homme s'en tire rarement quand il a les intestins perforés en une dizaine d'endroits par une balle de fort calibre.

— Vous avez visité le logement ?

— J'aimerais que vous regardiez vous-même...

Cette enquête présentait une autre particularité qui mettait Maigret mal à l'aise. Elle avait été commencée par les inspecteurs du quartier. Or, s'ils se moquaient volontiers de Lognon quand il était sur ses deux jambes, ce n'était pas moins leur collègue que des meurtriers avaient abattu. Le commissaire, dans ces conditions, ne pouvait guère les écarter pour prendre seul l'affaire en main.

— Cette pièce n'est pas mal, n'est-ce pas ?

Avec un peu de soleil, elle devait être plus agréable encore. Les murs étaient d'un jaune vibrant, le plancher verni, avec un tapis d'un jaune plus clair au milieu. Les meubles, assez modernes, avaient été choisis avec goût, formant à la fois salle à manger et salon, et il ne manquait ni la télévision, ni le tourne-disque.

Sur la table centrale, Maigret avait tout de suite remarqué une cafetière électrique, une tasse avec encore un fond de café, un sucrier et une bouteille de cognac.

— Une seule tasse… grommela-t-il. Vous n'y avez pas touché, Chinquier ? Vous devriez téléphoner au Quai pour qu'ils envoient des gens du laboratoire…

Il ne retirait pas son pardessus et il avait remis son chapeau sur la tête. Un des fauteuils était tourné vers la fenêtre, près d'un guéridon, et un cendrier contenait sept ou huit mégots de cigarettes.

Deux portes s'ouvraient sur le living-room. La première donnait accès à la cuisine, qui était propre, sans désordre, ressemblant davantage aux cuisines modèles des expositions qu'à celles qu'on trouve d'habitude dans les vieilles maisons de Paris.

La seconde porte était celle de la chambre. Le lit était défait. L'oreiller, le seul oreiller, portait encore en creux la trace d'une tête.

Une robe de chambre en soie bleu pâle avait été jetée sur le dossier d'une chaise, une veste de pyjama de femme, de même couleur, traînait par terre, et le pantalon gisait au pied d'un placard.

Chinquier remontait déjà.

— J'ai eu Moers au bout du fil. Il vous envoie l'équipe immédiatement. Vous avez eu le temps de jeter un coup d'œil ? Vous avez ouvert le placard ?

— Pas encore…

Il l'ouvrait. Cinq robes étaient pendues à des cintres, un manteau d'hiver garni de fourrure et deux tailleurs, un beige et l'autre bleu marine.

Sur la planche du haut, des valises étaient rangées.

— Vous voyez ce que je veux dire ? Il ne semble pas qu'elle ait emporté de bagages. Dans la commode, vous trouverez son linge bien en ordre.

Par la fenêtre, on découvrait une partie du panorama de Paris, mais, surtout aujourd'hui, le ciel gris d'où la pluie continuait à tomber. Une porte, au-delà du lit, était ouverte sur la salle de bains, et rien n'y manquait non plus, ni la brosse à dents, ni les crèmes de beauté.

À en juger par l'appartement, Marinette Augier était une personne de goût, qui passait une bonne partie de son temps chez elle et qui aimait son confort.

— J'ai oublié de demander à la concierge si elle faisait sa cuisine ou si elle mangeait au restaurant, avoua Maigret.

— J'ai posé la question. Elle mangeait presque toujours ici…

Le réfrigérateur contenait entre autres choses un demi-poulet froid, du beurre, du fromage, des fruits, deux bouteilles de bière et une bouteille d'eau minérale. Dans la chambre, une autre bouteille, sur la table de nuit, était entamée.

Sur cette même table de nuit, le cendrier intéressa davantage le commissaire, car on y voyait deux mégots de cigarettes marqués de rouge à lèvres.

— Elle fumait des américaines…

— Alors que, dans le living-room, on n'a fumé que du caporal, n'est-ce pas ?

Les deux hommes échangèrent un coup d'œil, car ils avaient eu la même idée.

— À en juger par l'état du lit, on ne paraît pas s'y être livré la nuit dernière à des ébats amoureux…

Malgré le drame, il était difficile de ne pas sourire à l'idée de l'inspecteur Malgracieux aux prises avec une jeune et jolie esthéticienne.

S'étaient-ils disputés ? Un Lognon boudeur, réfugié dans la pièce voisine, au fond d'un fauteuil, avait-il fumé cigarette sur cigarette pendant que sa maîtresse était au lit ?

Quelque chose clochait et Maigret se rendait compte, une fois de plus, qu'il n'avait pas mené cette affaire, dès le début, avec sa lucidité habituelle.

— Cela m'ennuie de vous demander de descendre à nouveau, Chinquier, mais il reste une question que j'ai oublié de poser. J'aimerais savoir si, quand la concierge est montée, elle a trouvé de la lumière dans le living-room.

— Je peux vous répondre. Il y avait de la lumière dans la chambre, dont la porte était ouverte, mais pas dans les autres pièces.

Ils retournaient ensemble dans ce living-room dont les deux portes-fenêtres donnaient sur un balcon longeant toute la façade comme on en trouve au dernier étage de nombreuses vieilles maisons de Paris.

Malgré la grisaille, on devinait plutôt qu'on ne voyait la tour Eiffel, des clochers d'églises et, sur des centaines de toits laqués par la pluie, des cheminées qui fumaient.

Maigret, à ses débuts, avait connu l'avenue Junot à peine tracée et ne comportant que quelques immeubles parmi les terrains vagues et les jardins. Un peintre, le premier, avait fait construire une sorte d'hôtel particulier qui passait alors pour très moderne.

D'autres avaient suivi son exemple, un romancier, une chanteuse d'opéra, et l'avenue Junot était devenue un endroit élégant.

Par les portes-fenêtres, le commissaire dominait plusieurs maisons particulières qui avaient fini par se toucher. Celle d'en face devait dater, d'après son style, d'une quinzaine d'années et comportait deux étages.

Appartenait-elle à un peintre, comme le second étage presque entièrement vitré semblait l'indiquer ? Des rideaux sombres étaient tirés, ne laissant entre eux qu'une ouverture de trente à quarante centimètres.

Si on avait demandé au commissaire à quoi il pensait, il aurait été en peine de répondre. Il enregistrait. En désordre. Au petit bonheur. Il regardait tantôt dehors, tantôt dans l'appartement, sachant qu'à un moment donné certaines images se rejoindraient et prendraient un sens.

On entendait du bruit dans la rue, des pas lourds dans l'escalier, des voix, des heurts. L'équipe de l'Identité judiciaire arrivait avec ses appareils, et Moers s'était dérangé en personne.

— Où est le corps ? questionna-t-il, ses yeux bleus toujours un peu étonnés derrière les verres épais de ses lunettes.

— Il n'y a pas de corps. Chinquier ne t'a rien dit ?

— J'ai fait au plus vite… s'excusait celui-ci.

— Il s'agit de Lognon, qui a été abattu au moment où il sortait de cette maison…

— Il est mort ?

— On l'a transporté à Bichat. Il s'en tirera peut-être. Il a passé une partie de la nuit dans cet appartement avec une femme. J'aimerais savoir si on trouve ses empreintes dans la chambre à coucher ou seulement dans cette pièce. Relève toutes les empreintes que tu pourras trouver… Vous descendez avec moi, Chinquier ?

Il attendit d'être dans le corridor du rez-de-chaussée pour lui dire à mi-voix :

— Il serait peut-être utile de questionner les locataires et les voisins. Il y a peu de chances pour que quelqu'un se soit trouvé à sa fenêtre, par le temps qu'il faisait, au moment des coups de feu, mais on ne sait jamais.

» Il est possible aussi que la jeune Marinette ait pris un taxi et, dans ce cas, il ne sera pas difficile de retrouver le chauffeur. Elle est sans doute descendue vers la place Constantin-Pecqueur, où les voitures sont moins rares qu'en haut de la Butte… Vous connaissez le quartier mieux que moi, ainsi que vos camarades…

Il soupira, en lui serrant la main :

— Bonne chance !

Et il poussa la porte vitrée de la loge. Le mari s'était décidé à se coucher dans son lit, car, derrière le rideau, on entendait un souffle régulier.

— Vous avez encore besoin de quelque chose ? murmura Angèle Sauget.

— Non. Je voulais téléphoner, mais je le ferai ailleurs. Je préfère le laisser dormir…

— Il ne faut pas lui en vouloir. Quand il n'a pas son nombre d'heures de sommeil, il devient impossible. Je lui ai donné un somnifère qui commence à faire son effet.

— Au cas où un détail oublié vous revienne, ne manquez pas de téléphoner à la P.J.

— Cela m'étonnerait, mais je vous le promets. Si seulement ces journalistes et ces photographes voulaient bien s'en aller ! Ce sont eux qui attirent les badauds…

— Je vais essayer de les éloigner…

Comme il s'y attendait, ils se jetèrent sur lui, malgré les agents, dès qu'il mit le pied sur le trottoir.

— Écoutez, messieurs, à l'heure qu'il est, je n'en sais pas plus que vous. L'inspecteur Lognon a été attaqué par des inconnus pendant son service…

— Son service ? lança une voix gouailleuse.

— J'ai dit pendant son service et je le répète. Grièvement blessé, il a été opéré par le professeur Mingault, à Bichat, mais il ne sera vraisemblablement pas en mesure de parler avant plusieurs heures, sinon plusieurs jours.

» D'ici là, on ne peut faire que des suppositions. En tout cas, il n'y a plus rien à voir ici, mais il est possible que, cet après-midi, Quai des Orfèvres, j'aie des nouvelles à vous apprendre…

— Qu'est-ce que l'inspecteur faisait dans cette maison ? Est-il vrai qu'une jeune femme a disparu ?

— À cet après-midi !

— Vous ne voulez rien dire ?

— Je ne sais rien.

Et, le col du pardessus relevé, les mains dans les poches, il descendit la rue. Deux ou trois déclics lui apprirent qu'on le photographiait, faute de mieux, et, quand il se retourna, les journalistes commençaient à se disperser.

Rue Caulaincourt, il entra dans le premier bistrot venu, où, comme il venait d'avoir un frisson, il commanda un grog.

— Donnez-moi trois jetons, voulez-vous ?

— Trois ?

Il but une large gorgée de son grog avant d'entrer dans la cabine téléphonique, et son premier appel fut pour l'hôpital Bichat. Comme il s'y attendait, on le brancha sur plusieurs services avant qu'il ait l'infirmière-chef de la chirurgie au bout du fil.

— Non, il n'est pas mort. Un interne est près de lui en ce moment et un de vos inspecteurs se tient dans le couloir. On ne peut toujours rien prévoir. Bon ! voilà qu'un autre de vos hommes entre dans mon bureau…

Il raccrocha, résigné, appela le Quai.

— Lapointe est rentré ?

— Il vient d'essayer de vous atteindre avenue Junot. Je vous le passe.

Par la vitre de la cabine, Maigret voyait l'étain du comptoir, le patron en bras de chemise, deux maçons à qui on versait de grands verres de vin rouge.

— C'est vous, patron ? J'ai trouvé tout de suite l'institut de beauté, car il n'y a que celui-là avenue Matignon. C'est un établissement de luxe, où opère un certain Marcellin, dont ces dames parlent avec un respect ému. Marinette Augier n'a pas pris son travail aujourd'hui et ses collègues en sont surprises car, paraît-il, elle est très ponctuelle et sérieuse…

» Elle ne s'est confiée à personne de ses relations avec l'inspecteur… Elle a un frère marié, qui habite Vanves, mais on ignore son adresse… Il travaille dans les assurances, et il est arrivé à Marinette de lui téléphoner à son bureau… La compagnie s'appelle La Fraternelle… J'ai cherché à l'annuaire… Cela se trouve rue Le Peletier…

» Je n'ai pas osé y aller avant de vous en parler…

— Janvier est là ?

— Il est occupé à taper un rapport.

— Demande-lui si c'est urgent. Je tiens à ce que tu te couches afin d'être dispos quand j'aurai besoin de toi…

Un silence au bout du fil. Puis la voix résignée de Lapointe :

— Il dit que ce n'est pas urgent…

— Alors, mets-le au courant. Qu'il se rende rue Le Peletier et qu'il essaie de savoir où Marinette a pu se réfugier…

D'autres clients entraient dans le petit café, des habitués qu'on servait sans leur demander ce qu'ils désiraient boire. On l'avait reconnu et on jetait des coups d'œil curieux vers la cabine vitrée.

Il dut chercher le numéro de Lognon. Comme il s'y attendait, ce fut Mme Maigret qui répondit.

— Où es-tu ? demanda-t-elle.

— Chut !… Ne lui dis surtout pas que je me trouve à deux pas… Comment va-t-elle ?…

Il comprit l'hésitation de sa femme.

— Je suppose qu'elle est couchée et qu'elle se sent plus mal que son mari ?

— Oui.

— Tu lui as préparé à manger ?

— Après être allée faire le marché dans le quartier.

— Elle peut donc rester seule ?

— Pas volontiers !

— Que cela lui plaise ou non, dis-lui que j'ai besoin de toi et viens me rejoindre le plus tôt possible chez *Manière*...

— Nous déjeunons ensemble ?

Elle n'en croyait pas ses oreilles. S'il leur arrivait, le samedi soir ou le dimanche, de manger au restaurant, ils n'y déjeunaient pratiquement jamais, à plus forte raison au cours d'une enquête.

Le commissaire alla finir son grog au comptoir tandis que les voix, autour de lui, n'avaient plus le même naturel. Il payait ainsi la publicité que les journaux lui faisaient à son corps défendant et qui compliquait souvent son travail.

Quelqu'un dit, sans le regarder :

— C'est vrai que des gangsters ont descendu le Malgracieux ?

Et un autre, mystérieux :

— Si ce sont vraiment des gangsters.

Le bruit courait donc déjà dans le quartier des relations entre l'inspecteur et Marinette. Maigret paya et, suivi par tous les regards, sortit du bistrot, se dirigea vers chez *Manière*.

C'était, à côté d'un escalier de pierre, une brasserie qu'avaient fréquentée les célébrités du quartier et on y coudoyait encore des actrices, des écrivains et des peintres. Il était trop tôt pour les habitués et la plupart des tables étaient libres, quatre, cinq clients seulement étaient accoudés au bar.

Il se débarrassa de son pardessus mouillé et de son chapeau, se laissa tomber, avec un soupir de satisfaction, sur la banquette, près de la vitre.

Il eut le temps de fumer une pipe, le regard rêveur, avant d'apercevoir Mme Maigret qui, tenant son parapluie comme un bouclier, traversait la rue.

— Cela me fait un drôle d'effet de te retrouver ici… Il y a au moins quinze ans que nous y sommes venus pour la dernière fois, un soir, après le théâtre… Tu t'en souviens ?…

— Oui… Qu'est-ce que tu manges ?

Il lui tendait la carte.

— Toi, je sais déjà que tu vas prendre une andouillette… Je peux m'offrir une petite folie en commandant un homard froid à la mayonnaise ?

Ils attendirent que les hors-d'œuvre et le vin de la Loire soient sur la table. Ils n'avaient pas de voisins. La vitre embuée rendait l'atmosphère intime.

— J'ai un peu l'impression d'être un de tes collaborateurs… Quand tu me téléphones que tu ne rentreras pas déjeuner, c'est ainsi que je t'imagine, avec Lucas ou Janvier…

— À moins que je ne sois dans mon bureau à me contenter de sandwiches et d'un verre de bière… Raconte…

— Je ne voudrais pas être méchante…

— Sois sincère.

— Tu m'as souvent parlé d'elle et de son mari… C'était lui que tu plaignais, et je n'étais pas loin de te trouver injuste…

— Et maintenant ?

— Je ne la plains plus autant, bien que ce ne soit sans doute pas sa faute… Je l'ai trouvée au lit, entourée de la concierge et d'une vieille voisine qui a la manie d'égrener son chapelet toute la journée…

Elles avaient appelé le docteur car, à la voir, on aurait cru qu'elle allait mourir…

— Elle a été surprise de ta visite ?

— Tu sais ce qu'elle a commencé par me dire ?

» — En tout cas, votre mari ne pourra plus le persécuter… Il se repentira sûrement de n'avoir jamais laissé Charles entrer au Quai des Orfèvres…

» Au début, j'étais mal à l'aise… Par chance, le médecin est arrivé, un petit vieux tranquille, au regard ironique…

» La concierge est descendue. La vieille m'a suivie dans la salle à manger, avec toujours son chapelet à la main.

» — Pauvre femme ! Nous sommes quand même peu de chose ! Quand on pense à tout ce qui se passe autour de nous, on ose à peine se risquer dans la rue…

» Je lui ai demandé si Mme Lognon était gravement malade et elle m'a répondu qu'elle tenait à peine sur ses jambes, que c'était sans doute dans les os…

Ils ne pouvaient s'empêcher de se sourire, appréciant l'un comme l'autre l'intimité de ce repas dans une atmosphère différente de celle du boulevard Richard-Lenoir. Mme Maigret, surtout, était surexcitée et ses yeux brillaient plus que d'habitude, son teint s'animait à mesure qu'elle parlait.

Quand ils déjeunaient ou dînaient chez eux, c'était surtout Maigret qui parlait, car elle n'avait rien d'intéressant à raconter. Cette fois, elle avait conscience de lui être utile.

— Cela t'intéresse ?

— Beaucoup. Continue.

— La consultation finie, le médecin m'a fait signe de le suivre dans l'entrée et nous avons parlé à voix basse. Il m'a d'abord demandé si j'étais bien la femme du commissaire Maigret, et cela a paru l'étonner de me trouver là.

» Je lui ai expliqué… Enfin, tu devines ce que j'ai pu lui dire…

» — Je comprends votre sentiment, a-t-il grommelé. C'est fort généreux de votre part… Mais laissez-moi vous mettre en garde… Sans prétendre qu'elle soit d'une santé de fer, je peux vous affirmer qu'elle n'est atteinte d'aucune maladie grave… Voilà dix ans que je la soigne… Et je ne suis pas le seul !…

» Régulièrement, elle fait appel à l'un ou à l'autre de mes confrères, voulant coûte que coûte qu'on lui découvre un mal sérieux… Mais, quand je lui parle de consulter un psychiatre ou un neurologue, elle s'indigne en jurant qu'elle n'est pas folle et que je ne connais rien à mon métier…

» A-t-elle été déçue par son mariage ? Elle en veut, en tout cas, à son mari, d'être resté un simple inspecteur de quartier…

» Alors, elle se venge en se donnant pour malade, en l'obligeant à la soigner, à faire le ménage, à mener une existence impossible.

» Que vous soyez venue ce matin, d'accord… Mais, si vous vous montrez trop complaisante, elle vous retiendra par tous les moyens…

» J'ai téléphoné devant elle à Bichat et j'ai pu lui répéter que son mari a beaucoup de chances de s'en tirer… J'ai un peu exagéré… Cela importe peu, car ce n'est pas son mari qu'elle plaint, mais elle…

On apportait l'andouillette garnie de pommes frites, un demi-homard nappé de mayonnaise. Maigret remplissait les verres.

— Quand tu m'as téléphoné et que je lui ai annoncé que je devais la quitter pour une heure ou deux, elle m'a lancé, amère :

» — Votre mari a besoin de vous, bien entendu. Tous les hommes sont les mêmes…

» Puis, sautant du coq à l'âne :

» — Lorsque je serai veuve, je ne pourrai même plus, avec ma pension, conserver cet appartement où j'ai vécu vingt-cinq ans.

— Elle n'a pas fait allusion à l'existence d'une femme dans la vie de Lognon ?

— Elle m'a seulement dit que la police est un métier répugnant, où on fréquente toutes sortes de gens, y compris des prostituées…

— Tu as essayé de savoir si, les derniers temps, il se montrait différent ?

— Elle m'a répondu :

» — Depuis que j'ai fait la bêtise de l'épouser, il m'annonce périodiquement la grosse affaire qui va le mettre en vedette et obliger ses chefs à lui donner la place qu'il mérite… Au début, j'y croyais et je me réjouissais avec lui…

» En fin de compte, la grosse affaire tournait en queue de poisson, ou bien c'était un autre qui s'en donnait le mérite.

Mme Maigret ajoutait, enjouée comme son mari l'avait rarement vue :

— J'aime mieux avouer qu'à la façon dont elle m'a regardée en disant ça, il était clair que la personne qui se donnait tout le mérite n'était autre que toi… Pour ce qui est des derniers temps, elle s'est plainte de ce qu'on le désignait plus souvent qu'à son tour pour le service de nuit… C'est exact ?

— C'était lui qui le demandait.

— Il ne s'en est pas vanté devant elle… Il y a quatre ou cinq jours, il a annoncé qu'il y aurait bientôt du nouveau et que les journaux, cette fois, bon gré, mal gré, publieraient son portrait en première page…

— Elle n'a pas essayé d'en tirer davantage ?

— Elle n'y a pas cru, et je suppose qu'elle s'est moquée de lui. Attends ! Elle a pourtant ajouté quelque chose qui m'a frappée. Il lui a dit :

» — Les gens ne sont pas toujours ce qu'ils paraissent et, si on pouvait voir à travers les façades, il y aurait d'étranges surprises…

Ils furent interrompus par le patron, qui venait les saluer et leur offrir le pousse-café. Quand ils furent à nouveau seuls, Mme Maigret questionna, un peu anxieuse :

— Je t'ai été utile ? Cela te servira ?

Il ne répondit pas tout de suite car, tout en allumant sa pipe, il poursuivait une idée encore vague.

— Tu as entendu ?

— Oui. Ce que tu viens de m'apprendre va sans doute changer le cours de l'enquête…

Elle le regardait, encore incrédule, mais ravie. Ce déjeuner chez *Manière* resterait un de ses plus beaux souvenirs.

3

Les amours de Marinette

La pluie commençait à tomber moins dru, sans former, comme le matin, ces hachures rageuses qui vous prenaient en traître, et Maigret, en regardant dehors, prolongeait encore un peu ce déjeuner au charme si exceptionnel.

Si Lognon avait pu les voir, il aurait eu une occasion de plus d'exhaler son amertume :

« Pendant que je souffre, sur un lit d'hôpital, les autres en profitent pour s'offrir un déjeuner d'amoureux chez *Manière* et parlent de ma pauvre femme comme d'une chipie ou d'une toquée… »

Une idée lui passa par la tête, pas nécessairement originale, ni profonde :

— C'est curieux que la susceptibilité des gens nous complique plus souvent l'existence que leurs véritables défauts ou leurs mensonges…

C'était surtout vrai dans son métier. Il se souvenait d'enquêtes qui s'étaient prolongées de plusieurs jours, sinon de plusieurs semaines, parce qu'il n'osait pas poser une question brutale à son interlocuteur ou encore parce que celui-ci répugnait à aborder certains sujets.

— Tu retournes à ton bureau ?

— Je vais d'abord avenue Junot. Et toi ?

— Tu ne crois pas que, si je la laisse seule, elle va t'accuser de l'abandonner, sans soins, tandis que son mari, à cause de son dévouement à la police, est mourant ?

C'était vrai. Mme Lognon, à qui le prénom de Solange seyait si mal, était capable de se lamenter devant les reporters qui ne tarderaient pas à sonner à sa porte, et Dieu sait ce que cela donnerait dans les journaux.

— Tu ne peux pourtant pas passer tes jours et tes nuits chez elle jusqu'à ce qu'il soit guéri. Essaie donc de t'arranger avec la vieille fille au chapelet.

— Elle s'appelle Mlle Papin.

— Pour un peu d'argent, elle acceptera sûrement de rester quelques heures dans l'appartement. À la rigueur, engage donc une infirmière…

Quand ils sortirent du restaurant, il ne tombait plus que des gouttes éparses, et ils se quittèrent place Constantin-Pecqueur. Maigret remonta lentement l'avenue Junot, aperçut l'inspecteur Chinquier qui sortait d'une maison et sonnait à la porte de la maison voisine.

Cela encore était un travail aussi délicat que décevant. On dérangeait des gens qui étaient tranquillement chez eux à vaquer à leurs petites affaires et que le seul mot « police » inquiétait ou hérissait.

— Puis-je vous demander si, la nuit dernière…

Tous savaient déjà qu'une tentative de meurtre avait eu lieu dans leur rue. Ne se sentaient-ils pas soupçonnés ? Et n'est-il pas parfois désagréable d'avouer à un inconnu ce qu'on a fait la nuit précédente ?

Malgré cela, Maigret aurait aimé être à la place de Chinquier, pour mieux connaître la rue, ses habitants, sa vie intime, ce qui l'aurait aidé à situer le drame, sinon à le comprendre.

C'était malheureusement un travail qu'un commissaire divisionnaire ne peut se permettre d'exécuter en personne et on lui reprochait déjà d'être trop souvent dehors au lieu de diriger ses hommes de son bureau.

Il ne restait qu'un agent en faction devant la maison de Marinette. La tache de sang, sur le trottoir, se devinait encore. Quelques passants s'arrêtaient un instant, sans se grouper, et les journalistes avaient disparu.

— Rien de neuf ?

— Rien, monsieur le divisionnaire. Cela s'est calmé…

Dans la loge, les Sauget traînaient à table, le concierge de nuit du *Palace* toujours dans son horrible robe de chambre, et toujours non rasé.

— Ne vous dérangez pas… Je monte un instant au quatrième, mais je voudrais vous poser une ou deux questions en passant… Je suppose que Mlle Augier n'a pas de voiture ?

— Elle s'est acheté un scooter, il y a deux ans, et l'a revendu deux ou trois mois plus tard à la suite d'un accrochage…

— Où a-t-elle l'habitude de passer ses vacances ?

— L'été dernier, elle est allée en Espagne et en est revenue si bronzée que je ne l'ai pas reconnue tout de suite…

— Seule ?

— Avec une amie, à ce qu'elle m'a dit.

— Elle recevait souvent des amies ?

— Non. À part le fiancé dont je vous ai parlé et l'inspecteur qui lui rendait visite les derniers temps, elle vivait plutôt solitaire…

— Et le dimanche ?

— Elle partait souvent le samedi soir, car elle travaillait le samedi après-midi, pour revenir le lundi dans la matinée. Les salons de coiffure sont fermés le lundi matin…

— Elle ne devait donc pas aller très loin ?

— Ce que je sais, c'est qu'elle nageait. Elle parlait souvent des heures qu'elle passait dans l'eau…

Il gravit les quatre étages, passa un bon quart d'heure à ouvrir tiroirs et placards, à examiner les vêtements, le linge et les menus objets qui révèlent le caractère et les goûts d'une personne.

Si rien n'était vraiment coûteux, tout avait été choisi avec soin. Il trouva une lettre, datée de Grenoble, qui lui avait échappé le matin. D'une écriture d'homme, elle était tendre et enjouée, et ce n'est qu'aux dernières phrases que le commissaire comprit qu'elle venait du père de Marinette.

… Ta sœur est à nouveau enceinte et son ingénieur de mari en est plus fier que s'il avait construit le plus grand barrage du monde… Quant à ta mère, elle se débat toujours parmi une quarantaine de moutards et elle nous rapporte le soir une bonne odeur de pipi d'enfant…

Une photo de mariage, du mariage de la sœur, vraisemblablement, datant de quelques années. Autour du couple se tenaient les parents, figés et gauches comme toujours sur ces photos-là, un homme jeune et sa femme devant un garçonnet de trois ans et enfin une personne aux yeux vifs et pétillants qui devait être Marinette.

Il mit la photo dans sa poche. Un peu plus tard, un taxi le conduisait au Quai, où il retrouvait son bureau qu'il avait quitté à une heure du matin après s'être obstiné pendant des heures et des heures à éclaircir l'histoire du hold-up.

Il n'avait pas eu le temps de retirer son pardessus que Janvier frappait à sa porte.

— J'ai vu le frère, patron. Je l'ai trouvé à son bureau, rue Le Peletier, où il occupe un poste assez important.

Maigret lui montra la photo de mariage.

— C'est celui-ci ?

Janvier désigna sans hésiter le père du garçonnet.

— Il était au courant de ce qui s'est passé la nuit dernière ?

— Non. Les journaux viennent seulement de sortir. Il m'a d'abord affirmé qu'il s'agissait sûrement d'une erreur, que ce n'est pas dans le caractère de sa sœur de prendre la fuite ou de se cacher.

» — Elle est tellement franche qu'il m'arrive de le lui reprocher, car cela ne plaît pas à tout le monde…

— Il ne t'a pas semblé qu'il te cachait quelque chose ?

Maigret s'était assis et tripotait ses pipes avant d'en choisir une, qu'il bourra lentement.

— Non. Je le prends pour un garçon très bien. Il m'a fourni sans hésiter les renseignements sur sa famille. Le père est professeur d'anglais au lycée de Grenoble et la mère dirige une école maternelle. Il y a une autre sœur à Grenoble, mariée à un ingénieur qui lui fait un enfant chaque année…

— Je sais…

Maigret n'ajoutait pas qu'il l'avait appris par la lettre trouvée dans un tiroir.

— Après son bac, Marinette a décidé de vivre à Paris, où elle a d'abord travaillé comme sténodactylo chez un avocat. La vie de bureau ne lui plaisant pas, elle a suivi des cours d'esthéticienne. Son rêve, d'après son frère, est d'ouvrir un jour un institut de beauté…

— Et le fiancé ?

— Elle a été réellement fiancée. Le garçon, qui s'appelle Jean-Claude Ternel, est le fils d'un industriel parisien. Marinette l'a présenté à son frère. Il a été question qu'elle l'emmène à Grenoble pour le montrer à ses parents…

Il est décourageant, dans une affaire criminelle, de ne trouver en face de soi que des gens normaux, car on se demande pourquoi et comment ils ont été mêlés à un drame.

— Le frère sait-il que ce Jean-Claude passait souvent la nuit ici ?

— Il n'a pas insisté sur ce point mais m'a laissé entendre que si, en tant que frère, il ne pouvait pas approuver, il était assez à la page pour ne pas condamner sa sœur…

— Une famille modèle, en somme ! grogna Maigret.

— Je l'ai trouvé très sympathique…

L'appartement de l'avenue Junot aussi, qui devait refléter la personnalité de Marinette, était sympathique.

— Je n'en désire pas moins mettre la main sur elle le plus tôt possible. Son frère l'a vue ces derniers temps ?

— Pas la semaine dernière, mais la semaine précédente. Quand elle n'allait pas à la campagne, elle passait l'après-midi du dimanche chez son frère et sa belle-sœur. Ils habitent Vanves, en bordure du parc municipal, ce qui, comme dit François Augier, est bien pratique pour les enfants…

— Elle ne leur a parlé de rien ?

— Elle leur a dit, incidemment, qu'elle avait rencontré un type étonnant et que, bientôt, elle aurait une histoire extraordinaire à leur raconter. Sa belle-sœur l'a taquinée.

» — Un nouveau fiancé ?

Janvier semblait gêné de n'apporter que des nouvelles aussi banales.

— Elle a juré que non, qu'une expérience suffisait…

— Pourquoi a-t-elle rompu avec Jean-Claude ?

— Elle a fini par comprendre que c'est un mou, incapable d'effort, et que, dans le fond, il n'était pas si enchanté de s'être engagé. Il a été recalé deux fois au bac. Son père l'a ensuite envoyé en Angleterre, chez un ami, où cela n'a pas très bien tourné. En fin de compte, on lui a confié un poste dans les bureaux, à Paris, mais il ne donne guère satisfaction…

— Veux-tu voir à quelle heure, la nuit dernière ou ce matin, il y avait un train pour Grenoble ?

Cela ne donna rien. En prenant le premier train, Marinette aurait pu être maintenant chez ses parents. Ni son père, qu'on finit par atteindre au lycée, ni sa mère ne l'avaient vue.

Une fois de plus, il fallait donner des explications délicates afin de ne pas inquiéter ces braves gens.

— Mais non… Il ne lui est certainement rien arrivé… Ne craignez rien, madame Augier… Le hasard a voulu que, la nuit dernière, votre fille ait été témoin d'un meurtre… Non ! Pas chez elle… Cela s'est simplement passé avenue Junot… Pour une raison que j'ignore encore, elle a préféré disparaître pour quelque temps… J'ai pensé qu'elle pouvait s'être réfugiée chez vous.

L'appareil raccroché, le commissaire se tourna vers Janvier.

— Ouf ! Qu'est-ce que tu voulais que je lui dise ?… Lapointe a questionné ce matin les jeunes filles de l'institut de beauté et aucune ne sait où Marinette passait ses dimanches… Elle est partie sans bagages, sans vêtements de rechange, sous la pluie. Elle n'ignore pas que, dans un hôtel, elle serait tout de suite repérée.

» Ou elle se trouve chez une amie en qui elle a toute confiance, ou elle s'est rendue dans un endroit qui lui est familier, un endroit discret, une auberge de banlieue, par exemple…

» Elle est passionnée de natation… Il est peu probable, en raison de son budget, qu'elle s'offre chaque semaine un séjour à la mer… Il y a mille coins possibles, au bord de la Seine, de la Marne ou de l'Oise…

» Va donc voir ce Jean-Claude et essaie de savoir où ils avaient l'habitude de se rendre…

Moers, dans le bureau voisin, attendait son tour, apportant, dans une petite boîte de carton, les balles et les trois douilles.

— L'expert est d'accord, patron. Il s'agit bien de calibre 7,63 et l'arme utilisée est presque sûrement un Mauser.

— Les empreintes ?

— Je me demande ce que vous en penserez. On retrouve celles de l'inspecteur Lognon un peu partout dans le living-room, y compris sur les boutons de la radio…

— Pas sur ceux de la télévision ?

— Non. Dans la cuisine, il a ouvert le réfrigérateur et une boîte en fer qui contient du café moulu… On retrouve aussi ses empreintes sur la cafetière électrique… Pourquoi souriez-vous ? Je dis des bêtises ?

— Non. Continue.

— Lognon s'est servi du verre et de la tasse. Quant à la bouteille de cognac, elle porte à la fois les empreintes digitales de l'inspecteur et celles de la jeune fille…

— La chambre ?

— Aucune trace de Lognon. Pas un de ses cheveux sur l'oreiller, mais un cheveu de femme. Pas la moindre parcelle de boue non plus, bien que, à ce qu'on m'a dit, Lognon soit arrivé avenue Junot par une pluie battante…

Avec Moers et son équipe, aucun détail n'était négligé.

— Il semble être resté assez longtemps assis dans le fauteuil qui se trouve devant une des portes-fenêtres. C'est alors, je suppose, qu'il a fait marcher la radio. À un autre moment, il a ouvert cette porte, laissant de magnifiques empreintes sur le bouton, et j'ai ramassé un de ses mégots sur le balcon. Vous souriez toujours...

— Parce que cela confirme l'idée qui m'est venue tout à l'heure en écoutant parler ma femme...

Tout n'inclinait-il pas à penser que le Malgracieux, que sa femme avait réduit à l'esclavage, s'était offert, enfin, une aventure amoureuse, et qu'il se consolait avenue Junot des heures mornes passées dans l'appartement de la place Constantin-Pecqueur ?

— Je souris, mon vieux Moers, à l'idée que ses collègues le prennent soudain pour un don Juan. Je jurerais, vois-tu, qu'il n'y avait rien entre eux, et je le regrette presque pour lui.

» Il passait ses soirées dans la pièce de devant, le living-room, le plus souvent près de la fenêtre, et la jeune Marinette avait assez de confiance en lui pour aller se coucher malgré sa présence...

» Tu n'as rien trouvé d'autre ?

— Un peu de sable, dans les chaussures de la jeune fille, des chaussures à talons plats qu'elle devait porter à la campagne. C'est du sable de rivière. Nous avons, là-haut, des centaines d'échantillons différents, mais il faudra des heures, avec beaucoup de chance, pour déterminer d'où vient ce sable-là...

— Tiens-moi au courant... Quelqu'un m'attend-il encore à côté ?

— Un inspecteur du XVIIIe.

— Avec des petites moustaches brunes ?

— Oui.

— C'est Chinquier. En passant, prie-le d'entrer.

La pluie recommençait à tomber, une pluie fine, une sorte de brouillard qui adoucissait la lumière. Les nuages, dans le ciel, bougeaient à peine et se transformaient peu à peu en une calotte d'un gris uni.

— Alors, Chinquier ?

— Je n'en ai pas fini avec la rue et mes hommes continuent à faire du porte-à-porte. Encore heureux qu'il n'y ait qu'une quarantaine de numéros de chaque côté. Cela n'en représente pas moins dans les deux cents personnes à interroger.

— Ce qui m'intéresse surtout, ce sont les maisons d'en face.

— Si vous le permettez, monsieur le commissaire, j'y viendrai dans un instant, car je crois que je devine votre idée. J'ai commencé par les locataires de la maison d'où sortait le pauvre Lognon. Au rez-de-chaussée n'habite qu'un vieux couple, les Guèbre, qui sont depuis un mois au Mexique, où vit leur fille mariée...

Il avait tiré de sa poche un calepin dont plusieurs pages étaient couvertes de noms et de croquis. Avec lui aussi, il fallait y aller doucement si on ne voulait pas le vexer.

— Les autres étages comportent chacun deux appartements. Au premier, la veuve Faisant est vendeuse dans une maison de couture, et un couple de rentiers, les Lanier, s'est précipité à la fenêtre tout de suite après les coups de feu. Ils ont vu la voiture s'éloigner, sans malheureusement distinguer son numéro...

Les yeux mi-clos, Maigret écoutait vaguement, comme un ronron, en tirant parfois sur sa pipe, le minutieux rapport de l'inspecteur.

Il commença à tendre l'oreille quand il fut question d'un certain Maclet, qui occupait le second étage de la maison voisine. D'après Chinquier, c'était un vieillard grinçant qui s'était enfermé une fois pour toutes et qui, par ses fenêtres, se contentait de jeter sur le monde un regard ironique.

— Ses rhumatismes ne lui permettent plus de marcher. Il se traîne, à l'aide de ses deux cannes, dans un appartement crasseux où aucune femme de ménage n'a le droit de pénétrer. Chaque jour, sa concierge dépose à sa porte les victuailles qu'il lui commande par un billet posé sur le paillasson.

» Il n'a pas la radio, ne lit pas les journaux. La concierge prétend qu'il est riche, bien qu'il vive presque misérablement. Il a une fille mariée, qui a essayé plusieurs fois de le faire interner…

— Il est vraiment fou ?

— Vous allez voir. J'ai eu toutes les peines du monde à obtenir qu'il m'ouvre sa porte et il a fallu que je menace de revenir avec un serrurier. Quand il s'est enfin décidé, il m'a longuement examiné de la tête aux pieds en soupirant :

» — Vous êtes un peu jeune pour ce métier-là, non ?

» Je lui ai répondu que j'avais trente-cinq ans et il a répété deux ou trois fois :

» — Un gamin !… Un gamin !… Qu'est-ce qu'on sait, à trente-cinq ans ?… Qu'est-ce qu'on est capable de comprendre ?…

— Il vous a appris du nouveau ?

— Il m'a surtout parlé du Hollandais d'en face… Il s'agit de la maison que nous avons vue ce matin du balcon, le petit hôtel particulier dont le second étage est vitré comme un atelier d'artiste…

» Cette maison a été construite, il y a quinze ans, par un certain Norris Jonker, qui a aujourd'hui soixante-quatre ans, et dont la femme, splendide, paraît-il, est beaucoup plus jeune que lui…

Une fois de plus, Maigret regrettait de n'avoir pas pu effectuer ce travail en personne. Il aurait aimé rencontrer ce vieux misanthrope rhumatisant qui s'était retiré du monde en plein Paris, en plein Montmartre, et qui passait son temps à observer les gens d'en face.

— Il est devenu bavard, tout à coup ; comme il a la manie de sauter d'une idée à l'autre et de glisser des commentaires dans son discours, j'ai peur de ne pas vous répéter tout ce qu'il m'a dit…

» J'ai vu, plus tard, le Hollandais, et il vaut mieux que je vous en parle tout de suite… C'est un homme agréable, élégant, cultivé, qui appartient à une famille très connue et très riche de Hollande… Son père dirigeait, à Amsterdam, la Banque Jonker, Haag et Cie… Lui-même ne s'est jamais intéressé à la finance et il a passé de nombreuses années à courir le monde…

» Quand il a découvert qu'il n'était heureux qu'à Paris, il a fait construire cet hôtel particulier de l'avenue Junot tandis que son frère Hans, depuis la mort du père, dirige la banque…

» Norris Jonker, lui, se contente de toucher les dividendes et de les transformer en tableaux…

— En tableaux ? répéta Maigret.

— Il paraît qu'il possède une des plus belles collections de Paris…

— Un instant !… Vous avez sonné à la porte… Qui vous a ouvert ?

— Un valet de chambre très blond, très rose de teint, assez jeune…

— Vous avez annoncé que vous étiez de la police ?

— Oui. Il n'a pas paru surpris et m'a fait entrer dans un hall où il m'a désigné un siège… Je ne m'y connais pas en peinture, mais j'ai déchiffré les signatures de gens dont j'ai quand même entendu parler : Gauguin, Cézanne, Renoir… Beaucoup de femmes nues…

— Vous avez attendu longtemps ?

— Une dizaine de minutes… La porte à deux battants, entre le hall et le salon, était ouverte, et j'ai vu passer une jeune femme aux cheveux noirs, encore en peignoir, à trois heures de l'après-midi… Je me trompe peut-être, mais j'ai eu l'impression qu'elle était venue m'examiner… Quelques minutes plus tard, le valet de chambre m'a fait traverser le salon, et j'ai été introduit dans un bureau garni de livres de haut en bas…

» M. Jonker m'accueillit, vêtu d'un pantalon de flanelle, d'une chemise de soie à col ouvert et d'un veston en velours noir… Ses cheveux sont très blancs, son teint presque aussi rose que celui de son domestique…

» Un plateau, avec un flacon et des verres, se trouvait sur le bureau.

» — Asseyez-vous… Je vous écoute… m'a-t-il dit sans le moindre accent.

Il était clair que l'inspecteur Chinquier avait été impressionné par le luxe de la maison et par les tableaux autant que par la distinction du Hollandais.

— J'avoue que je ne savais par où commencer… Je lui ai demandé s'il avait entendu les coups de feu et il m'a répondu que non, que sa chambre donnait sur l'autre face de la maison, opposée à l'avenue Junot, et que les murs épais ne laissaient guère pénétrer les bruits.

» — J'ai horreur du bruit… m'a-t-il déclaré avant de m'offrir un verre d'une liqueur que je ne connais pas, une liqueur très forte, à l'arrière-goût d'orange…

» — Vous devez pourtant être au courant de ce qui s'est passé la nuit dernière en face de chez vous ?

» — Carl m'en a parlé en m'apportant mon petit déjeuner, vers dix heures. C'est mon valet de chambre, le fils d'un de nos fermiers. Il m'a dit que l'avenue Junot était très agitée parce qu'un policier avait été attaqué par des gangsters !

— Quel air avait-il ? demanda Maigret en tripotant sa pipe.

— Calme, souriant, d'une politesse inattendue chez un homme qu'on vient déranger à l'improviste.

» — Si vous voulez interroger Carl, je le mets volontiers à votre disposition, mais il couche, lui aussi, du côté du jardin et il m'a affirmé qu'il n'avait rien entendu non plus.

» — Vous êtes marié, monsieur Jonker ?

» — Certainement. Ma femme a été désagréablement surprise en apprenant ce qui s'était passé à quelques mètres de chez nous.

À ce point de son récit, Chinquier marqua un léger trouble.

— J'ignore si j'ai eu raison, monsieur le commissaire. J'aurais aimé lui poser beaucoup d'autres questions. Je n'ai pas osé, me disant en fin de compte qu'il était plus urgent de vous mettre au courant…

— Revenons donc au vieil infirme.

— Justement. C'est à cause de lui que j'aurais voulu parler de certaines choses au Hollandais. Une des premières phrases de Maclet, en effet, a été :

» — Que feriez-vous, inspecteur, si vous aviez une des plus belles femmes de Paris ?... Ha ! Ha ! vous ne répondez pas... Et vous êtes loin d'avoir soixante-quatre ou soixante-cinq ans... Bon ! Posons la question autrement... Que fait un homme de cet âge qui dispose à toute heure d'une créature magnifique ?...

» Eh bien ! le monsieur d'en face doit avoir des idées particulières sur ce sujet... Je dors peu... Les nouvelles politiques ne m'intéressent pas, ni les catastrophes dont parlent la radio et les journaux...

» Je m'amuse à penser... Vous comprenez ?... Je regarde par la fenêtre et je pense... Peu de gens savent à quel point il est amusant de penser...

» Par exemple à ce Hollandais et à sa femme... Ils sortent peu, une fois ou deux par semaine, elle en robe du soir, lui en smoking, rentrent rarement après une heure du matin, ce qui signifie qu'ils se contentent de dîner chez des amis ou d'aller au théâtre...

» Eux-mêmes ne donnent jamais de dîners... Ils ne reçoivent pas davantage à déjeuner... Et d'ailleurs ils ne déjeunent guère avant trois heures de l'après-midi...

» Vous voyez... On se distrait comme on peut... On observe... On devine... On met ses petites idées bout à bout...

» Alors quand, deux ou trois fois la semaine, on voit une jolie fille sonner à la porte, vers huit heures du soir, et ne repartir que très tard dans la nuit, si ce n'est pas au petit matin...

Décidément, Maigret regrettait de n'avoir pas interrogé ce vieillard original.

— Ce n'est pas tout, monsieur de la police... Avouez que mes radotages commencent à vous intéresser... Surtout quand j'aurai ajouté que ce n'est jamais la même jeune personne...

» Elles arrivent le plus souvent en taxi, quelquefois à pied... De ma fenêtre, je les vois regarder le numéro des maisons, ce qui a un sens aussi, n'est-ce pas votre avis ?...

» Cela signifie que quelqu'un leur a fixé rendez-vous à une adresse déterminée...

» Enfin, je n'ai pas toujours été le vieil animal malade qui s'enferme dans sa tanière et je m'y connais assez bien en femmes...

» Remarquez le réverbère à cinq mètres de la porte... Dans votre métier, vous reconnaissez du premier coup d'œil les femmes pour qui l'amour est une profession, n'est-ce pas ?... Et vous reconnaissez aussi celles qui vivent, si on peut dire, à la limite, danseuses de cabaret, figurantes de théâtre ou de cinéma, qui ne dédaignent pas une aventure profitable...

Maigret s'était levé d'une détente.

— Dites donc, Chinquier, vous avez compris ?

— Compris quoi ?

— Comment cela a commencé pour Lognon. Il passait fréquemment, la nuit, avenue Junot, dont il connaissait la plupart des habitants... Si, à plusieurs reprises, il a vu les femmes que vous décrivez entrer dans l'hôtel particulier du Hollandais...

— J'y ai pensé aussi. Mais aucune loi n'interdit à un homme, même d'un certain âge, d'aimer la variété.

Ce n'était pas une raison suffisante, en effet, pour que le Malgracieux cherche et trouve le moyen d'observer sans être vu l'hôtel particulier.

— Il y aurait une explication.

— Laquelle ?

— Qu'il ait attendu la sortie d'une de ces visiteuses. Il se peut même qu'il soit tombé sur une prostituée dont il avait déjà eu à s'occuper…

— Je vois… Chacun n'en est pas moins libre de…

— Cela dépend de ce qui se passait dans la maison, ou de ce que la femme y a vu… Que vous a encore appris votre sympathique vieillard ?…

Car Maigret était de plus en plus attiré par l'étrange bonhomme à sa fenêtre.

— Je lui ai posé toutes les questions qui me passaient par la tête. J'ai noté ses réponses.

Chinquier avait de nouveau recours à son calepin noir.

— Question : Ces femmes ne venaient-elles pas pour le domestique ?

» Réponse : Tout d'abord, le valet de chambre est amoureux de la bonne de la crémerie, au bas de la rue, une petite boulotte qui éclate de rire à chaque instant… Elle vient l'attendre plusieurs soirs par semaine… Elle se tient dans l'ombre, à une dizaine de mètres de la maison, je pourrais vous montrer l'endroit exact, et il ne tarde pas à la rejoindre…

» Question : Vers quelle heure ?

» Réponse : Dix heures environ… Je suppose qu'il sert à table, et on dîne tard dans la maison… Ils se promènent bras dessus, bras dessous, s'arrêtent pour s'embrasser et, avant de se quitter, restent un bon moment collés l'un à l'autre dans le renfoncement que vous apercevez à droite…

» Question : Il ne la reconduit pas ?

» Réponse : Non. Elle descend la rue seule, heureuse, en sautillant… On dirait parfois qu'elle va se mettre à danser… Il y a une autre raison pour laquelle il est impossible que les femmes dont je vous ai parlé viennent pour le valet de chambre… Plusieurs fois, elles ont sonné à la porte en son absence…

» Question : Qui leur a ouvert ?

» Réponse : Justement !… Encore une bizarrerie bien amusante… C'était tantôt le Hollandais et tantôt sa femme…

» Question : Ils ont une voiture ?

» Réponse : Oui. Une grosse voiture américaine.

» Question : Un chauffeur ?

» Réponse : C'est Carl qui endosse un uniforme de chauffeur et qui conduit.

» Question : D'autres domestiques vivent dans la maison ?

» Réponse : Une cuisinière et deux femmes de chambre… Les femmes de chambre changent souvent…

» Question : Ils reçoivent beaucoup de visites, en dehors des dames en question ?

» Réponse : Quelques-unes… Celui qui vient le plus fréquemment, dans le courant de l'après-midi, est un homme d'une quarantaine d'années, au type américain, qui conduit une voiture de sport jaune…

» Question : Il reste longtemps ?

» Réponse : Une heure ou deux…

» Question : Il ne vient jamais le soir ou la nuit ?

» Réponse : Cela lui est arrivé deux fois, il y a un mois environ, de venir dans la soirée, vers dix heures, en compagnie d'une jeune femme. Il n'a fait qu'entrer et sortir, laissant sa compagne dans la maison.

» Question : C'était la même les deux fois ?

» Réponse : Non.

Maigret imaginait le sourire sardonique et presque voluptueux tout ensemble du vieillard qui découvrait ces petits mystères.

— Réponse : Il y a aussi un homme chauve et pourtant encore jeune qui arrive en taxi, la nuit tombée, et repart avec des paquets.

» Question : Quel genre de paquets ?

» Réponse : Cela pourrait être des tableaux. Cela pourrait aussi bien être n'importe quoi…

» Voilà à peu près tout ce que je sais, monsieur l'inspecteur… Il y a des années qu'il ne m'est pas arrivé de tant parler, et j'espère ne pas être obligé de recommencer avant longtemps… Je vous préviens qu'il est inutile de me convoquer dans un bureau de police ou dans le cabinet d'un juge…

» À plus forte raison ne comptez pas sur moi pour aller témoigner aux Assises, si cette affaire va jusque-là…

» Nous avons bavardé… Je vous ai communiqué mes petites idées… Elles sont dorénavant à vous, et je refuse de me déranger sous quelque prétexte que ce soit…

Chinquier devait prouver l'instant d'après que les inspecteurs de quartier sont des gens qui connaissent leur métier.

— En sortant plus tard de la maison du Hollandais, je me demandais si le bonhomme d'en face ne s'était pas moqué de moi. J'ai pensé que, si je pouvais contrôler un de ses dires, cela prouverait en faveur du reste.

» Alors, je me suis rendu à la crémerie. J'ai attendu dehors que la serveuse soit seule dans la boutique. C'est bien la petite boulotte qu'on m'a décrite, une fille arrivée récemment de la campagne et qui s'émerveille encore de se trouver à Paris…

» Je suis entré et je lui ai demandé :

» — Vous connaissez un nommé Carl ?

» Elle a rougi, s'est tournée avec inquiétude vers une porte ouverte en murmurant :

» — Qui êtes-vous ? Qu'est-ce que ça peut vous faire ?

» — Un simple renseignement. Je suis de la police.

» — Qu'est-ce qu'on lui reproche ?

» — Rien. Il s'agit d'une vérification. Vous êtes fiancés ?

» — Il est possible qu'on se marie un jour, mais il ne me l'a pas encore proposé…

» — Vous le voyez plusieurs soirs chaque semaine ?

» — Quand je peux…

» — Vous l'attendez à quelques mètres de la maison de l'avenue Junot ?

» — Qui vous l'a dit ?

» Et, comme une femme volumineuse surgissait de l'arrière-boutique, elle a eu la présence d'esprit de prononcer à voix haute :

» — Non, monsieur, nous n'avons plus de gorgonzola, mais nous avons du roquefort… Cela se ressemble…

Maigret sourit.

— Vous avez acheté du roquefort ?

— J'ai prétendu que ma femme n'aimait que le gorgonzola… C'est tout, monsieur le commissaire… J'ignore ce que mes collègues m'apporteront ce soir… On a des nouvelles du pauvre Lognon ?

— J'ai fait téléphoner à l'hôpital tout à l'heure. Les médecins ne se prononcent toujours pas et il n'a pas repris connaissance. On craint que la seconde balle, qui l'a atteint en dessous de l'épaule, n'ait touché le sommet du poumon droit, mais il est impossible de le radiographier dans son état actuel…

— Je me demande ce qu'il a découvert pour qu'on lui tire dessus… Vous serez aussi surpris que moi quand vous aurez vu le Hollandais… Je n'imagine pas qu'un homme comme lui…

— Il y a une chose que j'aimerais que vous fassiez, Chinquier… Quand vos hommes seront rentrés, et surtout quand les nuiteux prendront leur service, qu'ils s'occupent tous des femmes… Certaines, m'avez-vous dit, sont venues à pied avenue Junot, de sorte qu'elles sont peut-être du quartier…

» Qu'on passe les boîtes de nuit au peigne fin… Je ne crois pas, d'après les descriptions de votre invalide, qu'il faille chercher sur les trottoirs… Vous voyez ce que je veux dire ?…

» On finira peut-être par en dénicher une qui soit allée avenue Junot…

Sans doute aurait-il été encore plus intéressant de retrouver Marinette Augier. Est-ce que Moers et les gens du laboratoire, avec leurs échantillons de sable, le mettraient enfin sur une piste ?

4

La visite au Hollandais

— Allô ! L'ambassade des Pays-Bas écoute…

La voix jeune et fraîche, avec un léger accent, faisait penser aux paysages à moulins à vent qu'on voit sur des boîtes de cacao.

— J'aimerais parler au premier secrétaire, mademoiselle.

— De la part de qui ?

— Commissaire Maigret, de la Police judiciaire.

— Un instant. Je vais voir si M. Goudekamp est à son bureau.

Il entendait à nouveau la voix un peu plus tard.

— M. Goudekamp est en conférence, mais je vais vous passer le second secrétaire, M. de Vries… Ne quittez pas…

Une voix d'homme, cette fois, moins fraîche, bien entendu, avec un accent plus prononcé.

— Ici, Hubert de Vries, second secrétaire de l'ambassade des Pays-Bas.

— Commissaire principal Maigret, chef de la Brigade criminelle.

— Je vous écoute…

M. de Vries, à l'autre bout du fil, devait être raide et soupçonneux, jeune sans doute, puisqu'il n'était encore que second secrétaire, blond peut-être, un peu trop bien habillé, à la façon des gens du Nord.

— J'aimerais avoir quelques renseignements au sujet d'un de vos ressortissants qui habite Paris depuis longtemps et dont le nom vous est fort probablement connu…

— Où êtes-vous en ce moment, monsieur Maigret ?

— Dans mon bureau, Quai des Orfèvres.

— Veuillez ne pas le prendre en mauvaise part si je vous rappelle dans un instant.

Il s'écoula cinq minutes avant que la sonnerie retentisse.

— Je m'excuse, monsieur Maigret, mais toutes sortes de gens nous téléphonent, et certains se parent d'un titre qu'ils n'ont pas. Vous vouliez me parler d'un sujet hollandais habitant Paris ?

— De M. Norris Jonker…

Pourquoi Maigret eut-il l'impression que son interlocuteur invisible se tenait soudain sur ses gardes ?

— Oui…

— Vous le connaissez ?

— Il existe beaucoup de Jonker en Hollande, presque autant que de Durand chez vous. Norris n'est pas non plus un prénom rare.

— Ce Norris Jonker serait apparenté aux banquiers d'Amsterdam.

— La Banque Jonker, Haag et Cie est une des plus anciennes du pays. Le vieux Kees Jonker est mort il y a une quinzaine d'années et son fils Hans, si je ne me trompe pas, est à la tête de l'affaire.

— Et Norris Jonker ?

— Je ne le connais pas personnellement.

— Vous savez néanmoins qu'il existe ?

— Certainement. Je crois qu'il appartient au Golf-Club de Saint-Cloud, où il est possible que je l'aie croisé à mon insu…

— Il est marié ?

— À une Anglaise, m'a-t-on dit. Puis-je vous demander à mon tour, monsieur Maigret, pourquoi vous vous intéressez à M. Jonker ?

— D'une façon très indirecte.

— Vous l'avez vu ?

— Pas encore.

— Ne croyez-vous pas qu'il serait plus simple d'obtenir ces renseignements de lui-même ? Je dois être en mesure de vous donner son adresse…

— Je la connais…

— Norris Jonker fréquente peu l'ambassade. Il appartient à une famille, non seulement respectable, mais éminente, et j'ai tout lieu de croire qu'il est lui-même un homme respectable. Il est surtout connu pour sa collection de tableaux.

— Vous n'êtes pas renseigné sur sa femme non plus ?

— Je serais plus à l'aise pour vous répondre si je savais la raison de vos questions. Mme Jonker, à ce que j'ai entendu dire, est originaire du midi de la France et a été mariée à un Anglais, Herbert Muir, de Manchester, qui fabrique des roulements à billes.

— Ils n'ont pas d'enfants ?

— Pas à ma connaissance.

Maigret comprit qu'il n'en tirerait pas davantage et appela un autre numéro, celui d'un commissaire-priseur avec qui il avait été plusieurs fois en rapport et qui était appelé souvent comme expert devant les tribunaux.

— Monsieur Manessi ? Ici, Maigret…

— Un instant, que j'aille fermer la porte… Bon ! Je vous écoute… Vous voilà dans la peinture ?

— Je n'en sais rien. Connaissez-vous un Hollandais du nom de Norris Jonker ?

— Celui qui habite avenue Junot ? Non seulement je le connais, mais il m'est arrivé d'expertiser des toiles pour son compte. Il possède une des plus belles collections de tableaux de la seconde moitié du XIXe siècle et du début du XXe…

— Cela suppose qu'il est très riche ?

— Son père était banquier et déjà amateur de peinture. Norris Jonker a été élevé parmi les Van Gogh, les Pissarro, les Manet et les Renoir. Rien d'étonnant à ce qu'il ne se soit pas intéressé à la banque. Il a hérité d'une bonne partie des toiles, et les dividendes que la banque, dirigée par son frère, lui rapporte, le mettent à même d'augmenter sa collection…

— Vous l'avez rencontré personnellement ?

— Oui. Et vous ?

— Pas encore.

— Il a davantage le type du gentleman anglais que du Hollandais. Si je me souviens bien, après des études à Oxford, il a vécu longtemps en Angleterre, et je me suis laissé dire qu'il a fini la dernière guerre comme colonel de l'armée britannique.

— Sa femme ?

— Une créature splendide qui, très jeune, a été mariée à un Anglais de Manchester…

— Les roulements à billes, je sais…

— Je me demande pourquoi vous vous intéressez à Jonker. J'espère qu'il n'a pas été victime d'un vol de tableaux ?

— Non.

C'était au tour du commissaire de se montrer évasif.

— Ils sortent beaucoup ?

— Pas que je sache.

— Jonker fréquente d'autres amateurs de peinture ?

— Il suit les ventes, bien entendu, sait quand une belle pièce doit passer à Drouot, à Galliera, chez Sotheby ou à New York…

— Il se déplace ?

— Vous m'en demandez trop. Il a beaucoup voyagé mais j'ignore s'il continue. On ne se dérange pas nécessairement pour acheter un tableau en vente publique. Au contraire, les gros acheteurs se font le plus souvent représenter…

— En résumé, c'est un homme à qui on peut se fier ?

— Les yeux fermés.

— Je vous remercie.

Cela ne simplifiait rien, et Maigret se leva sans enthousiasme pour aller prendre son pardessus et son chapeau dans le placard.

Plus les gens sont connus, importants, respectables, plus il est délicat d'aller sonner chez eux pour leur poser des questions, et il n'est pas rare qu'ils se plaignent en haut lieu, ce qui vaut au policier… des lendemains désagréables.

Il hésita à emmener un de ses inspecteurs, décida de se rendre seul avenue Junot afin de rendre sa visite moins officielle.

Une demi-heure plus tard, un taxi le déposait devant l'hôtel particulier, et il remit sa carte à Carl, le valet de chambre en veste blanche, fut conduit dans le hall, comme l'avait été avant lui l'inspecteur Chinquier, mais, peut-être à cause de son grade, il n'attendit que cinq minutes au lieu de dix.

— Si vous voulez me suivre…

Carl le précéda à travers le salon, où il n'eut pas la chance de croiser la belle Mme Jonker, et lui ouvrit la porte du bureau. Le Hollandais n'avait pas changé de tenue, ni, aurait-on dit, de place. Assis devant un bureau Empire, il examinait des gravures à l'aide d'une énorme loupe qui comportait un foyer lumineux.

Il se leva tout de suite, et Maigret put constater que la description qu'on lui avait fournie était exacte. Avec son pantalon de flanelle grise, sa chemise de soie souple, son veston de velours noir, il était l'image même du gentleman anglais dans l'intimité. Il en avait le flegme aussi. Ni surpris, ni ému, il prononçait :

— Monsieur Maigret ?

Il désignait à son hôte un fauteuil de cuir, de l'autre côté du bureau, et reprenait sa place.

— Je suis très flatté, croyez-le, de rencontrer un homme aussi célèbre que vous…

Il parlait lentement, comme si, après tant d'années, il pensait encore en néerlandais et devait traduire chaque mot.

— Je suis un peu surpris aussi de recevoir, pour la deuxième fois, la visite de la police…

Il attendait, en regardant ses mains grasses et soignées. Sans être gros, il avait ce qu'on appelait jadis une belle prestance et, vers 1900, il aurait pu servir de modèle à un dessinateur de *La Vie parisienne*.

Le visage était un peu mou, les yeux bleus derrière des lunettes sans monture visible maintenues par de fines branches d'or.

Maigret commença, non sans une certaine gêne :

— L'inspecteur Chinquier m'a en effet mis au courant de sa visite. C'est un inspecteur de quartier et il n'appartient pas directement à nos services…

— Dois-je comprendre que vous devez vérifier son rapport ?

— Pas exactement. Mais peut-être n'a-t-il pas posé toutes les questions qu'il aurait dû poser.

Le Hollandais, qui jouait avec la loupe, regarda Maigret dans les yeux, et on lisait à la fois beaucoup de malice et un rien de naïveté dans ses prunelles claires.

— Écoutez-moi, monsieur Maigret. J'ai soixante-quatre ans et j'ai vécu dans beaucoup de pays. Voilà longtemps que je suis fixé en France, où je me sens si bien que j'y ai construit ma maison.

» Mon casier judiciaire est vierge, comme vous dites ici, et je n'ai jamais mis les pieds dans un tribunal ou dans un poste de police.

» Il paraît que des coups de feu ont été tirés la nuit dernière dans la rue, en face de chez moi. Comme je l'ai déclaré à l'inspecteur, ni moi ni ma femme n'avons rien entendu, nos chambres se trouvant de l'autre côté de la maison.

» Que penseriez-vous, dites-moi, si vous étiez à ma place et moi à la vôtre ?

— Je considérerais certes ces visites comme peu agréables, car il n'est jamais plaisant de voir pénétrer chez soi des gens qu'on ne connaît pas…

— Pardon ! Pardon ! Je ne me plains pas de vous avoir devant moi, bien au contraire, puisque cela me permet de rencontrer quelqu'un dont j'ai beaucoup entendu parler. Je me place, vous le savez, à un autre point de vue.

» Votre inspecteur m'a posé des questions plus ou moins indiscrètes, mais pas trop, en définitive, étant donné sa profession. J'ignore ce que seront les vôtres, mais je suis surpris qu'un fonctionnaire de votre rang se soit dérangé en personne.

— Si je vous répondais que c'est par déférence…

— J'en serais flatté tout en hésitant à vous croire. Et peut-être serait-il plus sage, de ma part, de m'informer de la légalité de votre présence ici.

— Je ne m'y opposerais pas, monsieur Jonker, et vous êtes libre de téléphoner à votre avocat. J'ajoute que je suis venu sans aucun mandat et que c'est votre droit de me mettre dehors. Il n'en est pas moins évident que ce manque de collaboration de votre part risquerait de passer pour de l'hostilité, sinon pour le désir de cacher quelque chose…

Le Hollandais, dans son fauteuil, souriait, tendait la main vers une boîte de cigares.

— Vous fumez, je pense ?

— Seulement la pipe.

— Ne vous gênez pas.

Lui-même choisissait un cigare qu'il faisait craquer à son oreille, en coupait le bout à l'aide d'un instrument en or et l'allumait lentement, d'un geste quasi rituel.

— Une question encore, faisait-il entre deux bouffées de fumée d'un beau bleu. Dois-je comprendre que je suis le seul, dans l'avenue Junot, à avoir l'honneur de votre visite, ou bien attachez-vous assez d'importance à cette affaire pour aller en personne de maison en maison questionner les habitants ?

Maigret, lui aussi, se mettait à chercher ses mots.

— Vous n'êtes pas le premier, dans la rue, à qui je pose des questions. Mes inspecteurs vont, comme vous dites, de maison en maison, mais, en ce qui vous concerne, j'ai cru devoir me déranger…

L'autre eut l'air de remercier de la tête, mais il n'en croyait rien.

— J'essaierai donc de vous répondre, dans la mesure où il ne s'agit pas d'une intrusion dans ma vie privée.

Maigret ouvrait la bouche quand la sonnerie du téléphone résonna.

— Vous permettez ?

Jonker décrochait, répondait en anglais, brièvement, les sourcils froncés. L'anglais scolaire du commissaire n'était pas fameux et ne lui avait pas servi à grand-chose à Londres, encore moins au cours de ses deux voyages aux États-Unis, où ses interlocuteurs, pourtant, mettaient beaucoup de bonne volonté à le comprendre.

Il n'en sut pas moins que le Hollandais objectait qu'il n'était pas libre et qu'à une question posée par son interlocuteur invisible il répondait :

— De la même firme, oui… Je vous rappellerai tout à l'heure…

Cela ne signifiait-il pas qu'il était occupé par quelqu'un de la même profession que l'inspecteur reçu plus tôt ?

— Excusez-moi… Je suis à vous…

Il prenait une pose confortable, légèrement renversé en arrière, accoudé aux bras du fauteuil, regardant parfois la cendre blanche de son cigare qui s'allongeait peu à peu.

— Vous m'avez demandé, monsieur Jonker, ce que je ferais si j'étais à votre place. J'ai envie de vous prier à mon tour de vous mettre à la mienne. Lorsqu'un crime est commis, dans ce quartier ou dans un autre, il y a toujours des voisins pour se souvenir de singularités qui ne les avaient pas frappés ou auxquelles ils n'avaient pas attaché d'importance.

— Je crois que vous appelez ça des ragots, n'est-ce pas ?

— Si vous voulez. Il se fait que notre devoir est de les vérifier, car, si beaucoup sont fantaisistes, il arrive que certains nous mettent sur une piste sérieuse.

— Voyons donc ces ragots.

Mais le commissaire n'avait pas l'intention d'aller droit au but. Il était encore incapable de décider si son interlocuteur était un brave homme malicieux ou si, au contraire, c'était quelqu'un de très fort qui se tenait sur ses gardes tout en jouant la candeur.

— Vous êtes marié, monsieur Jonker.

— Cela vous étonne ?

— Non. On m'a affirmé que Mme Jonker est une très belle femme.

— Je vous demande à nouveau : cela vous étonne ? Je suis certes un monsieur d'un certain âge, beaucoup diraient un vieux monsieur, en ajoutant peut-être que je suis assez bien conservé.

» Ma femme, elle, n'a que trente-quatre ans, ce qui donne exactement trente ans de différence entre nous. Croyez-vous que nous soyons les seuls dans notre cas, à Paris ou ailleurs ? Cette situation surprend-elle tellement ?

— Mme Jonker est d'origine française ?

— Je constate que vous vous êtes renseigné. Elle est née à Nice, oui, mais c'est à Londres que j'ai fait sa connaissance.

— Elle a été mariée une première fois ?

Jonker laissait percer une certaine impatience, qui pouvait être celle d'un gentleman choqué qu'on pénètre dans sa vie privée et surtout qu'on parle de sa femme.

— Elle a été Mrs Muir avant d'être Mme Jonker, dit-il plus sèchement.

Il ajouta, après avoir fixé un bon moment son cigare :

— Sachez aussi, puisque vous avez tenu à aborder ce sujet, qu'elle ne m'a pas épousé pour mon argent, car elle était déjà ce qu'on appelle une personne riche.

— Vous sortez assez peu pour un homme de votre condition, monsieur Jonker.

— C'est un reproche ? Figurez-vous que j'ai passé une grande partie de ma vie à sortir, que ce soit ici, à Londres, aux États-Unis, aux Indes, en Australie ou ailleurs. Lorsque vous aurez mon âge…

— Je n'en suis pas si loin…

— Lorsque vous aurez mon âge, dis-je, vous préférerez probablement votre intérieur aux soirées mondaines, aux clubs et aux boîtes de nuit…

— Je vous comprends d'autant mieux que vous devez être très amoureux de Mme Jonker…

Cette fois, l'ancien colonel de l'armée anglaise se raidit et ne répondit que par un mouvement sec de la tête, qui fit tomber la cendre de son cigare.

Le moment délicat, que Maigret avait reculé le plus possible, approchait, et le commissaire se donnait encore un court délai en rallumant sa pipe éteinte.

— Vous avez employé le mot « ragots » et je suis prêt à croire, si vous me l'affirmez, que certaines informations que nous avons reçues appartiennent à cette catégorie…

La main du Hollandais ne tremblait-elle pas légèrement ? Toujours est-il qu'il tendit le bras vers le flacon de cristal et se remplit un verre.

— Vous aimez le curaçao ?

— Je vous remercie.

— Vous préférez le whisky ?

Sans attendre la réponse, il pressa sur un timbre. Carl apparut aussitôt.

— Du scotch, s'il vous plaît… Eau gazeuse ou eau plate ?

— Gazeuse…

Pendant cet entracte, ils se turent, et Maigret jeta un coup d'œil sur les bibliothèques qui recouvraient entièrement les murs. Elles contenaient surtout des livres d'art, non seulement sur la peinture, mais sur l'architecture et la sculpture des temps les plus reculés, et on y voyait aussi, reliés, les catalogues des grandes ventes depuis une quarantaine d'années.

— Merci, Carl... Vous avez annoncé à madame que je suis occupé ?

Par politesse, il avait choisi de parler français à son domestique.

— Elle est toujours là-haut ?

— Oui, monsieur...

— Et maintenant, monsieur Maigret, je bois à votre santé et j'attends les ragots annoncés...

— Je ne sais pas ce qu'il en est en Hollande, mais, à Paris, de nombreuses personnes, de vieilles gens surtout, plus encore à Montmartre qu'ailleurs, passent une bonne partie du temps à leur fenêtre... Ainsi nous a-t-il été rapporté que, fréquemment, souvent deux ou trois fois par semaine, des jeunes femmes sonnent, le soir, à votre porte, et sont introduites dans la maison...

Les oreilles du Hollandais étaient soudain devenues rouges et, sans répondre, il tira sur son cigare.

— J'aurais pu croire qu'il s'agissait d'amies de Mme Jonker si ces personnes n'appartenaient à un milieu particulier, ce qui rendrait l'hypothèse injurieuse...

Il lui était rarement arrivé de choisir ses mots, ses phrases avec autant de soin. Rarement aussi il s'était senti aussi mal à l'aise.

— Niez-vous que ces visites aient eu lieu ?

— Si vous vous êtes dérangé, monsieur Maigret, c'est que vous êtes sûr de vos renseignements. Avouez-le ! Avouez que, si j'avais la malencontreuse idée de vous contredire, vous me mettriez en présence d'un ou de plusieurs témoins…

— Vous ne m'avez pas répondu.

— Que vous a-t-on raconté d'autre au sujet de ces jeunes femmes ?

— J'avais posé une question et vous m'en posez une autre.

— Je suis chez moi, n'est-ce pas ? Si je me trouvais dans votre bureau, notre position à chacun serait différente…

Le commissaire préféra céder.

— Mettons donc que ces personnes appartiennent à la catégorie de ce qu'on appelle les femmes légères. Elles ne font pas qu'entrer et sortir, mais passent dans la maison une partie de la nuit, sinon la nuit entière…

— C'est exact.

Il ne détournait pas le regard, au contraire, mais le bleu de ses yeux s'était brouillé et devenait gris.

Pour se donner le courage de continuer, Maigret dut penser à Lognon sur son lit d'hôpital, à l'inconnu qui, usant d'une des armes les plus meurtrières, avait vicieusement visé au ventre.

Jonker ne l'aidait pas, en apparence aussi impassible qu'un joueur de poker.

— Si je me trompe, veuillez m'arrêter. J'ai pensé d'abord que ces demoiselles venaient pour votre valet de chambre ; puis j'ai appris que celui-ci a une petite amie et qu'il lui arrive de se trouver dehors avec elle lors des visites auxquelles je fais allusion.

» Puis-je vous demander où est la chambre de votre domestique ?

— Au second étage, près de l'atelier.

— Les femmes de chambre et la cuisinière couchent au second étage aussi ?

— Non. La maison comporte une annexe, dans le jardin, où logent ces trois femmes.

— Il vous est arrivé souvent d'ouvrir la porte aux visiteuses du soir ?…

Il ne répondait ni oui ni non, fixant toujours le commissaire dans les yeux.

— Je m'excuse d'ajouter que, selon mes renseignements, Mme Jonker les a introduites plusieurs fois dans la maison…

— Nous sommes bien surveillés, n'est-ce pas ? Mieux encore que par nos vieilles femmes, dans les petits villages de Hollande. Voulez-vous me dire à présent quel rapport vous établissez entre ces visites, prétendues ou réelles, et les coups de feu tirés dans la rue ?

» Car je me refuse à penser que je suis visé personnellement et que, pour une raison que j'ignore, on essaie de faire de moi un indésirable…

— Il n'en est pas question et je m'efforce de jouer cartes sur table. La façon dont s'est déroulé le drame de la nuit dernière, l'arme employée et quelques autres détails que je ne puis vous révéler, me donnent à penser que le tireur était un professionnel.

— Et vous me croyez en contact avec ces gens-là ?

— Je vais faire une supposition toute gratuite. Vous passez pour un homme très riche, monsieur Jonker. Cette maison contient plus d'œuvres d'art que beaucoup de musées de province et leur valeur est sans doute inestimable…

» L'immeuble comporte-t-il un système de sécurité ?

— Non. Les vrais professionnels, comme vous dites, se moquent des systèmes les plus perfectionnés, cela a été encore prouvé récemment dans votre propre pays. Je préfère une bonne assurance…

— Vous n'avez jamais été l'objet d'une tentative de cambriolage ?

— Pas à ma connaissance.

— Vous êtes sûr de vos domestiques ?

— De Carl et de la cuisinière, qui sont avec moi depuis plus de vingt ans, oui. Je connais moins les femmes de chambre, mais ma femme ne les a pas engagées sans exiger de sérieuses références. Vous ne m'avez toujours pas expliqué le rapport entre ce que vous appelez mes visiteuses et…

— J'y arrive…

Maigret ne s'en était pas trop mal tiré jusqu'ici et il s'offrit en récompense une gorgée de whisky.

— Supposez qu'une bande de voleurs de tableaux, comme il en existe plusieurs de par le monde, ait projeté un cambriolage chez vous… Supposez qu'un inspecteur du quartier en ait eu vent, mais d'une façon trop imprécise pour agir directement… Supposez que, la nuit dernière, comme les nuits précédentes, cet inspecteur ait été posté en face de cette maison afin de prendre les cambrioleurs en flagrant délit…

— Cela aurait été imprudent de sa part, ne trouvez-vous pas ?

— Dans notre métier, monsieur Jonker, nous sommes souvent obligés d'être imprudents…

— Excusez-moi…

— Les bandes qui se spécialisent dans les œuvres d'art, si elles s'adjoignent à l'occasion un tueur, sont en général composées de gens intelligents, cultivés, qui n'agissent pas sans se renseigner… Puisque vous êtes sûr de vos domestiques, il me reste à penser qu'une de ces demoiselles…

Jonker croyait-il à ce raisonnement du commissaire ou flairait-il un piège ? C'était impossible à savoir.

— Les jeunes femmes qui travaillent dans les cabarets de nuit sont plus ou moins en contact avec ce qu'on appelle en France le milieu…

— Êtes-vous venu me demander la liste, noms, adresses et numéros de téléphone, de celles qui sont venues ici ?

Son ironie devenait acide.

— Ce ne serait peut-être pas inutile, mais j'aimerais savoir surtout ce qu'elles venaient faire dans votre maison.

Ouf ! Il était presque au bout. Jonker, immobile, son cigare éteint entre les doigts, le regardait toujours en pleine face, sans ciller.

— Bien ! fit-il enfin en se levant.

Et, après avoir déposé son mégot dans un cendrier bleu, il fit quelques pas dans le bureau.

— Je vous avais annoncé, au début de cet entretien, que je répondrais à toutes vos questions, à condition qu'elles ne concernent pas ma vie privée. Vous vous y êtes pris fort adroitement, et je vous en félicite, pour amener cette vie privée sur le tapis tout en la liant aux événements de la nuit.

Il s'arrêtait devant Maigret, qui s'était levé à son tour.

— Il y a longtemps, je pense, que vous appartenez à la police ?

— Vingt-huit ans.

— Je suppose que vous n'avez pas enquêté uniquement dans la pègre. Est-ce la première fois que vous voyez un homme de mon âge et dans ma situation sacrifier à certains instincts et considérez-vous ça comme répréhensible ?

» Paris ne passe pas pour une ville puritaine, monsieur Maigret. Dans mon pays, je serais montré du doigt, peut-être renié par ma famille.

» Beaucoup d'étrangers qui vivent ici ou sur la Côte d'Azur n'ont choisi la France qu'à cause de la liberté dont on y jouit dans ce domaine…

— Puis-je savoir si Mme Jonker…

— Mme Jonker n'est pas puritaine et connaît la vie. Elle n'ignore pas que certains hommes de mon âge ont besoin de changement pour les stimuler… Vous m'avez obligé à parler de choses très intimes et j'espère que vous êtes à présent satisfait…

Il semblait considérer l'entretien comme terminé, cela se voyait à la façon dont il regardait la porte.

Maigret, pourtant, revenait à la charge, doucement, à mi-voix.

— Vous avez parlé tout à l'heure de noms, d'adresses et de numéros de téléphone…

— J'espère que vous ne me les demandez pas ? Ces personnes, si elles ne mènent pas une vie exemplaire, n'ont pas de comptes à rendre à la police, et il serait indécent de ma part de les mettre dans une position embarrassante…

— Vous m'avez déclaré que vous sortiez peu et que vous ne fréquentiez pas les cabarets. Comment donc faisiez-vous la connaissance de vos visiteuses ?

Nouveau silence. Nouvelle hésitation.

— Vous ignorez comment cela se passe ? soupira-t-il enfin.

— Il existe, en effet, des pourvoyeuses et des pourvoyeurs, mais leur activité, à eux, tombe sous le coup de la loi.

— Leurs clients tombent-ils, eux aussi, sous le coup de cette loi ?

— On pourrait, à la rigueur, les accuser de complicité, mais, d'habitude…

— D'habitude, on laisse les clients tranquilles, n'est-il pas vrai ? Dans ce cas, monsieur Maigret, je crois que je n'ai plus rien à vous dire…

— Il me reste, à moi, une requête à vous adresser.

— C'est vraiment une requête ? Ce mot n'en cache-t-il pas un autre ?

Les deux hommes en étaient presque à la lutte ouverte.

— Mon Dieu, si vous la rejetiez, je serais peut-être obligé de recourir à des moyens légaux.

— Voyons donc cette requête…

— J'aimerais visiter votre maison.

— Le mot français n'est-il pas « perquisitionner » ?

— Vous oubliez que, jusqu'ici, je suis parti de l'hypothèse que vous étiez une victime éventuelle…

— Et vous désirez me protéger ?

— Peut-être.

— Venez donc…

Il n'était plus question de lui offrir un cigare, ni de lui servir à boire. Jonker était devenu soudain très grand bourgeois, sinon grand seigneur.

— Vous avez vu cette pièce, où je me tiens une bonne partie de la journée. Dois-je vous ouvrir les tiroirs ?

— Non.

— Je vous signale que celui de droite contient un pistolet automatique, un lüger, que j'ai rapporté de la guerre.

Il le montrait, en ajoutant :

— Il est chargé… J'en ai un autre, un browning, dans ma chambre à coucher, chargé aussi, que je vous montrerai plus tard…

» Voici le salon… Vous n'êtes pas venu pour admirer les tableaux, mais je vous recommande cependant de jeter un coup d'œil à ce Gauguin, qui est considéré comme un des plus beaux de ce peintre et que je léguerai au musée d'Amsterdam…

» Par ici… Vous y connaissez-vous en tapis ?… Passons… Nous voici dans la salle à manger, et le tableau, à gauche de la cheminée, est le dernier qu'ait peint Cézanne…

» Cette porte donne sur une petite pièce que j'ai voulue intime, très féminine, et qui est le petit salon de ma femme…

» … L'office… Carl occupé à nettoyer l'argenterie… C'est de l'argenterie anglaise du XVIIe siècle qui n'a que le défaut d'être lourde à manier…

» La cuisine est au sous-sol… La cuisinière aussi… Vous tenez à descendre ?

Son aisance, volontairement ou non, avait quelque chose d'insultant.

— Montons donc… L'escalier provient d'un vieux château des environs d'Utrecht… À gauche, mon appartement…

Il ouvrait les portes, comme un agent de location montrant une villa à un amateur éventuel.

— Un bureau encore, vous voyez, comme au rez-de-chaussée… J'aime les livres et ils me sont très utiles… Ces classeurs, à gauche, contiennent l'histoire de quelques milliers de tableaux, avec la liste de leurs propriétaires successifs et les prix qu'ils ont été payés à chaque vente…

» Ma chambre… Dans la table de nuit, l'automatique annoncé… Un vulgaire 6,35 qui ne servirait guère en cas d'agression…

Partout, même sur les murs de l'escalier, les tableaux se touchaient presque, et les plus beaux se trouvaient, non dans le salon, mais dans la chambre du Hollandais, une chambre très sobre, aux meubles anglais et aux profonds fauteuils de cuir.

— Ma salle de bains… Voyons maintenant l'autre côté, mais permettez-moi de m'assurer que ma femme n'est pas chez elle…

Il frappa, entrouvrit la porte, fit quelques pas.

— Vous pouvez me suivre… Son boudoir, pour lequel j'ai trouvé ces deux Fragonard… Les bergères ont appartenu à la Pompadour… Si vous étiez ici en qualité d'amateur d'art, monsieur Maigret, et non de policier, j'aurais plaisir à m'arrêter avec vous devant chaque pièce… La chambre…

Toute tendue de satin fraise écrasée.

— La salle de bains…

Le commissaire n'y entra pas mais aperçut une baignoire qui était plutôt une vasque de marbre noir dans laquelle on descendait par plusieurs marches.

— Montons encore… Vous avez le droit de tout voir, n'est-il pas vrai ?

Il ouvrait encore une porte.

— La chambre de Carl… Et, plus loin, sa salle de bains… Vous remarquerez qu'il a la télévision… Il préfère les images en noir et blanc aux tableaux de maître…

Il frappa à la porte d'en face, une lourde porte richement sculptée qui devait provenir aussi de quelque château.

— Vous permettez, chérie ?… Je fais visiter la maison à M. Maigret, qui est le chef de la Brigade criminelle… C'est bien cela, monsieur le commissaire ?…

Maigret venait de recevoir un choc. Au milieu de l'atelier vitré, debout devant un chevalet, se dressait une silhouette blanche qui lui rappela le mot de Lognon : le *fantôme*…

Ce n'était pas une blouse de peintre comme on en voit d'habitude que portait Mme Jonker. Cela ressemblait davantage à la robe d'un dominicain et le tissu avait l'épaisseur et le moelleux d'une sortie de bain.

En outre, la femme du Hollandais portait autour de la tête un turban blanc fait du même tissu.

Elle avait une palette à la main gauche, un pinceau dans la droite, et ses yeux noirs se posaient avec curiosité sur le commissaire.

— J'ai souvent entendu parler de vous, monsieur Maigret, et je suis heureuse de vous connaître. Excusez-moi si je ne vous serre pas la main…

Se débarrassant du pinceau, elle essuyait cette main sur le vêtement blanc, où elle laissait des traînées vertes.

— J'espère que vous n'êtes pas connaisseur en peinture... Si vous l'êtes, je vous supplie de ne pas regarder ce que je fais...

C'était inattendu, après être passé devant tant de chefs-d'œuvre accrochés aux murs de la maison, de se trouver devant une toile où l'on ne voyait que des taches informes.

5

La chambre aux graffiti

Il se passa à cet instant-là quelque chose que Maigret aurait été incapable de définir, un changement de ton, ou plutôt une sorte de décalage qui donnait soudain plus de poids aux gestes, aux mots, aux attitudes. Cela tenait-il à la présence de la jeune femme, toujours drapée dans son étrange costume, ou à l'atmosphère de la pièce ?

Dans une immense cheminée de pierre blanche, des bûches flambaient en crépitant et les flammes semblaient jouer les farfadets.

Le commissaire comprenait à présent pourquoi les rideaux de l'atelier qu'on voyait des fenêtres de Marinette Augier étaient presque constamment tirés. Cet atelier n'était pas seulement vitré d'un côté, mais de deux, ce qui permettait de choisir la lumière désirée.

Ces rideaux étaient faits d'un jute noir, épais, devenu gris au lavage, qui avait rétréci, de sorte qu'ils ne joignaient plus.

D'un côté, on découvrait les toits jusqu'à Saint-Ouen ; de l'autre, avec en premier plan les ailes du Moulin de la Galette, Paris presque entier, le tracé de ses boulevards, la trouée plus large des Champs-Élysées, les méandres de la Seine et la coupole dorée des Invalides.

Ce n'était pas ce panorama qui fascinait Maigret, dont les sens étaient en éveil. Il est difficile, plongé subitement dans un milieu inconnu, de le saisir dans sa totalité, et pourtant c'était un peu ce qui lui arrivait.

Tout le frappait à la fois, les deux murs nus, par exemple, d'un blanc cru, avec les flammes vivantes de la cheminée au milieu d'un des deux.

Mme Jonker était occupée à peindre au moment où les deux hommes étaient entrés. N'aurait-il pas dû y avoir, logiquement, des toiles sur ces murs ? Et aussi, comme dans tous les ateliers d'artistes, d'autres toiles rangées les unes contre les autres ? Or, le plancher, en bois verni, était aussi nu que les murs.

Près du chevalet, un guéridon supportait une boîte pleine de tubes de couleurs.

Sur une autre table, plus loin, une table en bois blanc, seul objet vulgaire aperçu jusqu'ici dans la maison, on voyait, pêle-mêle, des pots, des boîtes en fer-blanc, des bouteilles et des chiffons.

Pour compléter le mobilier, deux armoires anciennes, une chaise et un fauteuil dont le velours brun avait commencé à déteindre.

Ce qu'il y avait d'anormal, il ne faisait que le pressentir, mais il était alerté, et la phrase prononcée par le Hollandais ne le frappa que davantage. Il disait, s'adressant à sa femme :

— Le commissaire n'est pas ici pour admirer mes tableaux mais, si étrange que cela paraisse, pour disserter sur la jalousie. Il semble surpris que toutes les femmes ne soient pas jalouses…

Cela aurait pu passer pour une remarque banale, un tantinet ironique. Pour Maigret, cela se traduisait par un avertissement que Jonker lançait à sa femme, et il aurait juré que celle-ci, d'un battement de paupières, accusait réception du message.

— Votre femme est jalouse, monsieur Maigret ?

— Je vous avoue, madame, qu'elle ne m'a pas encore donné l'occasion de me poser la question.

— Il doit cependant défiler beaucoup de femmes dans votre bureau ?

Se trompait-il ? Il croyait percevoir comme un signal, mais un signal qui, cette fois, s'adressait à lui.

Ce fut au point qu'il chercha dans sa mémoire, se demandant s'il n'avait jamais vu, Quai des Orfèvres, la femme qui était ici devant lui. Leurs regards s'étaient rencontrés. Elle avait toujours, sur son beau visage, le sourire vague et poli d'une maîtresse de maison qui reçoit. Mais ne lisait-il pas autre chose dans ses yeux bruns et très grands, aux longs cils qui battaient ?

— Je vous en prie, murmurait-il, n'abandonnez pas votre travail à cause de moi…

Car elle posait la palette sur le guéridon, retirait le tissu blanc qui lui entourait le front comme un turban et, secouant la tête, rendait leur pli à ses cheveux noirs.

— Vous êtes d'origine française, je pense ?

— Norris vous l'a dit ?

La question était naturelle, banale. Avait-il tort d'y voir un sens caché ?

— Je le savais avant de venir.

— Vous vous êtes donc renseigné sur nous ?

Jonker était moins désinvolte que dans son bureau du rez-de-chaussée et que quand, avec une ironie un peu méprisante, il faisait visiter au pas de course, comme un guide de musée ou de château, les différentes pièces de la maison.

— Tu es fatiguée, chérie ? Tu as envie d'aller te reposer ?

Un nouveau signal ? Un ordre ?

Elle retirait le burnous blanc qui l'enveloppait et en émergeait dans une robe noire et moulante. Du coup elle paraissait plus grande et elle révélait des formes pleines qui avaient atteint une savoureuse maturité.

— Il y a longtemps que vous peignez, madame ?

Au lieu de répondre directement, elle expliquait :

— Il est difficile de vivre dans une maison couverte de toiles, avec un mari qui n'a d'autre passion que les tableaux, sans être tentée de manier un pinceau. Incapable de me mesurer avec les maîtres que j'ai du matin au soir sous les yeux, il a bien fallu que je me contente de peinture abstraite. Surtout, ne me demandez pas ce que mon barbouillage représente…

Les années passées en Angleterre et à Paris n'avaient pas tout à fait effacé son accent du Midi, et Maigret était de plus en plus attentif aux moindres nuances.

— Vous êtes née à Nice ?

— On vous l'a révélé aussi ?

Ce fut son tour, les yeux dans les yeux, de lui envoyer son message.

— J'aime beaucoup l'église Sainte-Réparate…

Elle ne rougit pas, mais marqua imperceptiblement le coup.

— Je vois que vous connaissez la ville…

C'était le vieux Nice qu'il venait d'évoquer d'un mot, le quartier le plus pauvre, aux rues étroites où le soleil pénètre rarement et où, d'un bout de l'année à l'autre, du linge sèche entre les maisons.

Il était à peu près sûr, maintenant, que c'était là qu'elle était née, dans une de ces maisons croulantes où s'entassent quinze ou vingt familles et où la marmaille grouille dans les escaliers et dans les cours.

Il lui semblait même qu'elle l'admettait implicitement par son attitude et qu'ils venaient d'échanger tous les deux, devant le mari à qui ces subtilités échappaient, comme un signe maçonnique.

Maigret avait beau être commissaire divisionnaire et chef de la Brigade criminelle de la P.J., il appartenait au peuple.

Elle pouvait vivre, elle, parmi des tableaux dignes du Louvre, s'habiller chez les grands couturiers, avoir fait les beaux soirs de Manchester et de Londres, parée de diamants, de rubis et d'émeraudes, elle avait été élevée à l'ombre de Sainte-Réparate, et il n'aurait pas été surpris d'apprendre qu'elle avait vendu des fleurs aux terrasses de la place Masséna.

Chacun des deux, maintenant, jouait son rôle, comme si, en dessous des mots prononcés, ils en échangeaient d'autres qui ne regardaient pas le fils du banquier hollandais.

— C'est pour vous que votre mari a construit ce splendide atelier ?

— Oh ! non… Quand il a bâti cette maison, il ne me connaissait pas… Il avait une amie très chère qui, elle, était un vrai peintre et qui expose encore dans les galeries… Je me demande pourquoi il ne l'a pas épousée… Sans doute n'était-elle plus assez jeune ?… Qu'en dites-vous, Norris ?

— Je ne me souviens plus…

— Vous voyez comme il est bien élevé et délicat !

— Je vous ai demandé tout à l'heure si vous peignez depuis longtemps.

— Je ne sais pas… Plusieurs mois…

— Vous passez une partie de vos journées dans cet atelier ?

— C'est un véritable interrogatoire, plaisantait-elle. On voit, à votre question, que vous n'êtes pas une femme et une maîtresse de maison… Si vous me demandiez, par exemple, ce que j'ai fait hier à telle heure, je serais sans doute en peine de répondre… Je suis paresseuse… Et je prétends que, pour les paresseux, les journées passent plus vite que pour les autres, encore que la plupart des gens prétendent le contraire.

» Je me lève tard… Je traîne… Je bavarde avec ma femme de chambre… La cuisinière vient me demander mes instructions… L'heure de déjeuner sonne alors que je n'ai pas encore conscience d'avoir commencé à vivre…

— Vous parlez beaucoup, ma chérie…

Et Maigret :

— Ce que j'ignorais, c'est qu'on puisse peindre la nuit…

Cette fois, il était indiscutable que les Jonker, mari et femme, échangeaient un coup d'œil. Le Hollandais répondait le premier.

— Cela n'arrivait peut-être pas aux impressionnistes amoureux des jeux du soleil, mais je connais des modernes qui considèrent que la lumière artificielle rehausse les couleurs de plusieurs tons…

— C'est pour cela, madame, que vous peignez le soir ?

— Je peins quand l'envie m'en prend.

— Et elle vous en prend après le dîner, vous retenant devant votre chevalet jusqu'à des deux heures du matin…

Elle s'efforçait de sourire.

— Décidément, on ne peut rien vous cacher…

Il désignait le rideau noir, devant la baie vitrée qui donnait sur l'avenue Junot.

— Ce rideau, vous le voyez, ne ferme plus hermétiquement. J'ai remarqué qu'il existe, dans chaque rue, au moins une personne souffrant d'insomnie. J'en parlais tout à l'heure à votre mari. Les plus cultivés lisent, ou écoutent de la musique. Les autres regardent par la fenêtre…

Jonker, maintenant, laissait la direction des opérations à sa femme, comme s'il n'était plus sur son terrain. Soucieux, il feignait de n'accorder qu'une oreille distraite à l'entretien et, deux ou trois fois, il alla se camper devant le panorama de Paris.

Le ciel était de plus en plus clair, d'un blanc de plus en plus lumineux, surtout à l'ouest, où on devinait presque le soleil prêt à se coucher.

— Vos toiles sont dans ces armoires ?

— Non… Vous désirez vous en assurer ?… Je ne vous en veux pas de votre indiscrétion… Après tout, vous faites votre métier.

Elle ouvrait une des armoires, qui contenait des rouleaux de papier à dessin, des provisions de tubes de couleurs, des bouteilles encore, des boîtes, comme sur la table, le tout en désordre.

Dans la seconde armoire, il n'y avait rien, que trois toiles blanches qui portaient l'étiquette d'un marchand de la rue Lepic.

— Vous êtes déçu ? Vous espériez trouver un squelette ?

Elle faisait allusion au proverbe anglais prétendant que chaque famille a son cadavre dans une armoire.

— Il faut longtemps pour faire un squelette, répondait-il, le front plissé. Pour le moment, Lognon est encore sur un lit d'hôpital…

— De qui parlez-vous, qui a un si drôle de nom ?

— Un inspecteur…

— Celui qui a été attaqué cette nuit ?

— Êtes-vous sûre, madame, que vous étiez dans votre chambre au moment du coup de feu, plus exactement des trois coups de feu ?

— Je crois, monsieur Maigret, intervint Jonker, que, cette fois, vous allez trop loin…

— Dans ce cas, répondez-moi vous-même. Mme Norris consacre une partie de son temps à la peinture, en particulier de nombreuses soirées qui se terminent souvent tard… Or, je la trouve dans un atelier à peu près vide.

— Existe-t-il une loi française obligeant les gens à meubler un atelier ?

— On pourrait s'attendre, à tout le moins, à voir ici un certain nombre de toiles, achevées ou non... Que faites-vous de vos œuvres, madame ?

Le signe qu'elle adressait à son mari ne signifiait-il pas qu'elle lui laissait la tâche de répondre ?

— Mirella n'a pas la prétention d'être peintre...

Il entendait le prénom pour la première fois. On avait dû, jadis, l'appeler Mireille.

— La plupart du temps, elle détruit ses œuvres dès qu'elles sont terminées...

— Un instant, monsieur Norris... Excusez-moi, encore une fois, de me montrer tatillon... Il m'est arrivé de fréquenter des peintres... S'ils détruisent une toile, que font-ils ?...

— Ils la coupent en morceaux, les brûlent ou les jettent à la poubelle...

— Mais avant ça ?

— Je ne comprends pas.

— J'en suis surpris de la part de l'amateur que vous êtes. Prétendez-vous qu'ils jettent le châssis aussi ?... Or, il y a trois châssis dans cette armoire, neufs tous les trois...

— Ma femme donne parfois à des amis les toiles dont elle est le moins mécontente...

— Ce sont celles-là que quelqu'un vient chercher le soir ?

— Le soir ou pendant la journée...

— S'il s'agit des œuvres de votre femme, elles sont plus nombreuses qu'elle ne me l'a donné à penser...

— Il y en a d'autres...

— Vous avez encore besoin de moi ? questionnait Mme Jonker. Vous ne désirez pas que nous descendions et que je vous fasse servir une tasse de thé ?...

— Pas tout de suite, madame. Votre mari a bien voulu me piloter dans la maison, mais il ne m'a pas montré ce qui se trouve derrière cette porte…

Une porte massive, en chêne sombre, au fond de l'atelier.

— Qui sait ? Nous allons peut-être trouver enfin quelques-unes de vos œuvres ?…

Il y eut de la tension, de l'électricité dans l'air. Les voix devinrent plus mates, plus coupantes.

— Je crains bien que non, monsieur Maigret.

— Pourquoi en êtes-vous si sûr ?

— Parce que depuis des mois, sinon des années, cette porte n'a pas été ouverte… C'était autrefois la chambre de la personne dont ma femme vous a parlé, disons la pièce où il lui arrivait de se reposer entre deux séances de travail…

— Et vous la conservez comme un sanctuaire ? Après tant d'années ?

Il attaquait exprès, pour mettre l'adversaire hors de ses gonds. Il lui semblait que le moment était venu de pousser son avantage à fond, et, cette fois, par exception, la scène n'avait pas pour cadre son bureau du Quai des Orfèvres, mais un atelier d'artiste d'où on découvrait le panorama de Paris.

Les poings du Hollandais s'étaient serrés, mais il n'en garda pas moins sa maîtrise.

— Je suis convaincu, monsieur Maigret, que, si je me rendais chez vous à l'improviste, si je fouillais dans les coins, si je posais question sur question à votre femme, bien des détails de votre vie privée me paraîtraient bizarres, sinon inexplicables. Voyez-vous, chacun de nous a sa mentalité, son comportement, qui restent incompréhensibles aux autres…

» Cette maison est assez grande… Je ne m'occupe pratiquement que de mes tableaux… Notre vie mondaine est fort limitée, et ma femme, comme elle vous l'a dit, s'amuse incidemment à peindre… Est-il surprenant qu'elle n'attache pas d'importance à ce que deviennent ses toiles, soit qu'elle les brûle, qu'elle les jette à la poubelle ou qu'elle les donne à des amis ?…

— Quels amis ?

— Je suis obligé de vous faire une réponse que je crois vous avoir déjà donnée dans mon bureau. Il ne serait pas élégant de ma part, en me montrant indiscret, d'exposer des tiers aux désagréments que nous valent présentement des coups de feu tirés dans notre rue par des inconnus…

— Pour en revenir à cette porte…

— J'ignore combien de pièces comporte votre appartement, monsieur Maigret. Cette maison en compte trente-deux. Quatre domestiques y vont et viennent. Il est arrivé qu'une femme de chambre soit renvoyée pour indélicatesse…

» Qu'une clé se perde, dans ces conditions, n'étonnera aucune personne de notre milieu…

— Et vous n'en avez pas fait faire d'autre ?

— Je n'y ai pas pensé.

— Vous êtes sûr que la clé n'est pas dans la maison ?

— Pas à ma connaissance… Si elle s'y trouve, on la retrouvera un jour à l'endroit le plus inattendu…

— Vous permettez que je me serve de ce téléphone ?

Car il y avait un appareil sur la table. Maigret avait remarqué que la plupart des pièces de la maison en comportaient un, sans doute reliés à la fois entre eux et à l'extérieur.

— Quelle est votre intention ?

— D'appeler un serrurier…

— Je ne crois pas que je le tolérerais, car il me semble que vous outrepassez vos droits…

— Je vais donc téléphoner au Parquet, qui m'enverra un mandat de perquisition en bonne et due forme…

Le mari et sa femme se regardèrent une fois de plus. Ce fut Mirella qui se dirigea vers l'armoire, portant le tabouret qu'elle avait pris près du chevalet. Elle y monta, tendit le bras, passa la main au-dessus du meuble et, quand elle la retira, elle tenait une clé.

— Voyez-vous, monsieur Jonker, un détail m'a frappé, ou plutôt deux détails jumeaux. La porte de cet atelier comporte un verrou, mais, contrairement à l'habitude, ce verrou est posé à l'extérieur.

» Tout à l'heure, tandis que vous me parliez, j'ai noté qu'il en est de même de cette porte…

— Libre à vous de vous étonner, monsieur Maigret, ce que vous ne cessez de faire depuis votre entrée dans la maison. Votre genre de vie et le nôtre sont trop différents pour que vous puissiez comprendre…

— J'essaie, vous voyez…

Il prenait la clé que Mme Jonker lui tendait et se dirigeait vers la porte fermée. Sans que bougent ses interlocuteurs, qui avaient l'air de deux silhouettes figées dans l'immensité de l'atelier, il faisait jouer la serrure.

— Depuis combien de temps m'avez-vous dit que cette porte n'a pas été ouverte ?

— Peu importe.

— Je ne vous demande pas de vous approcher, madame, et vous devinez pourquoi, mais je voudrais que votre mari vienne jusqu'ici…

Le Hollandais s'avançait, s'efforçant de porter beau.

— Vous remarquerez d'abord que ce plancher est propre, sans trace de poussière, et, si vous le touchez, vous constaterez que, par places, le bois conserve une certaine humidité, comme s'il avait été lavé récemment à grande eau… Qui a nettoyé cette pièce, ce matin ou la nuit dernière ?

Il entendit la voix de Mirella, derrière lui, qui répondait :

— Ce n'est certainement pas moi… Vous pourrez vous informer auprès des femmes de chambre… À moins que Carl ait reçu des instructions de mon mari…

La pièce n'était pas grande. La fenêtre donnait, comme la baie vitrée, sur le panorama de Paris, et les vieux rideaux à fleurs étaient maculés de peinture. Par endroits, on aurait même juré que quelqu'un, après avoir peint avec les doigts, s'y était essuyé les mains.

Dans un coin se trouvait un lit de fer avec son matelas, mais sans draps, sans couvertures.

Ce qui frappait le plus, c'était ce qu'il était difficile d'appeler autrement que les graffiti. Sur les murs d'un blanc sale, on s'était complu à dessiner des formes obscènes comme on en voit dans certains urinoirs. La différence, c'est qu'au lieu d'être tracées au crayon, elles l'avaient été avec de la peinture, du vert, du bleu, du jaune, du violet.

— Je ne me permets pas de vous demander, monsieur Jonker, si vous attribuez ces dessins à votre ancienne amie… Une silhouette rend d'ailleurs cette hypothèse impossible…

C'était, en quelques traits épais, un portrait de Mirella, plus vivant que bien des toiles du salon.

— Vous attendez une explication ?

— Cela me paraît normal. Nos genres de vie, comme vous l'avez dit, peuvent être très différents. Il est possible que j'aie une certaine difficulté à comprendre votre comportement. Je n'en suis pas moins convaincu que vos amis eux-mêmes, ceux de votre milieu, seraient fort surpris en découvrant ces… hum !… mettons ces fresques, sous votre toit…

Non seulement on avait reproduit, avec luxe de détails, les parties du corps humain habituellement cachées, mais on voyait de véritables scènes d'un érotisme échevelé. Par contraste, près du lit, des barres verticales rappelaient au commissaire celles que les prisonniers tracent pour marquer le temps écoulé.

— La personne qui vivait ici comptait-elle donc les jours avec tant d'impatience ?

— Je ne comprends pas.

— Vous ignoriez l'existence de ces graffiti ?

— J'ai jeté un coup d'œil à cette pièce il y a longtemps…

— Combien de temps ?

— Plusieurs mois, je vous l'ai dit… J'ai été choqué par ce que j'ai vu et, fermant la porte à double tour, j'ai jeté la clé au-dessus de l'armoire…

— En présence de votre femme ?

— Je ne m'en souviens pas…

— Vous savez ce qu'il y a sur les murs de cette pièce, madame ?

Elle fit oui de la tête.

— Quelle impression avez-vous ressentie en y trouvant votre portrait ?

— Je n'appelle pas ça un portrait, mais un vague croquis, comme n'importe quel peintre peut en barbouiller…

— J'attends que vous vous mettiez d'accord pour me dire ce qu'il en est.

Il y eut un silence, et Maigret tira sa pipe de sa poche sans y être invité.

— Je me demande, murmura le Hollandais, si je ne ferais pas mieux d'appeler mon avocat. Je ne connais pas assez les lois françaises pour savoir si vous avez le droit de nous questionner de la sorte.

— Si, au lieu de fournir dès maintenant une réponse plausible, vous faites appel à votre avocat, donnez-lui donc rendez-vous au Quai des Orfèvres, car, dans ce cas, je vous y emmène immédiatement…

— Sans mandat ?

— Avec ou sans mandat. Au besoin, le mandat sera ici dans une demi-heure…

Le commissaire se dirigeait vers le téléphone.

— Attendez !…

— Qui a occupé cette chambre ?

— C'est une vieille histoire… Ne voulez-vous pas que nous descendions et que nous continuions cet entretien en prenant un verre ? Il ne me déplairait pas de fumer un cigare et je n'en ai pas sur moi…

— À condition que Mme Jonker nous accompagne…

Elle marcha la première, d'une démarche lasse, comme résignée. Maigret venait ensuite, Jonker sur les talons.

— Ici ? questionna Mirella quand ils arrivèrent au salon.

— Je préfère mon bureau…

— Qu'est-ce que je peux vous offrir, monsieur Maigret ?

— Rien à présent…

Elle voyait le verre dans lequel il avait bu précédemment et qui était resté, avec celui de son mari, sur le bureau. Le refus du commissaire ne signifiait-il pas que la situation avait changé ?

Il faisait plus sombre dans la pièce, et le Hollandais alluma les lampes, se servit du curaçao, lança à sa femme un coup d'œil interrogateur.

— Non. Je préfère un whisky…

Il se décida le premier à s'asseoir, reprenant presque exactement la pose qu'il avait une heure plus tôt. Sa femme resta debout, un verre à la main.

— Il y a deux ou trois ans… commença l'amateur de tableaux en coupant le bout de son cigare.

Le commissaire l'interrompit.

— Avez-vous remarqué que vous n'êtes jamais précis ? Depuis que je suis ici, vous n'avez jamais cité une date, un nom, sinon des noms de peintres morts depuis longtemps… Vous parlez de quelques semaines, de quelques mois, de quelques années, de tôt ou de tard dans la soirée…

— Peut-être parce que je ne me préoccupe pas du temps ? Figurez-vous que je ne dois pas me trouver dans un bureau à telle ou telle heure et que, jusqu'aujourd'hui, je n'ai eu de comptes à rendre à personne…

Il redevenait agressif, sa morgue, exagérée, sonnant moins vrai. Maigret surprit, sur le visage de la femme, une inquiétude, une désapprobation.

« Toi, ma petite, pensa-t-il, tu sais, par expérience, qu'il ne sert à rien de jouer ce jeu-là avec la police… »

Était-ce à Nice, dans sa jeunesse, qu'elle avait eu affaire à elle, en Angleterre, ou ailleurs ?

— Libre à vous de me croire ou de ne pas me croire, monsieur Maigret… Je vous répète qu'il y a deux ou trois ans, on m'a signalé un jeune peintre de talent qui était dans une misère si complète qu'il lui arrivait de dormir sous les ponts et de chercher dans les poubelles de quoi manger…

— Vous venez de dire « on ». Est-ce un ami, ou un marchand de tableaux, qui vous a signalé ce jeune homme ?

Jonker fit le geste de chasser une mouche.

— Peu importe ! Je ne m'en souviens pas. Toujours est-il que j'ai eu honte de cet atelier qui ne servait à rien…

— Votre femme ne peignait donc pas encore ?

— Non… Je ne l'aurais pas introduit ici…

— Quel est le nom de cet amateur de graffiti ?

— Je n'ai jamais connu que son prénom…

— Qui est ?

Un léger temps :

— Pedro.

Il inventait visiblement.

— Un Espagnol ? Un Italien ?

— Figurez-vous que je ne m'en suis pas préoccupé. J'ai mis l'atelier et la chambre à sa disposition.

Je lui ai donné de l'argent pour acheter des couleurs et des toiles.

— Et, le soir, vous l'enfermiez pour l'empêcher de courir le guilledou ?

— Je ne l'enfermais pas.

— Pourquoi, dans ce cas, ces verrous extérieurs ?

— Ils ont été posés lors de la construction de la maison.

— Pour quelle raison ?

— Une raison fort simple. Elle ne vous vient pas à l'esprit parce que vous n'êtes pas collectionneur. Pendant longtemps, j'ai remisé dans cet atelier les toiles qui ne trouvaient pas place sur les murs… Il était logique de les enfermer du dehors, faute de pouvoir le faire du dedans…

— Je croyais que l'atelier avait été aménagé pour votre amie peintre de l'époque…

— Mettons que les verrous aient été posés lorsqu'elle a cessé de vivre ici…

— Y compris sur la porte de la chambre ?

— Je ne suis même pas sûr d'avoir dit au serrurier d'en installer un sur cette porte…

— Pour en revenir à Pedro…

— Il a vécu quelques mois dans la maison.

— *Quelques !* souligna Maigret, tandis que Mirella ne pouvait s'empêcher de sourire.

Le Hollandais s'impatientait et il devait avoir une maîtrise de soi peu commune pour ne pas laisser éclater sa colère.

— Il avait du talent ?

— Beaucoup.

— Il a fait carrière ? Il est devenu un peintre connu ?

— Je l'ignore… Je suis monté un certain nombre de fois dans l'atelier et j'ai admiré ses toiles…

— Vous en avez acheté ?

— Comment pouvais-je acheter des toiles à un homme à qui je fournissais le gîte et le couvert ?

— De sorte que vous ne possédez pas une seule de ses œuvres ?… L'idée ne lui est pas venue, à lui, de vous en offrir avant son départ ?…

— Avez-vous vu une seule toile, dans la maison, datant de moins de trente ans ?… Un amateur de peinture est souvent collectionneur… Et chaque collectionneur limite son intérêt à un champ déterminé… Pour ma part, je commence à Van Gogh et je finis à Modigliani…

— Pedro prenait ses repas là-haut ?

— Je suppose.

— C'était Carl qui montait le servir ?

— Ces détails regardent ma femme.

— C'était Carl, répondait celle-ci, sans conviction.

— Il sortait beaucoup ?

— Comme tous les garçons de son âge.

— Au fait, quel âge avait-il ?

— Vingt-deux ou vingt-trois ans. Il a fini par se faire des amis et des amies. Au début, il n'en amenait dans l'atelier qu'un ou deux à la fois. Puis il a exagéré. Certaines nuits, ils étaient une vingtaine à mener grand tapage juste au-dessus de l'appartement de ma femme, ce qui empêchait celle-ci de dormir…

— Vous n'avez jamais eu la curiosité de monter voir ce qui se passait, madame ?

— Mon mari s'en est chargé.

— Et le résultat a été ?

— Il a mis Pedro à la porte, non sans lui remettre une certaine somme d'argent.

— C'est alors que vous avez découvert les graffiti ?

Jonker fit oui de la tête.

— Vous aussi, madame ? Dans ce cas, votre portrait a dû vous révéler que Pedro était amoureux de vous. Vous a-t-il jamais fait la cour ?

— Si vous continuez sur ce ton, monsieur Maigret, j'aurai le regret d'informer mon ambassadeur de votre façon d'agir, prononça sévèrement Jonker.

— Vous lui parlerez aussi des personnes qui se glissent le soir dans la maison et y passent une partie ou la totalité de la nuit ?

— Je croyais connaître les Français…

— Je croyais connaître les Hollandais…

Mirella intervint :

— Si vous cessiez de vous disputer tous les deux ? Je comprends que mon mari soit irrité de s'entendre poser certaines questions, surtout lorsqu'il s'agit de moi. Je comprends d'autre part la difficulté, pour le commissaire, à admettre notre genre de vie…

» En ce qui concerne ces femmes, monsieur Maigret, j'ai toujours été au courant, avant même que nous soyons mariés… Vous seriez surpris du nombre de maris dans son cas… La plupart se cachent, surtout dans les cercles bien-pensants… Lui préfère la franchise, et j'y ai vu un hommage à mon intelligence et mon affection…

Il remarqua qu'elle ne disait pas « amour ».

— Je crois, pour ma part, que c'est le fait de n'avoir rien à dissimuler qui explique le vague de certaines réponses et d'apparentes contradictions…

— Je vais donc, à vous, poser une question précise. Jusqu'à quelle heure, la nuit dernière, êtes-vous restée dans l'atelier ?

— J'ai besoin de réfléchir, car je ne m'embarrasse pas de montre pour travailler, et vous avez pu noter qu'il n'existe pas d'horloge là-haut… Vers onze heures, j'ai envoyé ma femme de chambre personnelle se coucher…

— Vous étiez au second étage ?

— Oui. Elle est venue me demander si elle devait m'attendre pour m'aider à ma toilette de nuit…

— Vous travailliez au tableau qui se trouve encore sur le chevalet ?

— J'ai mis longtemps, le fusain à la main, un chiffon de l'autre, à chercher un sujet…

— Quel est le sujet de cette toile ?

— Appelons ça une harmonie… La peinture abstraite ne se fait pas au petit bonheur… Peut-être exige-t-elle plus de réflexion et de tâtonnements que la peinture figurative…

— Nous parlions d'heures…

— Il pouvait être une heure du matin quand je suis descendue dans mon appartement.

— Vous avez éteint la lumière dans l'atelier ?

— Je crois. C'est un geste machinal.

— Vous portiez le même vêtement blanc et le même turban qu'aujourd'hui ?

— À la vérité, il s'agit d'une vieille sortie de bain et d'une serviette-éponge. Il m'aurait paru ridicule, alors que je ne peins que pour me distraire, d'acheter la blouse des professionnels…

— Votre mari était couché ? Vous n'êtes pas allée lui dire bonsoir ?

— Ce n'est pas l'habitude quand je me couche après lui.

— Par crainte de le trouver en compagnie d'une de ses visiteuses ?

— Si vous voulez.

— Je crois que nous arrivons presque au bout…

Il sentit une détente dans la pièce, mais, de sa part, c'était une vieille ruse. Il rallumait lentement sa pipe, semblait chercher dans sa tête s'il n'oubliait rien.

— Tout à l'heure, monsieur Jonker, vous avez souligné, non sans tact, que je ne connais rien à la mentalité et aux faits et gestes d'un amateur d'art. Je vois, par votre bibliothèque, que vous suivez les ventes importantes. Vous achetez beaucoup, puisqu'à certain moment vous avez été obligé de ranger dans l'atelier des toiles qui ne trouvaient plus place ailleurs…

» Dois-je en déduire que vous revendez les pièces qui ont cessé de vous plaire ?

— Je vais essayer, une fois pour toutes, de m'expliquer. J'ai hérité d'un certain nombre de tableaux de mon père, qui n'était pas seulement un grand financier, mais qui a été un des premiers à découvrir des artistes dont les musées se disputent aujourd'hui les œuvres.

» Mes revenus, bien qu'importants, ne me permettaient pas de m'offrir à l'infini les peintures qui me tentent.

» Comme tout collectionneur, j'ai commencé par des pièces de second choix, appelons ça des œuvres mineures, de grands artistes…

» Petit à petit, à mesure qu'elles prenaient de la valeur et que mon goût s'affinait, j'ai revendu une partie de ces toiles pour en acquérir de plus importantes…

— Excusez-moi de vous interrompre. Vous avez continué jusqu'à ces derniers temps ?

— J'ai l'intention de continuer jusqu'à ma mort.

— Ces œuvres que vous vendez, vous les envoyez à l'Hôtel Drouot, ou bien les confiez-vous à un marchand de tableaux ?

— Cela m'est arrivé, assez rarement, d'envoyer un tableau ou deux à une vente publique. Cependant, les pièces qui y passent aux enchères proviennent le plus souvent de successions. Un amateur s'y prend de préférence autrement.

— C'est-à-dire ?

— Il connaît le marché. Il sait, par exemple, que tel musée des États-Unis ou d'Amérique du Sud cherche un Renoir, un Picasso de l'époque bleue. S'il désire se défaire d'une toile de ce genre, il établit des contacts…

— Cela expliquerait que des voisins ont vu des tableaux sortir de chez vous ?…

— Ceux-là et ceux de ma femme…

— Pouvez-vous, monsieur Jonker, me fournir le nom de quelques-uns de vos acheteurs ? Ne parlons, par exemple, que de la dernière année…

— Non.

C'était un non froid et catégorique.

— Dois-je en conclure qu'il s'agit d'un trafic clandestin ?

— Je n'aime pas ce mot-là. Les opérations de ce genre se font avec discrétion. La plupart des pays, par exemple, réglementent la sortie des œuvres d'art afin de protéger le patrimoine national.

» Non seulement les musées exercent un droit de préemption, mais l'autorisation d'exporter est fréquemment refusée.

» Vous pourrez voir, dans le salon, une des premières œuvres de Chirico qui a franchi en fraude la frontière italienne, ainsi qu'un Manet qui, si incroyable que cela vous paraisse, est venu de Russie.

» Comprenez-vous que je ne puisse citer des noms ? On m'achète une toile. Je la remets à l'acheteur. Il me paie et je n'ai pas à me préoccuper de ce qu'elle devient...

— Vous l'ignorez ?

— Je veux l'ignorer. Ce n'est pas mon affaire. Pas plus que de découvrir le chemin parcouru par une toile que j'achète...

Maigret se leva. Il avait l'impression d'être dans cette maison depuis une éternité et l'atmosphère feutrée, à peine réelle, commençait à lui peser. En outre, il avait soif, mais, au point où ils en étaient, Jonker et lui, il n'avait plus le droit d'accepter un verre.

— Je m'excuse, madame, d'avoir interrompu votre travail et gâché votre après-midi...

Le regard de Mirella ne contenait-il pas une question ?

« Ce n'est pas fini, n'est-ce pas ? semblait-elle dire. Je connais les méthodes de la police. Vous n'allez pas nous lâcher et je me demande quel piège vous nous préparez... »

Tournée vers son mari, elle hésita, ouvrit la bouche, revint à Maigret pour murmurer banalement :

— Enchantée de vous avoir connu...

Jonker, debout, écrasant le bout de son cigare dans le cendrier, prononçait à son tour :

— Je m'excuse de n'avoir pas toujours gardé mon sang-froid... On ne devrait jamais oublier ses devoirs d'hôte...

On ne sonnait pas le valet de chambre pour le reconduire, mais le Hollandais le précédait en personne jusqu'à la porte, qu'il ouvrait. Dehors, l'air frais avait un goût d'humidité et de poussière. Un halo commençait à se former autour des lampadaires.

En face, les fenêtres de Marinette Augier étaient obscures. Il n'y avait pas de lumière non plus au premier étage de la maison voisine mais un visage de vieillard était collé à la vitre.

Maigret faillit adresser un signe amical au vieux Maclet fidèle à son poste. Il hésita même à aller frapper à sa porte, mais des démarches plus urgentes l'attendaient.

Cela ne l'empêcha pas, avant de monter en taxi au coin de la rue Caulaincourt, d'entrer dans le bistrot du matin et de boire coup sur coup deux grands verres de bière.

6

L'ivrogne aux pieds nus

Les habitudes se prennent vite, dans les bistrots de quartier. Parce qu'il avait bu un grog le matin, le patron aux manches troussées parut surpris que son client commande de la bière. Et quand Maigret demanda un jeton de téléphone, il questionna :

— Un seul ?

Celui qui avait précédé Maigret dans la cabine avait fait, lui, une sérieuse consommation de calvados, car l'air en restait imbibé et le combiné même sentait l'alcool de pomme.

— Allô ! Qui est à l'appareil ?

— L'inspecteur Neveu.

— Lucas n'est pas au bureau ?

— Je l'appelle... Un instant... Il est en communication sur une autre ligne...

Le commissaire, sans s'impatienter, regardait vaguement le décor rassurant du petit café, son comptoir d'étain, ses bouteilles aux formes et aux étiquettes familières. Les journaux parlent avec complaisance ou avec inquiétude d'un monde qui change avec une rapidité vertigineuse et il avait sous les yeux, après tant d'années et une guerre mondiale, les marques d'apéritifs qu'il voyait, enfant, dans l'auberge de son village.

— Excusez-moi, patron…

— Je voudrais qu'on surveille au plus tôt la maison d'un certain Norris Jonker, avenue Junot. C'est en face de l'immeuble dont sortait Lognon quand il a été attaqué. Mets au moins deux hommes et une voiture…

— Je ne suis pas sûr qu'il en reste dans la cour. Je crains que non…

— Débrouille-toi… Non seulement il faut suivre les Jonker s'ils sortent de chez eux, mais filer les visiteurs éventuels… Fais vite…

Dans le taxi qui se faufilait à travers les lumières, il se sentait d'une étrange humeur. Il aurait dû être content de lui, car il ne s'était pas laissé impressionner par le Hollandais, sa morgue, sa richesse, ni par la beauté épanouie de Mirella.

Rarement, en une seule journée, il avait recueilli autant de détails sur une affaire dont il n'avait aucune idée en se levant le matin. Non seulement la maison de l'amateur d'art s'était animée et avait livré bon nombre de petits secrets, mais l'avenue Junot, qu'il croyait connaître, avait pris un nouveau visage.

Pourquoi restait-il insatisfait de lui, vaguement inquiet ? Il se posait la question, s'efforçait d'y répondre, et ce n'est qu'en traversant le Pont-au-Change et en apercevant la silhouette familière du vieux Palais de Justice qu'il crut trouver la cause de son malaise.

Alors qu'il avait passé la plus grande partie de son temps dans le bureau de Norris Jonker, qu'il avait visité la maison du haut en bas, que la scène la plus dramatique s'était déroulée dans l'atelier du second étage, ce n'était pas de ces endroits qu'il gardait le souvenir le plus vif.

L'image qui restait dans sa mémoire, obstinée comme une ritournelle de chanson, était celle de la petite chambre au lit de fer, et il comprenait soudain le pourquoi de son inquiétude.

Comme en gros plan de cinéma, il revoyait les dessins obscènes, tracés sur les murs blancs, à larges coups de pinceau, en rouge, en noir, en bleu. Lorsqu'il essayait d'évoquer Mirella Jonker, c'était son portrait en quelques larges traits dessinés comme à la diable qui restait le plus vivant.

Celui ou celle qui avait créé cette image, avec une fureur passionnée, l'entourant de symboles sexuels délirants, n'était-il pas un fou ou une folle ? Les dessins d'aliénés qu'il lui avait été donné de voir n'avaient-ils pas cette même force et cette puissance hallucinante d'évocation ?

La chambre avait été occupée récemment, c'était incontestable. Pourquoi, autrement, l'aurait-on nettoyée à grande eau au cours des dernières heures ? Et pourquoi n'avait-on pas osé en reblanchir les murs ?

Il gravit à pas lents le grand escalier de la P.J. Comme cela lui arrivait souvent, il n'entra pas directement chez lui, mais passa par le bureau des inspecteurs. Sous les globes lumineux, chacun travaillait à sa table comme les élèves d'une école du soir.

Il ne regarda personne en particulier, mais cela le rassurait de reprendre contact avec la maison et son atmosphère professionnelle.

Pas plus que des collégiens au passage du professeur, ils ne levaient la tête ; pourtant chacun sut qu'il était grave, anxieux, que son visage n'était pas seulement marqué par la fatigue, mais par une sorte d'épuisement.

— Ma femme n'a pas appelé ?

— Non, patron.

— Qu'on la demande, chez moi. Si elle n'y est pas, essayez le numéro de Lognon…

… Peut-être pas un vrai fou, pas un être à interner dans un hôpital psychiatrique, mais un violent, incapable de maîtriser ses instincts…

— Allô ! C'est toi ?

Elle avait regagné leur appartement et devait être occupée à préparer le dîner.

— Il y a longtemps que tu es rentrée ?

— Plus d'une heure. Au fond, je crois qu'elle ne tient pas tellement à ma présence… Elle a été flattée que je me dérange pour elle, mais elle ne se sent pas à l'aise avec moi… Elle préfère de beaucoup la présence de la vieille fille au chapelet… À elles deux, elles peuvent se lamenter tout leur soûl et faire le compte sans fin de leurs petites misères…

» Je suis allée acheter dans le quartier quelques gâteries… J'ai glissé un billet dans la main de la vieille, qui n'a pas bronché, et j'ai promis de passer demain matin…

» Et toi ? Tu comptes rentrer dîner ?

— Je ne sais pas encore. J'en doute.

— Comment va Lognon ?

— Aux dernières nouvelles, il vivait, mais je rentre seulement au bureau…

— À ce soir, j'espère…

— À ce soir…

Il ne l'appelait pas par son prénom, ni elle par le sien. Elle ne lui disait pas chéri et il ne lui disait pas chérie. À quoi bon, puisqu'ils se sentaient en quelque sorte une même personne ?

Il raccrochait, ouvrait la porte.

— Janvier est là ?

— Je viens, patron…

Et Maigret, assis à son bureau, sur lequel il rangeait ses pipes :

— Lognon, d'abord…

— J'ai téléphoné à Bichat il y a dix minutes… L'infirmière-chef commence à s'impatienter… État stationnaire… Les médecins ne s'attendent pas à ce qu'il se produise un changement avant demain au plus tôt… Il est dans le coma et, quand il ouvre les yeux, il ne sait pas où il se trouve, qui est autour de lui, ni ce qui lui est arrivé…

— Tu as vu l'ex-fiancé de Marinette Augier ?

— Je l'ai trouvé à son bureau et il a paru terrifié à l'idée que son père aurait pu apprendre que j'appartiens à la police… Le père est, paraît-il, un homme sévère, qui fait trembler son personnel… Jean-Claude, lui, n'est qu'un bellâtre mollasse et veule… Il m'a entraîné dehors et, devant la demoiselle de la réception, a joué la comédie pour me faire passer pour un client…

— Qu'est-ce qu'ils fabriquent ?

— Des tubes métalliques en je ne sais quoi, du cuivre, du fer ou de la fonte. C'est une grosse boîte sinistre comme on en trouve du côté de l'avenue de la République et du boulevard Voltaire… Il m'a conduit dans un café, loin du bureau… Les journaux de l'après-midi parlent de la fusillade et des blessures de Lognon, mais ne citent pas Marinette… Jean-Claude ne les avait d'ailleurs pas lus…

— Il s'est montré coopératif ?

— Il a tellement peur de son père et, en général, de tout ce qui pourrait compliquer son existence, qu'il m'aurait confessé tous ses péchés de jeunesse… Je lui ai appris que Marinette avait brusquement quitté son domicile et que nous avions un besoin urgent de son témoignage…

» — Vous avez été fiancés pendant près d'un an…

» — Fiancés, vous savez… Le mot est exagéré…

» — Ou trop faible, puisque vous passiez chez elle une ou deux nuits par semaine…

» Cela l'a fort ennuyé que nous le sachions.

» — En tout cas, si elle attend un enfant, il ne peut être de moi, car il y a plus de neuf mois que nous ne nous sommes pas rencontrés…

» Vous voyez le genre, patron ! Je lui ai parlé de leurs week-ends.

» — Il y a bien sans doute des endroits où vous vous rendiez de préférence… Vous avez une voiture ?…

» — Bien entendu.

» — Alliez-vous à la mer ou restiez-vous aux environs de Paris ?

» — Aux environs de Paris… Pas toujours au même endroit… Nous choisissions une auberge, presque toujours au bord de l'eau, car Marinette était folle de natation et de canotage… Elle n'appréciait pas les hostelleries, les endroits élégants et sophistiqués… Au fond, elle avait des goûts très peuple…

» J'ai fini par lui soutirer une demi-douzaine d'adresses, celles des coins où ils sont allés plusieurs fois, l'*Auberge du Clou*, à Courcelles, dans la vallée de Chevreuse, chez *Mélanie*, à Saint-Fargeau, entre Corbeil et Melun, *Félix et Félicie*, à Pomponne… C'est au bord de la Marne, non loin de Lagny… Elle avait un faible pour ce bistrot-là, car ce n'est qu'un bistrot de campagne avec deux chambres sans eau courante…

» Puis Créguy, aux environs de Meaux, une guinguette dont il a oublié le nom et dont le patron est sourd… *La Pie-qui-Danse*, en pleine campagne, entre Meulan et Apremont… Ils ont déjeuné une seule fois au *Coq-Hardy*, à Bougival…

— Tu as vérifié ?

— J'ai cru qu'il valait mieux que je reste ici pour centraliser les renseignements. J'aurais pu téléphoner à la police des différents patelins, mais j'ai eu peur que, par maladresse, ils fassent fuir la demoiselle… Ce n'est pas très régulier, vu que ces endroits sont en dehors de la Seine, mais j'ai cru comprendre que vous étiez pressé…

— Alors ?

— J'ai envoyé un homme dans chaque direction, Lourtie, Jamin et Lagrume…

— Chacun a pris une voiture ?

— Oui, avoua Janvier avec inquiétude.

— Voilà pourquoi Lucas vient de m'annoncer qu'il n'y en a probablement plus de disponible ?

— Je m'excuse…

— Tu as bien fait… Pas encore de résultats ?

— Seulement à l'*Auberge du Clou*... Rien de ce côté... Les autres ne tarderont pas à faire leur rapport...

Maigret fumait sa pipe en silence, comme oublieux de la présence de l'inspecteur.

— Vous n'avez plus besoin de moi ?

— Pas pour le moment. Ne pars pas sans me prévenir. Dis à Lucas de rester aussi...

Il avait envie de faire vite. Après sa longue visite de l'après-midi chez le Hollandais, il sentait que quelqu'un était menacé, tout en restant incapable de dire sur qui pesait cette menace.

Bien entendu, on s'était ingénié à lui montrer un décor. Si les tableaux accrochés aux murs étaient authentiques, tout ce qu'il avait vu d'autre et ce qu'il avait entendu n'était-il pas faux ?

— Passez-moi le Bureau des étrangers...

On ne prit qu'une dizaine de minutes pour lui fournir le nom de jeune fille de Mme Jonker. Son prénom n'était pas Mireille, comme il l'avait pensé à cause de Mirella et de ses origines méridionales, mais banalement Marcelle, son nom de famille était Maillant.

— Donnez-moi la P.J. de Nice, voulez-vous ? De préférence le commissaire Bastiani...

Faute de tenir en place, il cherchait dans toutes les directions, au petit bonheur.

— Allô ! Bastiani ? Comment allez-vous, mon vieux ?... Comme le temps ?... Ici, il pleut depuis trois jours et ce n'est que depuis midi qu'il se contente de faire gris... Dites donc, j'aimerais que vos hommes fouillent en vitesse de vieilles paperasses... S'il n'y a rien dans les vôtres, ils pourraient essayer au Palais de

Justice. Il s'agit d'une certaine Marcelle Maillant, née à Nice, vraisemblablement dans le vieux quartier, aux alentours de Sainte-Réparate…

» Elle a trente-quatre ans. Après avoir épousé un Anglais du nom de Muir, qui fabrique des roulements à billes à Manchester, elle a vécu un certain nombre d'années à Londres, où elle s'est mariée à un riche Hollandais, Norris Jonker, et elle vit actuellement à Paris…

» Une splendide femme, de celles sur lesquelles on se retourne dans la rue… Grande, brune, portant bien la toilette… Très femme du monde, avec pourtant un rien qui me fait tiquer… Vous voyez ce que je veux dire ?… Il y a une faille, j'ignore laquelle, et sa façon de me regarder me l'a confirmé…

» Oui. C'est vraiment urgent… Je jurerais qu'il se prépare du vilain et je voudrais l'empêcher… Au fait, vous n'avez pas connu Lognon, quand vous étiez Rue des Saussaies ?… Le Malgracieux, oui… Il a été abattu la nuit dernière… Il n'est pas mort, mais on ne répond pas de lui… Il s'agit de cette affaire, oui… Je me demande à quel titre et à quel point elle y est mêlée, mais vos renseignements me l'apprendront peut-être…

» Je reste au bureau… Toute la nuit s'il le faut…

Il n'ignorait pas qu'en apprenant que l'enquête concernait un collègue abattu, Bastiani et ses hommes allaient en mettre un coup. C'était pour eux un point d'honneur.

Pendant cinq bonnes minutes, il parut rêvasser, s'assoupir, puis son bras se tendit vers le téléphone.

— Je voudrais la communication avec Scotland Yard… En priorité… L'inspecteur Pyke… Un instant… Non ! L'inspecteur-chef Pyke…

Ils s'étaient connus en France, où le digne M. Pyke était venu se mettre au courant des méthodes de la P.J., et de celles de Maigret en particulier, surpris de constater que Maigret n'avait pas de méthode du tout.

Par deux fois ils s'étaient revus à Londres, et étaient devenus bons amis. Quelques mois plus tôt, Maigret avait appris que Pyke avait pris du galon.

S'il eut Scotland Yard en trois minutes, il en fallut presque dix pour obtenir son correspondant au bout du fil, quelques autres pour échanger des congratulations en mauvais anglais d'une part, en mauvais français de l'autre.

— … Maillant, oui… *M* comme Maurice, *A* comme André…

Il devait épeler les noms.

— … Muir… *M* comme Maurice encore… *U* comme Ursule…

— Ce nom-là, je le connais… Il s'agit de sir Herbert Muir ?… De Manchester ?… La reine l'a fait *sir* voilà trois ans…

— Deuxième mari : Norris Jonker…

Il épelait encore, rappelait le passage du Hollandais dans l'armée anglaise, son grade de colonel.

— Il y a peut-être eu d'autres hommes entre les deux… Il semble qu'elle ait vécu un certain temps à Londres, où elle n'a pas dû rester solitaire…

Maigret avait soin d'ajouter qu'il s'agissait d'un attentat contre un policier et M. Pyke déclarait gravement :

— Ici, le coupable serait pendu, homme ou femme. On pend toujours pour les crimes contre la police…

Comme Bastiani, il promettait de rappeler.

Il était six heures et demie. Quand il ouvrit la porte de communication, Maigret ne trouva plus dans le grand bureau que quatre ou cinq inspecteurs.

— Rien chez *Mélanie*, à Saint-Fargeau, patron. Rien non plus au *Coq-Hardy*, comme je m'y attendais, ni à la *Pie-qui-Danse*… Il nous reste la Marne, puisque la vallée de Chevreuse et la Seine n'ont rien donné…

Maigret allait rentrer dans son bureau quand l'inspecteur Chinquier, très agité, entra dans la pièce.

— Le commissaire est ici ?

Il l'aperçut en même temps qu'il posait la question.

— J'ai du nouveau… Plutôt que de vous téléphoner du bureau, j'ai préféré accourir moi-même…

— Entrez…

— J'ai laissé un témoin dans l'antichambre, pour le cas où vous voudriez l'interroger…

— Asseyez-vous et racontez d'abord…

— Je peux enlever mon pardessus ? Je me suis tant démené aujourd'hui que je suis en nage… Voilà !… Comme vous l'avez demandé, les hommes du XVIIIe se sont occupés à passer l'avenue Junot et les environs immédiats au peigne fin… Pendant des heures, en dehors du vieux Maclet, cela n'a rien donné… Puis, tout à coup, on m'a fourni un renseignement qui m'a paru de première…

» On était déjà passé dans cette maison au début de l'après-midi et on avait interrogé la concierge et ceux des locataires qui se trouvaient chez eux, pas beaucoup, surtout des femmes, car les hommes étaient à leur travail…

» Il s'agit d'un immeuble de rapport situé tout en haut de l'avenue…

» Au moment où un de mes collègues s'y présentait à nouveau, il y a moins d'une heure, un homme entrait dans la loge pour retirer son courrier, un certain Langeron, qui fait du porte-à-porte en vendant des aspirateurs… Je l'ai amené…

» C'est un bonhomme assez terne, plus habitué à se faire mettre dehors qu'à être reçu à bras ouverts… Il vit seul, dans un logement du troisième étage, et travaille à des heures irrégulières, espérant toujours tomber chez les gens au moment propice…

» Le plus souvent, il prépare lui-même ses repas, mais, quand il a réussi une affaire, il s'offre à dîner au restaurant… C'est ce qui est arrivé hier… Entre six et huit heures, alors que les gens sont généralement chez eux, il a vendu deux aspirateurs et, après un apéritif dans une brasserie de la place Clichy, il a dîné copieusement dans un petit restaurant de la rue Caulaincourt…

» Un peu avant dix heures du soir, il remontait l'avenue Junot, son aspirateur de démonstration à la main… À hauteur de la maison du Hollandais, une voiture stationnait, une Jaguar jaune dont la plaque minéralogique l'a frappé parce qu'elle était marquée TT en lettres rouges…

» Il n'était plus qu'à quelques mètres quand la porte s'est ouverte…

— Il est sûr que c'est la porte de l'hôtel des Jonker ?

— Il connaît les maisons de l'avenue Junot comme ses poches, car, naturellement, il a essayé d'y vendre des aspirateurs… Écoutez bien… Deux hommes sont sortis, soutenant un troisième tellement ivre qu'il ne tenait plus debout…

» Quand les deux personnages qui portaient pour ainsi dire l'autre dans la voiture ont aperçu Langeron, ils ont fait mine de retraiter vers la maison, mais l'un des deux a grommelé :

» — Allons !… Marche, imbécile !… Si ce n'est pas une honte de se mettre dans un pareil état !…

— Ils l'ont emmené ?

— Attendez. Ce n'est pas tout. D'abord, mon marchand d'aspirateurs affirme que celui qui a parlé avait un fort accent anglais… Ensuite, l'ivrogne, lui, ne portait ni chaussures, ni chaussettes… Il paraît que ses pieds nus traînaient sur le trottoir… On l'a installé sur la banquette arrière, avec un de ceux qui le soutenaient, et l'autre a pris le volant… La voiture a démarré en trombe…

» Vous voulez que j'appelle mon homme ?

Maigret hésita, persuadé qu'il y avait de moins en moins de temps à perdre.

— Installez-vous avec lui à côté et enregistrez sa déposition. Assurez-vous qu'il n'oublie rien. Un détail peut prendre de l'importance…

— Qu'est-ce que j'en fais ensuite ?

— Vous m'en reparlerez quand vous aurez fini…

La veille, à la même heure, il s'acharnait sur le jeune Bauche, dit Jeannot, et, à une heure du matin, lui arrachait l'aveu qui permettait de boucler Gaston Nouveau.

Il commençait à se demander si, cette nuit encore, la lumière n'allait pas briller jusqu'à Dieu sait quelle heure dans son bureau. Cela arrivait rarement deux fois de suite. Entre deux affaires, il y avait presque toujours une pause et, paradoxalement, si cette pause se prolongeait, Maigret devenait maussade et mal dans sa peau.

— Le Service des voitures… En vitesse !…

Il ne se souvenait pas avoir vu de Jaguar jaune, couleur assez peu courante pour une voiture anglaise. Le TT indiquait que l'auto était entrée en France avec un propriétaire étranger qui ne séjournait qu'un certain temps dans le pays et qui, par conséquent, n'avait pas payé les droits de douane.

— Qui s'occupe des TT chez vous ?… Rorive ?… Il n'est pas là ?… Il n'y a plus personne ?… Et toi, tu es là, non ?… Écoute, mon petit… Il faut absolument que tu te débrouilles… Ou bien va dans le bureau de Rorive et cherche-moi le renseignement que je te demande, ou bien téléphone-lui et fais-le venir tout de suite… Peu importe s'il est à table… Compris ?… Il s'agit d'une Jaguar… Jaguar, oui…

» Elle circulait hier soir encore dans Paris… Elle est jaune et porte une plaque TT… Non ! Je ne connais pas le numéro… Ce serait trop beau… Mais je présume qu'il n'y a pas des douzaines de Jaguar jaunes en TT à Paris…

» Grouille-toi d'une façon ou d'une autre et téléphone-moi le renseignement au Quai… Le nom du propriétaire, son adresse, la date d'arrivée en France… À tout de suite… Mes excuses à Rorive si tu es forcé de le déranger… Je lui revaudrai ça… Dis-lui qu'il s'agit de retrouver le type qui a descendu Lognon… Oui, l'inspecteur du XVIIIe…

Il alla entrouvrir la porte pour appeler Janvier.

— Toujours rien de la Marne ?

— Pas encore. Lagrume a peut-être eu une panne…

— Quelle heure est-il ?

— Sept heures…

— J'ai soif… Tu pourrais faire monter des demis… Tant que tu y es, je crois que ce ne serait pas inutile de commander des sandwiches…

— Pour combien de personnes ?

— Je n'en sais rien… Une pile de sandwiches…

Marchant de long en large, les mains derrière le dos, il finit par décrocher une fois de plus l'appareil.

— Ma femme, s'il vous plaît…

Pour lui annoncer qu'il ne rentrerait sûrement pas dîner.

Il avait à peine raccroché que la sonnerie résonnait, et il se précipita vers l'appareil.

— Allô !… Oui… Bastiani ?… Alors, ça a été plus facile que tu ne l'imaginais ?… De la chance ?… Bon !… Vas-y…

Il s'installait à son bureau, approchait un bloc de sa main, saisissait un crayon.

— Quel nom dis-tu ?… Stanley Hobson… Comment ?… C'est une longue histoire ?… Fais-la aussi courte que possible, sans rien oublier… Mais non, mon vieux… Je suis un peu nerveux, ce soir… J'ai la conviction qu'il faut aller vite en besogne… Un certain ivrogne aux pieds nus me tarabuste… Bon… J'écoute…

L'affaire datait de seize ans. On avait arrêté à Nice, dans un grand hôtel de la Promenade des Anglais, un certain Stanley Hobson, fiché par Scotland Yard comme voleur de bijoux… Plusieurs vols de bijoux venaient d'être commis dans des villas d'Antibes et de Cannes, un autre dans une chambre de l'hôtel qu'habitait Hobson.

Au moment de son arrestation, il se trouvait en compagnie d'une fille qui n'avait pas tout à fait dix-huit ans et qui était sa maîtresse depuis plusieurs semaines.

On l'avait embarquée avec lui. Tous les deux avaient été interrogés pendant trois jours. La chambre avait été fouillée. On avait fouillé aussi, dans le vieux Nice, l'appartement de la mère de la jeune fille, qui travaillait au marché aux fleurs.

Aucun bijou n'avait été retrouvé. Faute de preuves, le couple avait été relâché et, deux jours plus tard, il franchissait la frontière italienne.

On n'avait plus entendu parler, à Nice, de Hobson ni de Marcelle Maillant, car c'était bien d'elle qu'il s'agissait.

— Vous savez ce que la mère est devenue ?

— Depuis plusieurs années, elle habite un confortable appartement rue Saint-Sauveur et vit en rentière. J'ai envoyé chez elle un de mes hommes, qui n'est pas encore revenu. Sans doute reçoit-elle des mandats de sa fille…

— Merci, Bastiani. À tout à l'heure, je l'espère…

La machine commençait à tourner, comme Maigret disait volontiers, et, à ces moments-là, il aurait voulu que tous les bureaux fussent ouverts jour et nuit.

— Viens un instant, Lucas… Tu vas descendre aux Garnis… J'espère qu'il y reste quelqu'un… Note le nom… Stanley Hobson… D'après Bastiani, il doit avoir aujourd'hui entre quarante-cinq et quarante-huit ans… Je n'ai pas son signalement mais, il y a plus de quinze ans, Scotland Yard envoyait sa fiche à toutes les polices en le donnant pour un voleur international de bijoux…

» Monte aux Sommiers s'il le faut… Il y a des chances pour qu'ils aient quelque chose sur lui…

Lucas parti, Maigret regardait le téléphone d'un air de reproche, comme s'il lui en voulait de ne pas sonner à chaque instant. Chinquier frappait à sa porte.

— Voilà, monsieur le commissaire. Le rapport est tapé et Langeron l'a signé. Il demande s'il peut aller dîner. Vous ne voulez vraiment pas le voir ?

Maigret se contenta d'un coup d'œil par l'entrebâillement de la porte. Le personnage était banal, effacé.

— Qu'il mange et qu'il revienne ensuite, à tout hasard. Je ne sais pas encore si j'aurai besoin de lui, ni quand, mais il n'y a déjà que trop de gens éparpillés dans la nature…

— Qu'est-ce que je fais ?

— Vous n'avez pas faim ? Vous ne dînez jamais ?

— J'aimerais être encore utile…

— Le mieux est que vous retourniez au XVIIIe pour me tenir au courant de ce qui se passe dans le quartier…

— Vous avez un espoir ?

— Si je n'en avais pas, j'irais dîner avec ma femme en regardant la télévision…

Le garçon de la *Brasserie Dauphine* était encore dans le bureau de Maigret, où il avait posé un plateau couvert de verres de bière et de sandwiches, quand le téléphone sonna.

— Bon !… Bravo !… Ed ?… Ed tout court ?… Un Américain ?… Je comprends… Même leurs présidents prennent un diminutif… Ed Gollan… Deux *l* ? Tu as l'adresse ?… Hein ?

Maigret se rembrunissait. Il s'agissait du propriétaire de la Jaguar jaune.

— Tu es sûr qu'il n'existe que celle-là à Paris ?… Bon !… Merci, vieux… Je verrai ce que ça donne, mais j'aurais préféré qu'il ne s'agisse pas d'un client du *Ritz*…

Il pénétrait une fois de plus chez les inspecteurs.

— Que deux hommes se préparent à prendre une voiture… J'espère qu'il en reste en bas ?…

— Il vient d'en rentrer deux.

L'instant d'après, il reprenait le téléphone.

— Le *Ritz* ?… Passez-moi le concierge, s'il vous plaît, mademoiselle… Allô ! Le concierge ?… C'est vous, Pierre ?… Ici, Maigret…

Il lui était arrivé plusieurs fois d'enquêter dans l'hôtel de la place Vendôme, un des plus selects, sinon le plus select de Paris, et chaque fois il y avait mis la discrétion voulue.

— Le commissaire, oui… Écoutez-moi bien et ne prononcez pas de noms… À cette heure-ci, il doit y avoir du monde dans le hall… Avez-vous comme client un certain Gollan ?… Ed Gollan…

— Un instant, voulez-vous ? Je fais transférer la communication dans une des cabines…

Il confirmait un peu plus tard :

— Il est chez nous, oui… Il y descend fréquemment… C'est un Américain, né à San Francisco, qui voyage beaucoup et qui vient trois ou quatre fois par an à Paris… En général, il reste une vingtaine de jours…

— Quel âge ?

— Trente-huit ans… Pas du tout le type de l'homme d'affaires mais le type de l'intellectuel… D'après son passeport, il est critique d'art et, m'a-t-on affirmé, un expert de réputation internationale… Il a reçu plusieurs fois le directeur du Louvre, et des grands marchands de tableaux viennent le voir…

— Il est dans son appartement en ce moment ?

— Quelle heure est-il ?… Sept heures et demie ?… Il y a toutes les chances pour qu'il se trouve au bar…

— Voulez-vous vous en assurer discrètement ?

Encore une attente.

— Il y est, oui…

— Seul ?

— En compagnie d'une jolie femme.

— Une cliente de l'hôtel ?

— Ce n'est pas tout à fait le genre ; il lui est déjà arrivé de venir prendre un verre avec lui et, tout à l'heure, ils iront sans doute dîner en ville…

— Voulez-vous me faire savoir s'ils font mine de sortir ?

— Seulement, je ne peux pas les retenir…

— Passez-moi simplement un coup de fil… Et merci !…

Il appela Lucas.

— Écoute-moi bien. C'est important et délicat. Tu vas filer au *Ritz* avec un inspecteur… Tu demanderas de ma part au concierge si Ed Gollan est toujours au bar… S'il y est, comme je l'espère, tu laisseras ton copain dans le hall et tu aborderas discrètement Gollan et sa compagne…

» Inutile d'exhiber ta médaille ni de prononcer à voix haute le mot « police »… Dis-lui qu'il s'agit de sa voiture, que nous avons un renseignement à lui demander, et insiste pour qu'il te suive…

— Et la femme ? Je l'emmène aussi ?

— À moins qu'elle ne soit grande et brune, très belle et qu'elle se prénomme Mirella…

Lucas loucha vers les demis encore embués puis s'éloigna sans mot dire.

— Surtout, fais vite… Roule à toute allure…

Si la bière était bonne, le sandwich ne passait pas. Maigret était trop fébrile pour manger. Rien ne collait dans cette affaire. À peine hasardait-il une hypothèse que les faits venaient la démentir.

Et, à part le mystérieux Stanley Hobson, on ne tombait que sur des personnages en apparence respectables.

Il finit par appeler, chez lui, Manessi, le commissaire-priseur.

— C'est encore moi, oui… J'espère que vous n'êtes pas en train de donner une cocktail-party… Si ?… Alors, je fais court… Est-ce que le nom de Gollan vous dit quelque chose ? Un des meilleurs experts américains ?…

Il soupira plusieurs fois en écoutant ce que Manessi lui disait au bout du fil.

— Oui… Oui… Je devais m'y attendre… Encore une question… On a prétendu cet après-midi devant moi que les vrais amateurs de peinture achètent et revendent souvent leurs tableaux en sous-main... C'est exact ?... Je ne vous demande pas de noms, bien sûr... Non ! Je ne suis pas sur une affaire de tableaux, ou, si j'y suis, c'est à mon insu... Un dernier mot... Se pourrait-il qu'un homme comme Norris Jonker ait de faux tableaux dans sa collection ?...

Un éclat de rire lui répondit.

— S'il en a, il y en a au Louvre aussi... Il est vrai que certaines gens prétendent que la Joconde est une fausse Joconde...

La porte s'ouvrait en coup de vent. Un Janvier excité, radieux, attendait avec impatience la fin de la communication pour claironner la nouvelle.

— Je vous remercie... Retournez à vos invités... Je me trompe peut-être, mais je pense que j'aurai encore besoin de vous...

Janvier lançait :

— Ça y est, patron !... On l'a retrouvée...

— Marinette ?

— Oui... Lagrume la ramène... Il n'a pas eu de panne, mais il paraît que, dans l'obscurité, ce n'est pas facile de trouver l'auberge de *Félix et Félicie*... Elle est en dehors de Pomponne, au bout d'un chemin de terre qui ne mène nulle part...

— Elle a parlé ?

— Elle jure ignorer ce qui s'est passé... En entendant les coups de feu, elle a tout de suite pensé à Lognon... Elle a eu peur qu'on s'en prenne à elle aussi...

— Pourquoi ?

— Elle ne l'a pas expliqué... Elle n'a fait aucune difficulté pour suivre Lagrume, sauf qu'elle a demandé à voir sa médaille...

Elle serait dans une heure au plus Quai des Orfèvres. D'ici là, si tout marchait bien, Ed Gollan s'y trouverait aussi, furieux sans doute, menaçant d'en appeler à son ambassade. C'est fou le nombre de gens qui se réclament de leur ambassade !

— Allô !... Oui... Moi-même, cher monsieur Pyke...

Le nouvel inspecteur-chef de Scotland Yard débitait ses nouvelles sans se presser, lisant apparemment un texte qu'il avait sous les yeux et répétant chaque information importante.

Car il y en avait d'extrêmement importantes. Par exemple, le divorce de Mirella avec son premier mari, Herbert Muir, après seulement deux ans de mariage. Il avait été prononcé aux torts de la jeune femme, et le complice, le correspondant, comme on dit au Royaume-Uni, n'était autre qu'un certain Stanley Hobson.

Non seulement le couple avait été pris en flagrant délit, dans un quartier peu recommandable de Manchester où logeait Hobson, mais on avait établi que, pendant les deux années qu'avait duré le mariage, le couple n'avait pas cessé de se voir.

— Je n'ai pas encore retrouvé la trace de Stanley à Londres dans les années qui ont suivi. J'espère vous renseigner demain. Deux de mes hommes vont prendre langue avec des gens de Soho qui sont au courant de ce qui se passe dans un certain milieu...

» Un détail que j'allais oublier... Hobson est plus connu sous le nom de Stan le Chauve... Dès l'âge de vingt-trois ou vingt-quatre ans, à la suite de je ne sais quelle maladie, il a perdu tous ses cheveux, ses cils et ses sourcils...

Maigret, qui avait chaud, alla entrouvrir la fenêtre, et il était occupé à vider un des verres de bière quand il entendit, dans le couloir, parler français avec l'accent américain. Il ne saisissait pas les mots mais la voix indiquait clairement que le visiteur malgré lui n'était pas content.

C'est pourquoi il fit son sourire le plus accueillant, le plus bonhomme et, ouvrant la porte, prononça :

— Entrez, je vous en prie, monsieur Gollan, et pardonnez-moi de vous avoir dérangé…

7

Le choix de Mirella

Ed Gollan avait les cheveux bruns coupés en brosse, très courts. Malgré le temps gris et froid, il ne s'embarrassait pas de pardessus, et son complet, d'un tissu léger, sans rembourrage aux épaules, allongeait encore sa silhouette.

Il parlait sans chercher ses mots, malgré sa colère, dans un français correct.

— Ce monsieur, disait-il en désignant Lucas, m'a en effet dérangé dans des conditions particulièrement désagréables, non seulement pour moi, mais pour une dame qui m'accompagnait…

Maigret faisait signe à Lucas de sortir du bureau.

— J'en suis désolé, monsieur Gollan. Si c'est cette personne qui vous préoccupe, sachez que des mésaventures de ce genre font partie de son métier…

Le critique marqua le coup.

— Je suppose qu'il est question de ma voiture ?

— Vous êtes le propriétaire d'une Jaguar jaune, n'est-ce pas ?

— Je l'étais.

— Que voulez-vous dire ?

— Que je suis allé en personne, ce matin, au commissariat du Ier arrondissement, signaler qu'elle m'a été volée.

— Où étiez-vous hier soir, monsieur Gollan ?

— Chez le consul du Mexique, qui a son domicile privé boulevard des Italiens.

— Vous y avez dîné ?

— En compagnie d'une douzaine de personnes.

— Vous y étiez encore vers dix heures ?

— Non seulement à dix heures, mais à deux heures du matin, comme vous pourrez le vérifier.

Apercevant le plateau avec les verres de bière et les sandwiches, il parut surpris.

— J'aimerais que vous me disiez tout de suite…

— Un instant. Je suis pressé aussi, plus pressé que vous, croyez-le, mais il est indispensable de procéder avec ordre. Vous aviez laissé votre voiture boulevard des Italiens ?

— Non. Vous savez mieux que moi qu'il est à peu près impossible d'y parquer…

— Où se trouvait-elle quand vous l'avez vue pour la dernière fois ?

— Place Vendôme, où un certain nombre de places sont réservées aux clients du *Ritz*. Je n'avais que quelques centaines de mètres à franchir pour me rendre chez mon ami.

— Vous n'avez pas quitté son appartement ?

— Non.

— Vous y avez reçu un coup de téléphone ?

Il hésita, surpris de voir Maigret au courant.

— D'une femme, oui.

— Une femme que vous ne pouvez pas nommer, je suppose ? Ne s'agirait-il pas de Mme Jonker ?

— Cela aurait pu être elle, car je connais en effet les Jonker.

— Lorsque vous êtes rentré à l'hôtel, vous n'avez pas remarqué que votre voiture n'était plus à sa place ?

— Je suis rentré par la rue Cambon, comme la plupart des clients…

— Vous connaissez Stanley Hobson ?

— Je ne suis pas disposé, monsieur Maigret, à subir un interrogatoire avant de savoir à quoi vous essayez de me mêler.

— Il se fait que certains de vos amis sont en difficulté…

— Quels amis ?

— Norris Jonker, par exemple… Vous lui avez acheté et vendu des toiles, je suppose ?

— Je ne suis pas marchand de tableaux… Il arrive à des musées et à des particuliers de me confier qu'ils cherchent une toile de tel peintre, de telle importance, de telle époque… Si, au cours de mes voyages, j'apprends qu'un tableau de ce genre est à vendre, je me contente de le signaler…

— Sans commission ?

— Ceci ne vous regarde pas. C'est l'affaire du fisc de mon pays…

— Vous ignorez, bien entendu, qui a pu voler votre voiture ? La clé était sur le tableau de bord ?

— Dans la boîte à gants. C'est le seul moyen pour moi, qui suis distrait, de ne pas la perdre.

Maigret tendait l'oreille aux bruits du couloir et semblait mener cet interrogatoire sans conviction, du bout des lèvres.

Gollan n'en était-il pas le premier surpris ?

— Je suppose que, maintenant, je puis aller retrouver cette dame que j'ai invitée à dîner ?

— Pas tout de suite… Je crains d'avoir encore besoin de vous tout à l'heure…

Maigret avait entendu des pas, une porte s'ouvrir et se refermer, une voix de femme dans le bureau voisin. C'était la soirée des portes ouvertes et fermées, comme on l'appellerait plus tard.

— Tu veux venir un instant dans mon bureau, Janvier ? Il ne serait pas poli de laisser M. Gollan seul… Nous lui avons fait rater son dîner, et s'il désire un sandwich…

Les quelques inspecteurs qu'on avait gardés, y compris Lagrume, fier de son succès, jetaient des regards curieux à une jeune fille charmante, vêtue d'un tailleur bleu, qui, de son côté, observait ce qui se passait autour d'elle.

— Vous êtes le commissaire Maigret, n'est-ce pas ? J'ai vu votre photo dans les journaux. Dites-moi vite s'il est mort…

— Non, mademoiselle Augier. Il a été blessé grièvement, mais les médecins espèrent le sauver…

— C'est lui qui vous a parlé de moi ?

— Il n'est pas en état de parler et ne le sera pas avant de longues heures, sinon avant deux ou trois jours. Voulez-vous me suivre ?

Il l'introduisait dans un petit bureau, dont il refermait la porte.

— Vous me comprendrez, je crois, si je vous dis que le temps presse. C'est pourquoi je ne vous demande pas de me raconter en détail ce que vous savez. Il sera temps plus tard. Je vais vous poser quelques questions. Est-ce vous qui avez signalé à l'inspecteur Lognon qu'il se passait des choses bizarres dans la maison d'en face ?

— Non. Je n'avais rien remarqué, sinon que, le soir, il y avait fréquemment de la lumière dans l'atelier…

— Où vous a-t-il rencontrée ?

— Dans la rue, alors que je rentrais chez moi. Il m'a dit qu'il s'était renseigné sur le logement que j'occupais, qu'il avait besoin d'y passer deux ou trois soirs à la fenêtre afin de surveiller quelqu'un. Il m'a montré sa médaille de la police et sa carte. Je n'étais pas trop rassurée et j'ai failli téléphoner au commissariat…

— Qu'est-ce qui vous a décidée ?

— Il paraissait malheureux. Il m'a raconté qu'il n'avait jamais eu de chance mais que, si je l'aidais, tout allait changer, car il était sur une très grosse affaire…

— Il vous a dit laquelle ?

— Pas le premier soir.

— Vous êtes restée avec lui ce premier soir ?

— Un certain temps, oui, dans l'obscurité. Les rideaux de l'atelier, en face, ne joignaient pas complètement et, de temps en temps, on voyait passer un homme qui tenait une palette et des pinceaux à la main…

— Vêtu de blanc ? Avec une serviette autour de la tête ?

— Oui. J'ai remarqué en riant qu'il avait l'air d'un fantôme…

— Vous l'avez vu peindre ?

— Une fois. Il avait son chevalet, ce soir-là, dans la partie de l'atelier que nous pouvions découvrir et il peignait furieusement…

— Qu'appelez-vous peindre furieusement ?

— Je ne sais pas. Il me donnait l'impression d'un possédé…

— Vous avez vu d'autres personnes dans l'atelier ?

— Une femme… Elle se déshabillait… Ou plutôt il lui arrachait presque ses vêtements…

— Grande et brune ?

— Ce n'était pas Mme Jonker, que je connais de vue.

— Vous avez vu M. Jonker aussi ?

— Pas dans l'atelier. Dans l'atelier, j'ai aperçu une fois un homme chauve, d'un certain âge…

— Que s'est-il passé hier au soir ?

— Comme d'autres soirs, je me suis couchée de bonne heure. J'ai un métier fatigant et il arrive que l'institut de beauté reste ouvert très tard, surtout quand il y a un grand bal ou un gala…

— Lognon était dans le living-room ?

— Oui. Nous avions fini par bien nous entendre tous les deux… Il n'a jamais essayé de me faire la cour et il se montrait très gentil avec moi, d'une gentillesse paternelle… Pour me remercier, il m'apportait quelques chocolats, ou un bouquet de violettes…

— Vous dormiez, à dix heures ?

— J'étais au lit, mais je ne dormais pas encore. Je lisais le journal… Il a frappé à ma porte… Surexcité, il m'a annoncé qu'il y avait du nouveau, qu'on venait d'emmener le peintre, que cela s'était passé trop vite pour lui donner le temps de descendre…

» — Il vaut mieux que je reste encore un peu… Il est probable qu'un des hommes reviendra…

» Il est retourné à la fenêtre et je me suis endormie… Les coups de feu m'ont réveillée… J'ai regardé dehors… En me penchant, j'ai vu un corps sur le trottoir… Je ne savais pas encore ce que j'allais faire, mais j'ai commencé à m'habiller… La concierge est montée et m'a mise au courant…

— Pourquoi vous êtes-vous enfuie ?

— J'ai pensé que, si les gangsters savaient qui il était et ce qu'il faisait dans la maison, ils allaient s'en prendre à moi aussi… J'ignorais encore où j'irais… Je n'ai pas réfléchi…

— Vous avez pris un taxi ?

— Non. Je suis descendue à pied jusqu'à la place Clichy et je suis restée un certain temps dans un café encore ouvert où des filles m'examinaient des pieds à la tête… Je me suis souvenue d'une auberge où je suis allée plusieurs fois, jadis, avec un ami…

— Jean-Claude, oui…

— C'est par lui…

— Écoutez, mademoiselle. Tout ce qui vous est arrivé m'intéresse, et je serais heureux d'entendre des détails de votre aventure. Mais j'ai l'impression qu'il y a plus urgent. Je vous demande, en m'attendant, de rester gentiment dans le bureau de mes inspecteurs, où je vais vous reconduire… Janvier en profitera pour prendre votre déposition par écrit…

— Lognon ne s'est pas trompé ?

— Non ! Lognon connaît son métier et se trompe rarement… Comme il vous l'a dit, il n'a pas de chance… Ou bien quelqu'un lui coupe l'herbe sous le pied, ou bien il se fait descendre au moment où il allait gagner la partie… Venez !…

Il la laissa dans le bureau voisin, retrouva Janvier dans le sien.

— Tu prendras la déposition de la demoiselle…

Du coup, Gollan, qui était assis, se leva.

— Vous l'avez amenée ici ?

— Il ne s'agit pas de la vôtre, monsieur Gollan, mais d'une vraie demoiselle… Vous ne connaissez toujours pas Stanley Hobson, dit Stan le Chauve ?

— Je n'ai pas à répondre.

— Comme vous voudrez… Asseyez-vous… Vous tirerez peut-être profit de la conversation téléphonique que je vais avoir… Allô !… Passez-moi M. Jonker, s'il vous plaît… Norris Jonker, avenue Junot…

» Allô ! Monsieur Jonker ?… Ici, Maigret… Depuis que je vous ai quitté, j'ai trouvé la réponse à beaucoup des questions que je vous ai posées… La vraie réponse, vous comprenez ?…

» Par exemple, j'ai dans mon bureau M. Gollan, qui n'est pas satisfait d'avoir été dérangé et qui n'a toujours pas retrouvé sa voiture… Une Jaguar jaune… Celle qui stationnait devant chez vous hier à dix heures du soir et qui a emmené, entre autres, votre locataire…

» Je dis votre locataire, oui… Dans un triste état, semble-t-il… Sans chaussettes ni souliers…

» Écoutez-moi bien, monsieur Jonker… Je pourrais, tout à l'heure ou demain matin, vous faire légalement appréhender pour certains trafics peu légaux que vous connaissez mieux que moi… Je vous signale à tout hasard que votre maison est gardée par la police…

» Je vous prie de venir ici, dès maintenant, en compagnie de Mme Jonker, pour continuer notre conversation de l'après-midi… Si votre femme faisait des difficultés, dites-lui que nous connaissons toute son histoire… Il est possible que, outre M. Gollan, elle rencontre ici un certain Stan le Chauve…

» Taisez-vous, monsieur Jonker !… C'est moi qui parle et, dans quelques instants, ce sera votre tour de parler… Il est désagréable d'être mêlé à une affaire de faux, mais il serait plus grave d'être accusé de complicité de meurtre, n'est-il pas vrai ?…

» Je suis persuadé que l'inspecteur Lognon a été attaqué à votre insu et, probablement, à l'insu de M. Gollan… Mais j'ai bien peur qu'un autre crime se prépare, auquel vous seriez plus étroitement mêlé, puisqu'il s'agit de l'homme que vous gardiez enfermé chez vous… Où est-il ?… Dites-moi où il a été emmené et par qui… Non ! pas lorsque vous arriverez ici… Pas dans une demi-heure… Tout de suite, vous entendez, monsieur Jonker ?…

Il entendit le murmure d'une voix de femme. Mirella devait être penchée sur son mari. Que lui conseillait-elle ?

— Je vous jure, monsieur Maigret…

— Et moi, je vous répète que le temps presse…

— Attendez !… Je n'ai pas le numéro en tête… J'ai besoin de consulter mon carnet…

Alors, Mirella intervint ouvertement.

— Il va vous donner l'adresse, monsieur Maigret… Il s'agit de Mario de Lucia, qui occupe un studio près des Champs-Élysées… Voici mon mari…

Jonker lisait :

— Mario de Lucia, 27 *bis*, rue de Berri… C'est lui qui s'est chargé de Frederico…

— Et Frederico est le peintre qui travaillait dans votre atelier ?

— Oui… Frederico Palestri…

— Je vous attends, monsieur Jonker… Ne manquez pas d'amener votre femme…

Maigret ne regarda même pas le critique américain. Il décrochait déjà l'appareil.

— Passez-moi le commissariat du IXe… Allô !… Qui est à l'appareil ?… Dubois ?… Prenez trois ou quatre hommes avec vous… Je dis bien trois ou quatre, armés, car l'individu est dangereux… Vous irez au 27 *bis*, rue de Berri, et vous monterez dans le studio d'un certain Mario de Lucia… S'il est chez lui, comme c'est probable, vous l'arrêterez, oui, malgré l'heure…

» Vous trouverez dans le logement un homme qui y est séquestré, Frederico Palestri… Je voudrais avoir ces deux personnes ici le plus tôt possible… Encore une fois, attention !… Mario de Lucia est armé d'un Mauser 7,63… Trouvez l'arme s'il ne la porte pas sur lui…

Il se tournait vers Ed Gollan.

— Vous voyez, cher monsieur, que vous aviez tort de protester. J'ai mis longtemps à comprendre, car je ne suis guère au courant du trafic des tableaux vrais ou faux… En outre, votre ami Jonker est un gentleman qui ne perd pas aisément son sang-froid…

Il saisissait une fois de plus le téléphone, qui venait de sonner.

— Oui… Allô !… Lucas ?… Où es-tu ?… Quai de la Tournelle ?… Hôtel de la Tournelle ?… Je comprends… Il dîne dans un bistrot d'à côté ?… Non, pas seul… Demande à deux inspecteurs du quartier de t'accompagner… Après tout, c'est peut-être lui qui s'amuse avec un automatique de gros calibre… Cela m'étonnerait, mais c'est assez du pauvre Lognon…

Il marchait jusqu'à la porte des inspecteurs.

— J'aimerais de la bière fraîche…

Il revenait s'asseoir à son bureau, bourrait une pipe.

— Et voilà, monsieur Gollan !… J'espère que votre peintre est encore vivant… Je ne connais pas Mario de Lucia, mais il est probable qu'il figure aux Sommiers sous un nom ou sous un autre… Sinon, nous nous adresserons à la police italienne… Nous allons être renseignés dans quelques minutes… Avouez que vous êtes aussi anxieux que moi…

— Je ne parlerai qu'en présence de mon avocat, maître Spangler… Son numéro est Odéon 18.24… Non, je me trompe…

— Peu importe, monsieur Gollan… Au point où nous en sommes, je ne suis pas pressé de vous entendre… Il est dommage qu'un homme comme vous se soit fourvoyé dans cette affaire, et j'espère que maître Spangler trouvera de solides arguments pour vous défendre…

La bière n'était pas arrivée que le téléphone sonnait.

— Oui… Dubois ?…

Il écouta un bon moment sans mot dire.

— Bon !... Merci... Ce n'est pas ta faute... Fais directement ton rapport au Parquet... Je passerai là-bas plus tard...

Maigret se leva, refusant de répondre au regard interrogateur de l'Américain. Celui-ci était pâle.

— Il est arrivé quelque chose ? Je vous jure que si...

— Restez assis et taisez-vous.

Il passa à côté, fit signe à Janvier, qui tapait la déposition de Marinette Augier, de le suivre dans le couloir.

— Cela ne va pas, patron ?

— Je ne sais pas encore ce qui s'est passé au juste... On a trouvé le peintre pendu à la chaîne de la chasse d'eau, dans la salle de bains où il était enfermé... Mario de Lucia a disparu... Tu trouveras probablement sa fiche là-haut... Donne l'alerte générale, les gares, les aéroports, les frontières...

— Et Marinette ?...

— Elle attendra...

Un couple montait l'escalier, suivi à distance par un policier du XVIIIe arrondissement.

— Veuillez entrer dans cette pièce et m'attendre, madame Jonker...

Les deux femmes, qui se connaissaient de vue, ne s'étaient jamais trouvées si près l'une de l'autre et s'observaient curieusement.

— Vous, monsieur Jonker, suivez-moi...

Il l'emmenait dans le petit bureau où il avait reçu Marinette Augier.

— Asseyez-vous...

— Vous l'avez retrouvé ?

— Oui.

— Vivant ?

Le Hollandais n'avait plus son teint rose, ni son assurance. En quelques heures, il était devenu un vieil homme.

— Lucia l'a… tué ?

— On l'a trouvé pendu dans la salle de bains…

— J'ai toujours dit que cela finirait mal…

— À qui ?

— À Mirella… Aux autres… Surtout à ma femme…

— Que savez-vous d'elle ?

C'était dur à avouer, mais il y parvint, tête basse.

— Tout, je pense…

— Nice et Stanley Hobson ?

— Oui.

— Ce qui, à Manchester, a précédé le divorce avec Herbert Muir ?

— Oui.

— Vous avez fait sa connaissance à Londres ?

— Dans une propriété des environs de Londres, chez des amis… Elle était fort populaire dans une certaine société…

— Et vous en êtes tombé amoureux ?… C'est vous qui avez proposé de l'épouser ?…

— Oui.

— Vous saviez déjà ?

— Cela va vous paraître incroyable, mais un Hollandais comprendrait… J'ai chargé une agence de police privée de me renseigner sur elle… J'ai appris qu'elle avait vécu plusieurs années avec Hobson, dit Stan le Chauve, que la police anglaise n'a pu mettre qu'une fois, pour deux ans, sous les verrous…

» Il l'a retrouvée à Manchester, alors qu'elle était Mme Muir… À Londres, il ne vivait pas avec elle, mais venait de temps en temps la voir pour lui extorquer de l'argent…

On frappait à la porte.

— Vous voulez de la bière, patron ?

— Vous, monsieur Jonker, vous préférerez sans doute un cognac ?… Je m'excuse de ne pouvoir vous offrir de cette liqueur que vous buvez chez vous… Qu'on apporte la bouteille de fine qui se trouve dans mon placard…

Ils se retrouvaient en tête à tête et l'alcool, bu d'un trait, remettait un peu de couleur sur les joues du Hollandais.

— Voyez-vous, monsieur Maigret, je ne peux pas me passer d'elle… C'est très dangereux, à mon âge, de tomber amoureux… Elle m'a expliqué que Hobson la faisait chanter, qu'elle pourrait s'en débarrasser avec une certaine somme d'argent, et je l'ai crue… J'ai payé…

— Comment a commencé l'histoire des tableaux ?

— Vous aurez de la peine à me croire, car vous n'êtes pas collectionneur…

— Je collectionne les hommes…

— Je me demande à quelle rubrique vous me classerez dans votre collection… Peut-être celle des imbéciles ?… Puisque vous vous êtes renseigné sur moi, on vous a sûrement dit que je suis un véritable expert en ce qui concerne la peinture d'une certaine époque… Quand on ne se passionne, pendant tant d'années, que pour une seule chose, on finit par s'y connaître, n'est-ce pas ?…

» On me demande souvent mon avis sur une toile… Et il suffit qu'un tableau ait figuré dans ma collection pour lui donner une valeur indiscutable…

— Pour l'authentifier, en somme…

— C'est ce qui se passe pour tous les grands amateurs… Je vous l'ai dit chez moi : je revendais certaines pièces afin d'en acheter d'autres, toujours plus belles et plus rares… Quand on a commencé, il est difficile de s'arrêter… Une fois, je me suis trompé…

Il parlait d'une voix morne, indifférent à ce qui pouvait désormais lui arriver.

— Il s'agissait pourtant d'un Van Gogh… Pas un de ceux que j'ai hérités de mon père… Un tableau acheté par l'intermédiaire d'un courtier et que j'aurais juré authentique… Je l'ai conservé un certain temps dans mon salon… Un amateur sud-américain m'en a offert une somme qui me permettait d'acheter une toile dont j'avais depuis longtemps envie…

» Le marché a eu lieu… Quelques mois plus tard, un certain Gollan, que je ne connaissais que de nom, est venu me voir…

— Il y a combien de temps de cela ?

— Environ un an… Il m'a parlé du Van Gogh, qu'il avait eu l'occasion de voir chez mon acheteur vénézuélien, et m'a démontré que c'était un faux habile…

» — Je n'en ai rien dit à votre acheteur, a-t-il précisé. Ce serait très désagréable pour vous, n'est-ce pas, qu'on apprenne que vous avez vendu un faux tableau… D'autres à qui vous avez cédé des toiles pourraient s'inquiéter. C'est votre collection entière qui deviendrait suspecte…

» Vous n'êtes pas collectionneur, je le répète… Vous n'avez pas idée du coup que cette histoire m'a porté…

» Gollan est revenu me voir… Un jour, il m'a annoncé qu'il avait découvert l'auteur du faux, un garçon génial, prétendit-il, capable d'imiter aussi bien un Manet qu'un Renoir ou un Vlaminck…

— Votre femme était présente à l'entretien ?

— Je ne m'en souviens pas… Peut-être est-ce moi qui lui en ai parlé par la suite ?… Peut-être m'a-t-elle encouragé à accepter ce qu'on me proposait ?… Peut-être aurais-je accepté de moi-même ?… On dit que je suis un homme riche, mais le mot « richesse » est vague… Si je peux m'acheter certains tableaux, mes moyens ne me permettent pas de m'en offrir d'autres, si tentante que soit l'occasion… Comprenez-vous ?

— Ce que je crois comprendre, c'est qu'on avait besoin que les faux tableaux, en passant par chez vous, deviennent indiscutables…

— C'est à peu près ça… Je plaçais une ou deux fausses toiles parmi les miennes et…

— Un instant ! Quand vous a-t-on présenté Palestri ?

— Un mois ou deux plus tard… J'avais vendu, par l'intermédiaire de Gollan, deux de ses œuvres… Gollan les plaçait de préférence chez des amateurs sud-américains ou dans des petits musées peu connus…

» Palestri lui donnait du souci, car c'était une sorte de fou de génie, obsédé sexuel par surcroît… Vous l'avez deviné en visitant sa chambre, n'est-ce pas ?

— J'ai commencé à comprendre quand j'ai vu votre femme debout devant le chevalet…

— Il fallait bien donner le change…

— Quand et comment avez-vous découvert qu'on s'intéressait à ce qui se passait chez vous ?

— Ce n'est pas moi qui m'en suis aperçu, mais Hobson…

— Car Hobson était rentré dans la vie de votre femme ?

— Tous les deux juraient que non… Hobson était un ami de Gollan… C'est lui qui avait déniché Palestri… Vous parvenez à me suivre ?…

— Oui…

— J'étais pris dans l'engrenage… J'ai accepté qu'il travaille dans l'atelier, où personne n'aurait l'idée de venir le chercher… Il couchait dans la chambre que vous connaissez… Il ne demandait pas à sortir, à condition qu'on lui procure des femmes… La peinture et les femmes étaient ses seules passions…

— On m'a dit qu'il peignait furieusement…

— Oui… On plaçait devant lui deux ou trois tableaux d'un maître… Il tournait autour comme un matador autour d'un taureau et, quelques heures ou quelques jours plus tard, on trouvait une toile d'une inspiration et d'une facture tellement identiques que tout le monde s'y méprenait…

» C'était un locataire très désagréable…

— À cause de ses exigences en matière de femmes ?

— Et de sa grossièreté. Même vis-à-vis de ma femme…

— S'est-il contenté d'être grossier ?

— J'aime mieux ne pas savoir s'il est allé trop loin... Peut-être... Vous avez vu le portrait qu'il a tracé d'elle en quelques coups de pinceau...

» Une passion, monsieur Maigret, c'est déjà beaucoup pour un homme, et j'aurais dû me contenter de celle de la peinture, rester un collectionneur raisonnable... Il a fallu que je rencontre Mirella... Cependant rien n'est de sa faute... Qu'est-ce que vous me demandiez ?

» Ah ! oui... Qui a découvert que nous étions soupçonnés... C'est une femme dont je ne me rappelle même plus le nom, strip-teaseuse dans un cabaret des Champs-Élysées, je crois, que Lucia avait amenée pour Palestri...

» Le lendemain, elle a téléphoné à Lucia pour lui annoncer qu'elle avait été suivie en sortant de chez moi, puis accostée par un curieux bonhomme qui lui avait posé toutes sortes de questions... Lucia et Stan ont surveillé le quartier... Ils ont remarqué que, le soir, un personnage petit et maigre, assez mal habillé, rôdait avenue Junot...

» Plus tard, ils l'ont vu entrer avec une jeune fille dans la maison d'en face... Il y restait dans l'obscurité, près de la fenêtre, se croyant invisible, mais comme il était incapable de se priver de fumer, on apercevait de temps en temps le bout de sa cigarette...

— Personne n'a pensé qu'il était de la police ?

— Stan Hobson a prétendu que, s'il s'agissait de la police, des guetteurs se seraient relayés... Or, c'était toujours le même, et il a conclu que le bonhomme appartenait à une autre bande, ou qu'il s'efforçait d'en apprendre assez pour nous faire chanter...

» Il devenait urgent que Palestri disparaisse de la maison… Lucia et Hobson s'en sont chargés, hier soir, utilisant la voiture de Gollan…

— Ce dernier était au courant, je présume ?

— Palestri refusait de partir, persuadé que, après l'avoir utilisé pendant près d'un an, on avait l'intention de le supprimer… Il a fallu l'assommer… Il avait eu le temps de lancer ses chaussures dans le jardin…

— Vous étiez présent ?

— Non.

— Votre femme ?

— Non !… Nous attendions son départ pour remettre l'atelier et la chambre en état… La veille, déjà, Stan avait emporté les châssis et la toile en train… Ce que je puis vous affirmer, s'il m'est encore permis de vous demander de me croire, c'est que j'ignorais leur intention d'abattre l'inspecteur… Je n'ai compris qu'en entendant les coups de feu…

Il y eut un long silence. Maigret était las et regardait avec une sympathie impuissante le vieil homme qui, devant lui, tendait une main hésitante vers la bouteille de cognac.

— Vous permettez ?

Le verre une fois vide, Jonker s'efforça de sourire.

— De toute façon, c'est fini pour moi, n'est-ce pas ?… Je me demande ce qui va me manquer le plus…

Ses tableaux, qui lui avaient coûté si cher ? Sa femme, sur qui il n'avait jamais eu d'illusions, mais dont il avait tant besoin ?

— Vous verrez, monsieur Maigret, qu'on ne croira pas qu'un homme intelligent puisse se montrer aussi naïf…

Il ajouta, après un temps de réflexion :

— Sauf, peut-être, les collectionneurs…

Dans un autre bureau, Lucas avait commencé l'interrogatoire de Stan le Chauve.

Ce furent, pendant deux heures encore, des allées et venues de pièce en pièce, des questions, des réponses, des crépitements de machines à écrire.

Il était près d'une heure, comme la veille, quand les lumières s'éteignirent.

— Je vais vous reconduire, mademoiselle… Cette nuit vous pouvez dormir chez vous sans crainte…

Ils étaient tous les deux dans le fond du taxi.

— Vous m'en voulez, monsieur Maigret ?

— De quoi ?

— Si je n'avais pas perdu la tête et si je ne m'étais pas enfuie, votre travail n'aurait-il pas été facilité ?

— Nous aurions gagné quelques heures, mais le résultat est le même…

Il ne paraissait pas si content de ce résultat, et même Mirella, au moment où on l'emmenait au Dépôt, avait eu droit à un regard qui ne manquait pas de sympathie.

Lognon sortit de Bichat un mois plus tard, plus maigre que jamais, une étincelle dans les yeux, car, au commissariat du XVIIIe, il était désormais une sorte de héros. En outre, ce n'était pas la photographie de Maigret, mais la sienne, que les journaux avaient publiée.

Le même jour, il partit avec sa femme pour un village des Ardennes où les médecins lui ordonnaient deux mois de convalescence.

Deux mois qu'il passa, comme Mme Maigret l'avait prévu, à soigner Mme Lognon.

Mario de Lucia avait été arrêté à la frontière belge. Hobson et lui devaient récolter dix ans de travaux forcés.

Gollan nia toute connaissance de l'attentat de l'avenue Junot et s'en tira avec deux ans de prison pour escroquerie.

Jonker n'eut qu'un an de la même peine et, les mois de prévention comptant double, sortit libre des Assises.

… Au bras de sa femme, car Mirella, faute de preuves, avait été acquittée.

Maigret, debout au fond de la salle, s'éclipsa un des premiers pour éviter de les rencontrer, surtout qu'il avait promis de téléphoner à Mme Maigret pour lui annoncer le verdict.

C'était déjà une vieille affaire, puisqu'on était en juin et que les gens ne parlaient plus que des vacances.

FIN

Noland (Vaud), le 23 juin 1963.

Table

PAPIER À BASE DE FIBRES CERTIFIÉES

Le Livre de Poche s'engage pour l'environnement en réduisant l'empreinte carbone de ses livres. Celle de cet exemplaire est de :
350 g éq. CO_2
Rendez-vous sur www.livredepoche-durable.fr

Composition réalisée par FACOMPO (Lisieux)

Achevé d'imprimer en octobre 2013 en France par
CPI BRODARD ET TAUPIN
La Flèche (Sarthe)
N° d'impression : 3002286
Dépôt légal 1re publication : octobre 2013
LIBRAIRIE GÉNÉRALE FRANÇAISE
31, rue de Fleurus – 75278 Paris Cedex 06